Libelo de sangre

Diana Scott

Índice

Enclaustrada

El sol de la mañana entraba por la ventana indicándole un nuevo día, y gracias al cielo que así lo era. A más tiempo transcurría desde la frustrada quema, el pasado se difuminaba ante la oscuridad de sus propios recuerdos y ello era muy de agradecer al divino creador. Aletargado, se desperezó, y acariciando con la palma de la mano el espacio libre, suspiró con el recuerdo de quien acababa de huir presuroso del lecho. Un profundo amor le hizo sentir que cualquier dolencia de la vida bien valía unas cuantas lágrimas, siempre y cuando él estuviese a su lado. Amor, que te apareces en el menos recomendado de los hombres e insistes que tu elección es la adecuada. Vida, que pides tiempo para aceptar. Temor, que reconoces no haber huido como un cobarde ante un corazón profeta de la verdad. Gadea sonrió feliz ante la inspiración repentina de su espíritu trovador. Sus temores se encontraban en la basura de los miedos descartados y pisoteados. No dudaba de Judá ni de sus sentimientos. De quién temía era de un mundo escrito por hombres que, afianzados en absurdas creencias, muy lejos se encontraban del destino que la realidad divina por ellos escribía.

Aliviada por encontrarse en su casa, respiró la seguridad que le ofrecía su cuarto o bien le cabría decir el cuarto del matrimonio, porque desde su casamiento él no cesó de visitarla y dormir a su lado. Nunca la abandonó. Siempre se mantuvo férreo y constante afianzando un amor que ni ella misma era capaz de creerse pero que agradecía a la virgen con todo el fervor que poseen las mujeres enamoradas. Se recuperaba muy favorablemente. Las anchas quemaduras fruto de gruesas cuerdas en manos y tobillos, y que tan bien ajustó el verdugo experimentado, habían desaparecido. El cuerpo comenzaba a sanar pero la mente no podía obtener el mismo beneplácito. Los temores carceleros aún la atormentaban durante el día y gran parte de la noche. Las terribles pesadillas se hacían presentes en el descanso nocturno y sólo el fuerte abrazo de su testarudo marido las espantaba. Su testarudo y tan amado esposo. «Esposo…» pensó al recordar los brazos tibios de Judá en aquellas noches en donde el sudor del miedo la cubría. Miedos que aún era capaz de sentir, en el bello de la piel al erizársele, o cuando el hedor a excremento de rata y a orín de antiguos reos, se le atascaban en la profundidad de la boca al punto de poder masticarlos. Esa celda la marcó y temblaba sólo de recordarla. Los gruesos barrotes de hierro oxidado y los gritos de la multitud le recordaban muy bien cuáles eran sus deberes de mujer y cuáles los límites que no se debían traspasar.

«Todo es pasado y mejor era no pensar en…» se dijo sin poder terminar sus ideas al tener que correr hacia la palangana para echar la poca cena que aún conservaba en el vientre. Mareada y con el sabor agrio en la boca, se aferró con ambas manos a la tina e intentó elevar el rostro para ver quien entraba al cuarto y rogando con todo su ser que el recién llegado no fuese Judá. Él se reocupaba en exceso y ella por todos los medios intentaba ocultarle su tan rara enfermedad. Las mañanas eran un chiquero en sus entrañas y las tardes se le antojaban largas y agotadoras.

—Santa madre de Dios —. Balbuceó al agachar el rostro para completar unas arcadas que esta vez se dispensaron secas, después de todo sus tripas se encontraban más vacías que bolsillo de un granjero.

Blanca la morisca, se detuvo en la puerta congelada ante la imagen. La presencia de Gadea la perturbaba. Un pequeño rescoldo de celos circulaba aún por sus venas, y a pesar de que no cesaba de pedir asistencia a Santa Marta, no podía evitarlo. Gadea era valiente, fuerte pero también era el amor de su amor, algo doloroso de asumir.

—Estáis… —las descripciones se le atragantaron en la garganta.

Cuando Judá le suplicó que atendiese a su esposa enferma no se imaginó que aquella fuese su enfermedad. Los ojos se le llenaron de lágrimas al sentir como el corazón se le desgarraba aún más. Si es que algo así fuese posible. Con sólo verla desde la entrada reconoció los síntomas. Gadea llevaba al hijo de Judá en su vientre. Ese que siempre soñó encargar en sus ardientes noches toledanas pero que él jamás compartió.

Amice, visitante inesperada, se asomó a la puerta y al ver la imagen de Gadea vomitando, arrojó una enorme cesta con ropas al suelo. Empujando a Blanca a un lado corrió en su ayuda. Los gritos acusatorios de la monja trajeron a la realidad a una Blanca que no reaccionaba.

—No ha sido ella… —Contestó Gadea intentando recuperar la compostura y poder hablar sin emitir una, de sus cientos de arcadas.

Amice la acompañó hacia la silla no sin antes fruncir la mirada como un perro rabioso a la curandera. En la distancia y a espaldas de Gadea, la monja apuntó con el dedo a la curandera y acto seguido se bordeó el cuello de izquierda a derecha.

La intimidación resultó de lo más clara para Blanca, quien lejos de asustarse, negó con la cabeza ante tan estúpida amenaza. ¿En verdad la monja se creía que asustaba a alguien? Metro y medio de altura, cuerpo pequeño y con una mirada más dulce que los pasteles de Doña Lucrecia, sí, la mora de la tienda tras la judería y cuyos pasteles con miel empalagaban hasta al más agrio de los verdugos. No la monja no asustaba. Blanca volvió a negar con la cabeza y apoyó la cesta de hierbas en la mesa.

—Estoy bien, estoy bien —. Gadea contestó avergonzada.

Últimamente o, mejor dicho, desde que Judá llegó a su vida, era un completo desastre. ¿Dónde habría quedado esa educada dama que su madre se encargó de forjar? Se preguntó intentando adecentar los cabellos enredados —. Es algo momentáneo. Se me pasará pronto —dijo intentando ocultar el malestar generalizado.

—No es momentáneo —. Blanca contestó a media voz y con el dolor de la envidia delineándole las palabras.

—¡Qué le habéis hecho!

Blanca caminó hacia atrás al ver a la monja arremangarse los puños. No es que le tuviese miedo, pero la religiosa, con esa túnica negra y esa mirada de cucaracha lista para atacar, impresionaba lo suficiente como para ser precavida.

—Creo saber que le sucede.

—¿Qué tengo?

—Estáis embarazada —. Dictaminó presurosa al ver las manos de la monja alzarse por encima de los hombros.

Amice bajó las manos al instante, y la mirada de loba asesina, se transformó en la de una gatita enamorada ante una morisca que volvió a respirar tranquilidad.

—Un bebé... adoro a los bebés... —no cesaba de repetir las palabras con el rostro compungido.

—No es posible —. Gadea contestó con tanta seguridad que la ilusión retornó al corazón resquebrajado de la curandera.

—Vos y él no... —dijo con el temblor de las esperanzas en los labios. Igual las cosas no fuesen como ella las creyese. Igual Judá la despreciara en el secreto del hogar. Igual todavía existiese una oportunidad.

Amice arrugó la frente sin comprender, pero Gadea, comprobando las esperanzas traslucir tras la mirada de la curandera, aclaró con tanta seguridad que las paredes temblaron ante su rotundidad.

—Mi esposo y yo compartimos lecho todas las noches —Blanca se sintió avergonzada, pero fue Amice quien rompió el malestar entre ambas.

—¿Cómo podéis entonces estar tan segura? Virgen santa, Gadea no habréis intentado quitároslo... —contestó persignándose tres veces seguidas.

—¡Por amor al cielo, no! Yo jamás... Cómo podéis siquiera insinuar algo semejante. Jamás cometería semejante pecado. La Santa Virgen es la madre entre las madres y yo espero serlo algún día. Me refiero a lo de madre, no a lo de santa...

—¡Entonces! —Blanca preguntó con los nervios rotos y cortando la extensísima explicación. ¿Ellos se amaban sí o no? Necesitaba saberlo urgentemente. Ambas mujeres la miraron con el cuello en alto y precavidas.

—Estoy manchando —. Gadea habló desilusionada ante una Blanca que se giró hacia la canasta ocultando unas esperanzas moribundas.

Ocupada en sus hierbas trabajó en la mezcla cuando Gadea la observó intrigada.

—Aún no habéis explicado vuestra presencia en mi cuarto.

Blanca acercó un saquito con hierbas y se la extendió mientras se explicaba con unas palabras que apenas salían. Maldito fuese el destino, la vida y los sentimientos que arañaban su alma más que cientos de bueyes arando.

—Vuestro esposo me pidió que os asistiese. Os cree enferma.

—Creí haberlo ocultado…

—Ya veis que no —. La morisca sonaba cada vez más molesta y la monja más prevenida.

—¿Qué es? —dijo interponiendo la mano entre las hierbas y su amiga.

Aunque Blanca demostrase ser una hechicera de magia blanca tanto en sus clases como en el santuario de Santa María la Blanca, no era más cierto que era la hija adoptiva del mismísimo alquimista. El marqués adoraba a la joven, la protegía bajo sus mágicas alas, y de todos era conocido el poder del mago entre los magos. Desde más allá de donde ella era conocedora, llegaban hombres a Toledo atraídos por su fama. Magos, expertos y principiantes, todos vagaban por la "Toledo Mágica" esperando recibir enseñanzas del hechicero por supremacía. Don Enrique de Villena, el nigromante para algunos, el rey de los magos para otros, el alquimista para unos cuántos, todos buscaban a aquél que todo lo sabía y al que la muerte jamás encontraría. No, Amice no se fiaba.

—Esto es una tontería. Blanca no tiene intención de hacerme daño —lo dijo tan rápido que llegó a dudar de sus propias palabras—. ¿No?

—Mi señora, si quisiera veros muerta, creo que he tenido circunstancias más oportunas que esta —contestó mientras preparaba otro saco de hierbas.

Aunque la situación le disgustase, se sabía la creadora de tan deshonrosa desconfianza. Amaba hasta la locura al marido de la mujer que tenía delante, pero no, no era tan ruin—. Haceros una infusión por las mañanas y otra por las noches. Los mareos se calmarán y las manchas desaparecerán después del tercer mes.

—Estoy, ¿entonces creéis que llevo a su hijo en mi vientre? —Gadea sonó tan feliz que esta vez fue Blanca quien sintió que las náuseas se le atascaban en la garganta.

—Si comparte vuestro lecho… —esperó una negación que nunca llegó —. Entonces lo estáis.

Amice abrazó a Gadea y esta sonrió dudosa de la realidad. ¿Sería que Dios estaba a bien compensarla? Sí, por supuesto que sí. Dios la bendecía después de tantas penurias. «Un niño…» pensó al imaginar el rostro de Judá al decírselo. Blanca vio tanta ilusión en la mirada de la joven que no pudo reprimir el comentario.

—Igual no deberías decir nada hasta que las manchas acaben y estemos totalmente seguras.

Gadea se desilusionó al instante mientras acariciaba su vientre y Blanca se sintió la peor de las curanderas.

—Ella tiene razón —. Esta vez fue la monja quien aclaró salvando la situación incómoda de la morisca —. Blanca tiene razón, puede que sólo sean malestares por tantos infortunios y Dios sabe que últimamente no ganáis más que para sustos, pero si la virgen desea que seáis madre, el bebé seguirá allí y podréis dar la buena nueva a vuestro esposo.

Blanca suspiró al escuchar en la monja las palabras que ella misma hubiese dicho si Gadea fuese otra y el bebé de su vientre no fuese el hijo de quien amaba más que al Dios de los cielos.

Beatriz entró sofocada y Gadea se preguntó si alguna vez las jóvenes aprenderían las reglas de la buena educación y llamarían antes de entrar. El sofoco de su amiga la hizo olvidarse de sus tonterías para interrogarla con la mirada. Amice no resultó ser tan delicada y se acercó como un miura preguntando asustada.

—¿Qué os sucede? ¿Os han hecho daño?

—Estoy bien —. Contestó aceptando el abrazo de la monja que no cesaba de acariciar su espalda en señal de consuelo.

—¿Vuestro esposo? —Gadea lamentó insinuar maldades, pero el reino de Castilla se encontraba lleno de lobos con piel de cordero y quizás Lope fuese uno de ellos.

—No, él es un hombre bueno.

La mujer apresaba su cabeza sintiéndose presa de los tormentosos pecados. Pensamientos impuros que no podían ser contados, no debían ser contados... Sus amigas no debían saberlo nunca, jamás… «*¿No sabéis que los injustos no heredarán el reino de Dios? No erréis; ni los fornicarios, ni los idólatras, ni los adúlteros, ni hombres que tienen para propósitos contranaturales, ni hombres que acuestan con hombres, ni los ladrones, ni los avaros, ni los borrachos, ni los maldicientes, ni los estafadores, heredarán el reino de Dios. Corintios 6…*»

—¿Pero entonces por qué os encontráis en semejante estado? —La monja continuó acariciándole la espalda cuando con un gesto algo más que grosero, y poco habitual en Beatriz, la empujó hacia atrás haciéndola sentir entristecida y desconcertada.

—¡Soltadme! No os acerquéis.

—Beatriz —. Esta vez Gadea, su amiga de siempre, su casi hermana, se acercó esperando no ser empujada como la monja.

—Podéis confiar en mi, en nosotras, lo sabéis.

—Yo no puedo… no quiero… no lo entendéis…

Amice secó con la túnica una lágrima perdida. Un producto del rechazo no esperado.

—Tengo asuntos en el convento. Será mejor que me marche.

Comenzó a recoger la cesta con ropas limpias que traía y que había abandonado en la entrada, cuando la voz débil de Beatriz la detuvo por la espalda.

—Perdonadme… por favor…

Amice hubiese contestado que se fuese al mismo infierno si no fuese porque era Beatriz. La dulce y tierna Beatriz. Por supuesto que la perdonaba. ¿Quién no perdonaría a Beatriz?

En la cercanía, Blanca observó como las amigas se abrazaban en silencio y se perdonaban con hondas lágrimas dibujadas en la mirada. La curandera agachó el rostro. A veces ella veía más allá de las propias personas y por ello el marqués siempre la consideró la mejor de los aprendices. "Blanca, los ángeles os revelan sus designios, los cielos se hacen claros y la verdad se os muestra antes que a cualquier astro". Y era en momentos como este, en los que veía mucho más, en los que odiaba saberse poseedora de tan desdichado don.

—Debo irme. Las mujeres me esperan para sus lecciones —dijo sujetando la canasta de sanación y excusándose para marchar.

—¿Cómo están las mujeres? ¿Inés ha aprendido la oración a Santa Marta? ¿y cómo está Isabel?

Gadea hacía tantas preguntas que sólo fue capaz de tomar aire, porque cuando estaba por responder, le asestaba una segunda sin previo aviso.

—Mi señora, ¿por qué no venís y lo comprobáis por vos misma?

—No puedo. Estoy secuestrada —. Beatriz y la monja secaron sus rostros emocionados y se separaron para mirarla intrigada—Judá —. Las tres asintieron con la cabeza y Gadea se sonrió al saberlas tan conocedoras de las extremas precauciones de su esposo —. Piensa que aún corro peligro. Dice que los riesgos me persiguen.

—No sé porqué... —Blanca contestó tan natural que se sumó a la risa que provocó en sus compañeras. Maldito fuese su corazón porque si no fuese por el amor que sentía por Judá adoraría a aquellas mujeres. A decir verdad, ya las quería, aunque aquello resultase algo difícil de reconocer.

—Tengo la solución —. Amice habló alto y seguro.

—Nada de vinos especiados —dijo Gadea.

—Ni falsas prostitutas —. Contestó Beatriz.

—¿Vino especiado? ¿Prostitutas falsas? —La curandera no comprendía nada.

—Sí. Es monja, pero... —. Gadea y Beatriz se miraron para contestar al unísono y con un ataque de risa instantáneo.

—Los caminos del señor son terrenos escabrosos y el ingenio el fruto de sus más profundos e insondables deseos —. Amice estiró el cuello mientras totalmente seria se acomodaba el velo ante las mujeres que se carcajearon de sus explicaciones.

Sintiéndose algo indignada, pero sólo un poco, se acercó a su cesta para levantarla en alto y mostrar unas telas envejecidas y muy pero muy limpias. Gadea alzó una de las negras telas para observarla de cerca y contestar negando con la cabeza.

—No.

—Es muy buena idea.

—No.

Blanca la morisca preguntó a Beatriz si entendía algo, pero la joven se encontraba demasiado ocupada pidiendo perdón a quien fuese que se encontrase en el cielo.

Julián abrió la puerta del camarote, sucio y mojado hasta las barbas. El agua salada resbalaba por sus ropas agotadas, cuando la imagen con la que se encontró, lo impactó al punto de apoyarse en el marco para contemplarlo con mayor atención. No era hombre de sensibilidades ni nada parecido, pero hasta el más duro entre los duros a veces se permitía un momento de licencia.

La jovencita ahuecando los brazos sobre el colchón y casi pegada al cuerpo de su abuela dejaba descansar la cabeza, que, vencida por el cansancio, se encontraba tan dormida como el resto de su cuerpo. La larga cabellera se le desparramaba por la espalda como manantial de tierra recién labrada. Oscura y fértil. Su vestido aunque desgastado, dejaba entrever que no todos podían hacerse con tan finas telas. Por lo menos no un marino como él. ¿Quiénes eran esas mujeres de tan buen porte que viajaban solas hacia el nuevo mundo? Ellas no eran de la clase de mujeres que viajaban para la alegría de los hombres, pero tampoco las que buscaban riquezas. Sus ropas y su educación no eran de granjeras ¿entonces por qué solas?

La jovencita se movió y abrió los labios de forma tan tierna al volver a quedarse dormida que se sorprendió a él mismo sonriendo. La muchacha era un gusto a la vista y un placer en las conversaciones cercanas. Su belleza, aunque no excesiva, se suplía con una lengua interesante de escuchar.

Sonriendo como un joven entró al camarote cerrando la puerta tras de sí. Maldita fuese, él aún estaba lejos de ser un viejo. Los casi treinta no podrían ser tantos…

Quitando de su mente imágenes tontas, se deshizo de la ropa, volvió a sonreír al verse totalmente desnudo antes de ponerse prendas secas. ¿Qué sucedería si la jovencita tierna e inocente se despertara en ese mismo momento? Seguro algo muy divertido, por lo menos para él.

Recogió una segunda manta para subir a cubierta y dormir bajo la luz de las estrellas, cuando pisó un libro. "La cofradía de las comunes".

—¿Cofradía de mujeres? —Se dijo divertido mientras lo recogía para ponerlo sobre una estantería —. Mujeres trabajando como hombres, menuda tontería de novela.

La novicia rebelde

Gadea retocaba sin cesar los cabellos intentando que el dichoso velo los cubriese al completo a pesar de la insistente melena, que, con opinión propia, no deseaba lo mismo. No podía verse para admirar la gran obra de Amice pero seguramente se parecía más a un cuervo que a una joven de la nobleza casada con uno de los más importantes mercaderes de la ciudad. Molesta volvió a refunfuñar. Se sabía la no más bella de las mujeres, pero odiaba sumarle a su falta de aptitudes, el don de la mentira. Judá seguramente la llamase la más fraudulenta de las esposas y puede que hasta tuviese razones suficientes como para pensarlo, después de todo, ¡qué mujer en su sano juicio se disfrazaba de monja viuda! Bien, aquello ya daba igual, como viuda, como cuervo o como cucaracha aplastada, acabaría con su encierro.

—Las monjas o son monjas o son viudas. Las dos no se puede.

—¿Lo he dicho en voz alta?

—Sí, y dejad de fruncir la frente antes que os parezcáis a la vieja Berenice —. Amice habló divertida, pero ella no fue capaz de sonreír. Estaba nerviosa, tenía miedo de ser descubierta y la vieja Berenice era tan escasa de belleza como de discreción en una tarde de bordados.

Sin prestarle mucha atención, Beatriz y Amice, levantaron una cesta cargada con: dos quesos, tres hogazas, un gran trozo de cecina e incontables manzanas. Eran tantos alimentos que si se los apretujaba un poco más, las frutas se convertirían en mermelada antes de llegar a Santa María la Blanca.

Robar no estaba bien y mucho menos si eran las provisiones de la despensa de su propia casa, pero tampoco estaba bien que la encerrasen como a una yegua inútil. «Se lo tiene merecido», pensó intentando justificarse y así esquivar los rezos que tan bien ganados tenía.

—El último retoque —dijo la monja mientras le cubría el rostro con un velo tan espeso como lana de tapiz.

—Me caeré —. Estaba segura de ello. Y a decir verdad así fue. Primer movimiento y plaf, directa al suelo y sin aviso.

—¡Es una tontería! —En ese preciso momento la vergüenza le dolía más que las rodillas. Con rabia retiró el velo que le cubría el rostro pero la religiosa se lo volvió a colocar.

—A ver si os comprendo, ¿deseáis salir?

—Sí —. Contestó con la cabeza gacha como niña pequeña mientras repanchingada en el suelo, se acariciaba el morado que comenzaba a asomarse por la blanquecina piel.

—¿Y sabéis que vuestro marido no os lo permitirá?

—Sí —. La voz sonaba cada vez más molesta.

—Y puede que cumpláis los cuarenta años encerrada en la misma habitación, ¿no es así?

—Sí.

—Y quizás incluso puede…

—¡Ya! Beatriz, ayudadme —. La amiga corrió a su lado observando la sonrisa oculta de Amice. A veces la monja parecía más un enviado del demonio que una sierva del Señor, pero la tímida amiga, al ver los objetivos conseguidos, prefirió callar. Por todos los medios intentó ser un buen lazarillo y ayudar a Gadea a caminar, pero las túnicas más largas que las piernas, y el velo tan oscuro como la más negra mirada de converso, las tumbaron a ambas al suelo. Las manzanas y naranjas rodaron por la tarima y las correteó por toda la habitación mientras Amice perseguía uno de los quesos que giraba sin freno rumbo al pasillo, y Gadea, sin consuelo, se acariciaba lloriqueando la ahora segunda rodilla morada.

—Será mejor que vos carguéis la cesta.

Una vez recuperados los alimentos, y las rodillas, Beatriz extendió la canasta a Gadea para que fuese ella quien la cargase. Amice se acercó rápidamente para sujetar a la joven cuervo de un brazo mientras la tímida amiga la sujetó por el contrario. La pobre mujer no veía nada de nada, pero al notar el mimbre entre los dedos se aferró a el. Las amigas, la guiaron cual cieguito frente a puerta de iglesia en domingo, rumbo directo al beaterio. Las tres caminaron como patos mareados golpeando contra las paredes hasta conseguir huir de la habitación con muchos miedos, sin ningún arrepentimiento y moratones lustrosamente nuevos.

—¿De dónde habéis sacado tan espeso velo? —Preguntó al sentir que ni el aire le traspasaba las duras telas.

—Mi señora, los fondos del convento no son tan amplios como para comprar finas sedas. Apoyaros en nosotras y dejaros guiar —. La esposa asintió mientras que, cargando una cesta que pesaba más que cerdo de matanza, caminó rumbo a la libertad.

Crujir de madera, pasillo extenso, o algo más extenso de lo que lo recordaba, escalera asesina que por poca la mata y llegada a su destino. Y sin rotura de cuello. Se sentía como un invidente guiado por dos lazarillos, algo ineptos, pero de buen corazón. Sin desearlo, se puso a reír por lo bajo fruto de los nervios pero por supuesto nadie la vio. La situación era tan incoherente que parecería hasta divertida sino fuese porque la urgencia de salir y volver a ver mundo la estaba enloqueciendo. Encontrarse con las mujeres en Santa María la Blanca y compartir una tarde con ellas no era un deseo sino una necesidad. Deseaba sentirse útil, ¡le urgía sentirse útil! A su marido le costaba comprenderla, pero unas manos ocupadas eran gloria bendita para aquellas a las que se les pedía inutilidad de pensamiento y de acción.

Sensación de tierra limpia acariciando la suela de los zapatos le indicaron que se encontraba en el patio. Ya casi podía oler la libertad. Unos pasos más y sus amigas la liberarían del cautiverio. No podía ver, el manto que le cubría el rostro se lo impedía, pero faltaba poco. Libertad, qué fácil se encuentra y qué fácil se va, se dijo abrazando la pesada cesta de mimbre con ambas manos para que no se le cayese. Por cierto, la endemoniada pesaba tanto que no dudaba que Amice hubiese vaciado las existencias de un mes al completo. Sonrió al sentirse mala… pero muy que muy mala... «Lo siento querida virgen». Todo era dicha hasta que una voz grave las detuvo en el sitio.

«Hijo de la santísima trinidad. Perdón virgencita, perdón, más tarde os prometo rezar un par de Ave María. Eso si sobrevivo…»

Judá seguía sin poder creer lo que veían sus ojos. Azraq hablaba, pero él no pestañeaba mirando a esa monja junto a Beatriz, y a ese ser extraño vestido de amplias túnicas negras como la más negra de las noches. Algo parecido a una cortina gruesa le cubría el rostro a quien imaginó sería una mujer también. Extraño personaje que caminaba por el patio de su casa, guiada por esas dos desquiciadas y transportando una cesta tan cargada como botín de musulmán. Un mechón de pelo huidizo de entre el espeso cortinaje le confirmó las ya no sospechas.

—La mato… —susurró entre dientes llamando la atención del morisco que dirigió su mirada hacia el patio, para al instante siguiente, lanzar una carcajada que cortó los vientos en la sala. Judá hubiese corrido a su encuentro si la mano fuerte de su amigo no lo hubiese detenido.

—Ella sólo pretende salir con las mujeres.

—Se lo he prohibido —. Gruñó molesto.

—Eso está claro —. La contención sonriente de Azraq, iluminaron aún más el azul de su mirada e irritaron el doble a un Judá que deseaba ahorcar a su esposa.

—Esperad, no actuáis con coherencia.

—Perdí la coherencia el día que me casé con ella. Esa mujer va a conseguir que nos maten a ambos —dijo mientras caminaba con paso firme hacia el patio para detenerles el paso.

—Os trajo a la vida... —susurró el morisco sin ser escuchado y pensando sonriente lo idiota que convertía el amor a los hombres. El tonto de su amigo deseaba tanto a su mujer, y temía tanto por su vida, que le imponía estúpidas reglas que no merecían más que el incumplimiento.

Divertido, caminó de lo más tranquilo. Judá jamás le haría daño a su esposa pero la escena bien valía la pena de ser disfrutada. El converso sin saber controlar a una pequeñaja mujer era plato que no se solía degustar en el día a día.

—Beatriz… hermana… —Judá alargó cada final de letra simulando un amable saludo mientras se acercaba al cuervo de largas túnicas y cuya cesta le cubría el cuerpo casi al completo.

—Vuestra merced, siempre es un placer veros —. Beatriz respondió con valentía y Amice se sintió orgullosa. Su influencia parecía ser beneficiosa para el carácter de la amiga.

El dueño de casa ignoró el saludo para girar con lentitud alrededor del espectro negro paralizado en el sitio.

—¿Vos sois...? —Preguntó frente a la mujer intentando bajar la mirada para ver algo de su rostro, pero le resultó imposible, aquellas telas eran una mortaja tan negra como la densa mugre en las uñas de los callejeros.

—Es... es... una novicia del convento.

—Novicia —. Repitió mientras acariciaba la pesadez del manto por un extremo.

Estuvo por elevarlo pero el guantazo que consiguió de la monja en la mano, lo hicieron estrechar la mirada para observarla molesto. Amice, al darse cuenta de lo inapropiada de su reacción, tembló buscando una explicación razonable.

—Señor, no deberíais ser tan impertinente —. Respondió ofendida.

—¿Lo soy?

—Por supuesto, la hermana Clara es una joven inocente. Una monja de clausura. No se le tiene permitido ver a nadie.

Judá caminó en círculos alrededor de un cuerpo, que a pesar de la inmensa manta, pudo reconocer perfectamente.

—¿Y por qué una monja de clausura camina por mi casa con la mitad de mi despensa en su cesta?

—¿Monja? ¿he dicho clausura? No mi señor, perdonad a esta tonta mujer, quise decir novicia, la novicia Clara para ser exactos. Ella puede salir siempre y cuando no vea a nadie —. Amice evitó contestar el pequeño detalle sobre el robo de alimentos.

Azraq el azul lanzó una carcajada y se disculpó al instante ante una Amice que lo hubiese estrangulado con sus propias manos si no fuese porque el hombre tenía de pequeño lo que ella de apropiada.

—Y porqué una novicia ¿de clausura habéis dicho? —Ambas mujeres asintieron a la vez—¿Por qué está en mi casa?

La voz de Judá se enfocó en la joven cuervo mientras acercaba el rostro a su cuello comprobando el aroma a jazmín que tan bien conocía.

—Ella no habla —. La frente de Beatriz se cubría de un sudor frío. Judá siempre la atemorizaba. Esos cabellos, esa mirada, ese pasado. Le temía y mucho.

—¿También es muda?

Esta vez la carcajada del morisco enfadó tanto a las dos mujeres que se disculpó al instante.

—Por supuesto que no es muda y si os parece bien, debemos marchar —. Amice sentenció mientras sujetaba por un codo a la mujer cuervo y Beatriz corría para sujetar el otro brazo pero el converso habló con voz grave antes que se moviesen.

—Esposa…

Las tres se inmovilizaron en el sitio. Gadea agachó el rostro bajo el disfraz y Judá pudo ver que sus manos aferradas a la cesta comenzaban a temblar. Maldito fuese, él no deseaba asustarla. Nada de esto sucedería si ella cesase de enfrentarlo en todas las decisiones. Llevaba tantas veces rescatándola de problemas que apenas era capaz de contarlas. ¿Es que no comprendía que sin ella su vida estaba vacía? ¿Tan difícil era comprender que la quería en casa y protegida? Alguien como él no soportaba más pérdidas. Ya no deseaba el consuelo de una vida mejor ni el perdón de los cielos, él sólo buscaba un hogar y algo de paz… Y a ella. ¿Por qué no era capaz de verlo? Estaba por dejar que su impotente furia lo dominase cuando Azraq le aprisionó el hombro con fuerza.

—¿Aún recordáis al párroco Antonio? ¿Ese junto a la Alcaná nueva?

Cómo no recordarlo. Ese desgraciado los educaba con la fuerza de la vara. Cada vez que lo golpeaba Judá lo recibía con sonrisa maléfica. El párroco juró que algún día doblegaría su voluntad, pero ninguno de sus palos lo consiguieron. Su espíritu férreo fue más resistente que la salud del viejo, que murió sólo y cubierto de sus propias miserias.

—Maldito seáis… —contestó al comprender el mensaje. Obligarla no era el camino.

—¿Entonces mi esposa está en su cuarto? —Preguntó ofreciéndoles una salida decorosa.

Poco le importaba la monja ni su amiga, las pequeñas manos de su mujer, que se aflojaron aliviadas, fueron su único propósito. Maldita fuese, no deseaba verla temerosa y mucho menos hacerla sentir así. Puede que Arzaq tuviese razón y su excesivo celo lo hiciese demasiado precavido, pero eso no significaba que disfrutase un poco de la osadía de su querida mujer.

—Está dormida —. Contestó Beatriz a lo que Amice asintió con un golpe de cabeza que por poco le descoyunta el cráneo.

—Bien, entonces, y dada las circunstancias, creo que deberíamos hacer una visita a la mancebía tras la muralla ¿no lo creéis así amigo mío? Llevo días encerrado cuidando de mi mujer y merezco un descanso apropiado para un hombre con mis apetitos…

Las mujeres abrieron los ojos como un pavo, pero fue la tensión en los hombros de la aparente novicia, lo que lo divirtió en exceso. Conocía a su mujer y sabía el temperamento que corría por sus venas. Puede que ella lo retara con sus locuras, pero él disfrutaría de sus celos.

—No podría ser yo quien dijese que no poseéis razón —. La voz gruesa y firme del moro extrañaron aún más a las mujeres que a punto estuvieron del desmayo.

—Y Blanca, vuestra hermana, ¿se ha marchado? —Sabía perfectamente lo fuerte de la provocación y disfrutaba de la furia que dentro del negro disfraz se estaría iniciando.

—Si vuestra merced nos lo permite —Amice intentó huir y arrastrar a Gadea pero ésta aferró con más fuerza la cesta, y sin moverse ni un paso.

—Es una pena que no esté aquí. Vuestra hermana sí que es una mujer en condiciones. Gentil, educada, preciosa, obediente... Una como ninguna...

Judá continuaba halagando a la morisca y la novicia cuervo se tensó hasta el punto de que ya no pudo más y dejó caer la cesta sobre el pie del desgraciado esposo.

—¡Por amor al cielo!

—Y un cuerno —. Susurró bajo las telas el cuervo.

—¿Perdón? ¿Habéis dicho algo?

Gadea se dio cuenta de su error y carraspeó endureciendo la voz lo más que pudo para no ser reconocida.

—Un perdón mi señor, os pedía un perdón, aunque no estoy segura de que lo merezcáis.

La voz grave de Gadea se parecía más a la de un borracho de taberna que a la de una delicada novicia, pero no le importó. Su marido era un desgraciado y con todas las letras. Visitar la mancebía y encima halagar a la morisca. ¡Y en su presencia!

—¿Pensé que no hablabais?

—La peste… la peste que cuando se sobrevive deja ese tono tan...tan… —Amice no sabía como correr de allí antes de ser descubiertas.

Judá ignoró la absurda respuesta y el dolor en el pie para sonreír malicioso.

—¿Parecéis molesta? ¿Será quizás que no estáis de acuerdo con mis deseos?

La voz de su marido le acarició el oído por encima del velo y ella deseó estrangularlo. ¿Ahora qué pretendía? ¿seducir a una inocente novicia?

—No es mi deber juzgar las acciones de un marido, el muy pecador —Judá se divirtió con su contestación y ella le hubiese callado la sonrisa con una cesta voladora —. Me consta que su esposa es dulce, amable, preciosa e inteligente como ninguna otra. ¡Ninguna!

Los colores de la rabia le brotaban por las mejillas y agradeció el disfraz que la ocultaba. Bien sabía Dios que deseaba arrancárselo y después arrancarle uno a uno los cabellos al infiel de su marido. Amice y Beatriz intentaron cargar la cesta y guiarla hacia la salida, pero los pies se le volvieron a clavar en del suelo cuando escuchó lo peor de lo peor.

—Veo que conocéis a mi esposa pero lamento deciros que sus virtudes no son tan amplias como pensáis. Recuerdo a una mujer muy muy especial que conocí una vez… Uy, ella sí que era especial, pero comprenderéis que no desee dañar vuestros oídos virginales con mis más oscuros recuerdos —susurró a su espalda y tan cerca de ella que el calor de sus palabras consiguieron incendiarla. Pero de rabia.

Judá estaba dispuesto a marcharse cuando la novicia cuervo, desquiciada por los celos, elevó la rodilla y tomándole por sorpresa, le dio justo y al completo, en toda su masculinidad. El hombre se dobló en dos por el dolor y ella sujetó con fuerza una manzana que pensaba arrojarle en la cabeza cuando Azraq se la quitó de entre los dedos.

—No tentéis más a la suerte —dijo divertido—. Marcharos con vuestras amigas.

—Yo…

—Ahora, señora.

Amice y Beatriz sujetaron a Gadea y la cesta, y corrieron perdiendo el velo a mitad de camino. Judá no fue capaz de detenerlas. Los huevos le dolían tanto que llegó a pensar que los tendría hechos tortilla. Azraq las vio huir y se sonrió al ver los cabellos brillantes de Gadea correr con el viento. Haym entró al patio, pero prefirió no preguntar porque su hijo se presionaba sus partes con ambas manos mientras amenazaba a todas las mujeres de la cristiandad.

—Olvidaos de vuestra esposa y su hermana. Tenemos problemas mayores.

Judá observó escapar a su mujer prometiendo venganza mientras la preocupación de su padre logró apartarlo de Gadea y ¿de su hermana? ¿Qué curioso? La sabandija de Juana no se encontraba con sus secuaces, y ahora que lo pensaba mejor, ¿dónde estaba Gonzalo? Llevaba tiempo sin verlos a ninguno.

—¡Vamos! —Gritó Haym en un gesto para nada habitual en él.

Judá asintió e intentó incorporarse con algo de dignidad, más tarde se vengaría de su esposa. Una dulce y prolongada venganza. Siempre y cuando su intimidad sobreviviese como para participar en el castigo.

Justicia

Los dos hombres a caballo comenzaron a rodearlas y Juana se aferró a la cesta de ropa sucia temblando como hoja en otoño. Con premura buscó en la distancia a aquél que no estaba. Gonzalo no se encontraba por ningún sitio de la pradera, y esas dos furias cabalgaban delineando un gran círculo del cual les era imposible huir. Y no es que lo pensase sin intentarlo, pero apenas si llegó a correr más de cinco pasos, antes que el más joven la detuviese erguido sobre su inmenso animal.

Con la saliva atragantada cerró los ojos rogando al padre creador para que aquellos hombres temibles no lo fuesen tanto como lo parecían. Inés, estática a su lado, apenas si respiraba. El hombre más viejo se le abalanzó como una alimaña furiosa, y Juana no necesitó pensar demasiado como para reconocer al poseedor de semejante maldad. Ese hombre sólo podía ser uno. El dueño de las crecientes pesadillas de su amiga. El marido de Inés. El abandonado y ultrajado.

—Cristóbal, hijo… — Susurró suplicante al más joven.

La mujer susurró como si buscase comprensión, pero ambos hombres, el de las marcadas canas y el de joven rostro apesadumbrado, bajaron de sus monturas.

Juana volvió a suplicar al cielo desesperada. La distancia hasta la muralla era demasiado extensa como para correr. Con el cerebro turbado por el miedo buscó alternativas de escape que no existían. Estaban a merced de aquellos que se acercaban con sonrisa de lobo en los colmillos. Dios, porqué no hacía caso nunca. Miles de veces le dijeron que no podía alejarse y muchos menos sin compañía masculina, pero nada, ella nunca obedecía. «Virgen, madre de todas entre todas, no permitáis que muera así…», pensó al ver como el más joven se le acercaba al punto de sentirle la respiración rozarle el cuello.

—Esposo, yo...

—Mala mujer. ¡Callad! No merecéis hablar —. Inés cerró los ojos antes que el golpe le alcanzase al rostro y la tumbase en el suelo.

—¡No! —Juana gritó intentando acercarse pero el joven la sujetó por los brazos inmovilizándola en el sitio —. ¡Maldito bastardo! —Sollozó desesperada mientras se revolvía entre los fuertes brazos del joven—. Es vuestra madre. ¡Ella os dio la vida! No podéis hacer esto.

Juana gritaba buscando algo de sensibilidad en el muchacho. Era más joven y fuerte, podría vencer al hombre en apenas dos golpes si quisiese, pero lo necesitaba de su parte. El marido, cuyo rostro se desencajaba por el odio, parecía dominado por el infierno del mismo apocalipsis.

—¡No! —Volvió a gritar desesperada al ver como la bota mugrienta del hombre se estampaba contra el estómago de la mujer que, muerta de dolor, se restregaba en el lodazal del Tajo —. Por favor no… vais a matarla… —rogó al ver la sangre brotar del rostro de la compañera del beaterio.

—¡Mala mujer! No merecéis vivir. Me abandonasteis, escapasteis de mi como la rata que sois. Me habéis puesto los cuernos, sois la más puta entre las putas.

—Mi señor, perdonadme. Os lo juro, yo jamás os engañé.

El hombre no dejaba de propinar insultos y patadas certeras frente a una Juana que se deshacía por dentro.

—Ayudadla por favor… sois su hijo —dijo al secuestrador que la detenía con fuerza por los brazos. Es vuestra madre. Por favor…

—Nos abandonó —dijo justificando lo injustificable.

—Una oportunidad, mi señor. Ofrecedle una oportunidad… —Juana sollozaba clemencia ante la impotencia de un auxilio que no le podía ofrecer.

La mujer se desangraba delante de sus narices y ella no poseía la fuerza de un hombre para defenderla. Maldita fuesen sus manos pequeñas, sus músculos escuálidos y sus faldas carceleras.

El lobo viejo pareció por primera vez escuchar a Juana porque cesó sus golpes para girarse y mirarla como a un mosquito insignificante. Al ver como captaba su atención aprovechó la que podría ser su única oportunidad.

—Mi señor, es vuestra esposa, la madre de vuestros hijos, ha cometido un error, pero ¿quién si no un gran hombre como vos sería capaz de perdonar? El propio hijo del padre nos ofreció su perdón, ¿por qué no hacerlo vos con esta humilde e irracional mujer? —Juana hablaba con el asco subiéndole por el pecho pero este no era momento de reivindicaciones femeninas, si el hombre deseaba miel ella se la ofrecería. Todo con tal de detenerlo. El viejo aceptó su lisonja de adulaciones y Juana no se detuvo. Lo que fuese por escapar de allí —. Vuestra merced es un hombre sensato y como tal comprenderá mejor que nadie de nuestros errores. Perdonad a la mujer, que como bien es sabido piensa poco y nunca es testimonio de razón. Permitidle regresar con vuestra hija.

Inés había marchado del hogar junto a su hija, hacía ya meses. Agotada de tanto maltrato, fue una de las primeras en buscar refugio en el beaterio. Allí sobrevivía escondida de quien ya la había encontrado.

El hombre se restregó los ojos y le gritó con el demonio nuevamente en los labios y Juana se arrepintió de sus últimas palabras. Creyó apelar al amor de un padre lo que sólo al odio era destinatario.

—¿Y vos quién sois? —Juana se revolvió al ver como el fiero lobo se le acercaba. Quiso escapar pero los brazos como postes tras su espalda se lo impidieron —. Ya veo, debéis de ser la puta casada con el asqueroso converso.

—No, yo no soy esa —estuvo por responder cuando el bofetón del hombre le giró el rostro con tanta fuerza que hubiese caído al suelo sino fuese porque el joven la sostenía cual soga de verdugo.

—Asquerosa mujer. Como todas —dijo escupiéndole el vestido —. Mala mujer que no sabe más que revolverse en el barro de los cerdos indignos. Pecadora origen del vicio y de la depravación que nos gobierna. ¡Matadla!

—Pero padre, no es más que una muchacha… — la voz del joven sonó afligida y turbada.

—Sólo arrancando la cabeza de la serpiente nos liberaremos de su veneno. ¡Matadla!

—Clemencia, mi señor… matadme a mi pero no carguéis con la sangre de una inocente.

—¡Inocente! Ella os dio cobijo. Ella se revuelve en las sábanas de un sucio judío. Todas sois iguales. Cuerpos dispuestos a satisfacer las órdenes del mismísimo demonio.

La mujer intentó levantarse y rescatar a su salvadora, su benefactora, su única amiga, pero el estoque de su marido alcanzó su cuello antes que pudiese rezar a la virgen para que la recibiese entre sus brazos. La fina cuchilla la diseccionó de este a oeste dejándole la cabeza a medio colgar entre cuerpo y suelo.

—¡No! No...—suplicó Juana a pesar de lo tarde de sus súplicas.

El marido, salpicado de sangre inocente, observó satisfecho el caer del cuerpo de quien no merecía vivir. Inés lo trató como un cornudo. Escapó de sus deberes de esposa huyendo de sus obligaciones como mujer y no merecía nada más que la muerte. La ley estaba de su lado y no tendría que justificarse de nada. Las mujeres no abandonaban a sus maridos como el sol no salía por las noches, y si engañaban, ellas morían. La justicia era justicia.

Con el asco en la garganta por la traición de quien consideraba de su propiedad, ordenó nuevamente a un hijo que nada poseía de voluntad.

—Matadla y que Dios se apiade del asco de sus vicios. Sangre cristiana retozando con sucios judíos no merece más que la implacable ley.

—¡No! No me matéis, os lo suplico. Yo no soy la mujer del judío. Yo no...

Juana detuvo sus súplicas cuando desconcertada sintió el frío del puñal del joven clavándosele bajo el pecho izquierdo. Con las manos ahora libres se apretó la herida cuando una segunda puñalada se hundió justo al lado de sus dedos entreabiertos y cubiertos de sangre.

—Yo...

El cuerpo dejó de pesarle y cayó junto al charco mezcla de barro, agua y rojo bermellón.

Creyó escuchar el sonido de los caballos. Los hombres parecían marcharse con la tarea cumplida. La respiración le costaba y sólo fue capaz de mirar el agua del Tajo que circulaba indiferente ante la tragedia de su vida interrumpida. La sangre caliente comenzó a darle algo de calor a un cuerpo que se enfriaba con celeridad. Quiso pensar pero la claridad la abandonaba. Cuántos pensamientos sin decir, cuántos sentimientos sin expresar, cuántos sueños por cumplir…

La noche se acercaba, pensó al sentir el frío helado de la oscuridad toledana envolverla. A lo lejos creyó ver una luz pero no eran más que vestigios de sus propios recuerdos que deseaban acompañarla en este su triste final. Recuerdos de su querida Gadea sonriendo, la picardía de su hermano pequeño al jugar, los brazos fuertes de Gonzalo… Gonzalo… se dijo al recordar el amor que nunca tuvo y que ya nunca tendría.

—Santa madre guiadme allí donde me llevéis —dijo invocando protección antes que la luz de los ángeles le indicasen el camino. Los dulces y valientes ojos se cerraron y sus pensamientos se apagaron en un último suspiro de adiós.

Gonzalo buscaba en la distancia maldiciendo a los cuatro vientos. Juana nunca esperaba. Molesto caminó fuera de las murallas. Si los tiempos no le fallaban, las mujeres aún estarían lavando las ropas en las frescas aguas del Tajo.

Canturreando anduvo con tranquilidad sorprendido con sus propios pensamientos. Desde que Gadea se casara, su corazón alborotado parecía comenzar a tranquilizarse y en gran parte se lo debía a la chiquilla, que hoy convertida en toda una mujer, lo atraía cada momento un poco más. Desde su llegada siendo apenas un mozo a la casa de los Ayala, Juana lo persiguió como si su destino fuese él y sólo él. En momentos como este le parecieron divertidas sus chiquilladas, aunque a decir verdad cuando comenzó a convertirse en un mozo, la persecución a la que le sometía la jovencita le resultaba ser un fuerte dolor de cabeza. Aún podía recordar esa tarde en las caballerizas junto a Dolores, la costurera. La joven se esmeraba en su tarea cuando la puerta de madera maciza se abrió de golpe dejando a una Juana estupefacta ante la escena. Todavía recordaba la inmensa regañina que le echó una vez subido los pantalones y por supuesto deshaciéndose de la pobre muchacha que se marchó tan pura como había llegado. Esa tarde los pies de Juana fueron casi tan veloces como los suyos, y aunque enfadado con la pequeña, no pudo más que inventarse una historia mentirosa. Bendita las Ayala y la inocencia de sus pensamientos, pensó caminando divertido.

Hoy el tiempo ya no era el mismo y Juana era toda una mujer. Una tan terca y perseverante como buena y grande de corazón. Parecía mentira que los años hubiesen pasado tan pronto. Aún podía recordar perfectamente el día que su padre lo despidió hacia Toledo. Sus lágrimas le bañaron el rostro, pero no tubo otra alternativa. Como hijo bastardo pocas oportunidades hubiese tenido sino fuese por el inmenso amor que este siempre le propinó.

Toledo se le presentó como una gran oportunidad y las Ayala como algo que aún no era capaz de definir. No podía decir que hubiese olvidado el amor por Gadea pero este había cambiado. Hoy Juana lo calentaba más que cien chimeneas juntas. Todo con ella era diferente.

Con paso lento caminó envuelto en sus recuerdos cuando el sonido de caballos llamó su atención. Buscó en la distancia, pero el río aún se encontraba lejos.

Viajantes, pensó sin dar mayor atención a los extranjeros. La mancebía se encontraba al otro lado de la muralla, pero muchos eran los maridos que, precavidos para no ser descubiertos, y temerosos de una inmensa retahíla moralista, cabalgaban dando giros innecesarios antes de llegar a casa.

Ya casi en el río, las mujeres no estaban por ningún lado, por lo que se dispuso a regresar rumbo a Santa María la Blanca. La pequeña hija de Inés fue la que le informó de los planes de las mujeres, pero estaba claro que la pequeña se había confundido. Allí no había nadie lavando las ropas.

Con el intenso calor de la tarde toledana se agachó para refrescarse cuando notó algo raro en el agua. Algo más espeso… más ¿rojo? Apresando entre los dedos la mezcla de agua y sangre que bajaba por la corriente, sacó su espada del cinturón de cuero. Elevando la punta de los pies hacia la cuesta estudió precavido qué diantres pasaba. Algo más de treinta largos pasos hasta que su vista tuvo capacidad de mostrarle la razón de sus inquietudes. Las mujeres yacían a no más de tres metros de distancia una de la otra, pero con tanta sangre que se le dificultó reconocerlas. Corrió con el corazón detenido y rogando al cielo que no fuese ella. No podía ser ella.

—No… no… —se dijo al ver a la mujer degollada y a Juana encharcada en un mar de sangre.

Desesperado corrió hasta resbalar junto al cuerpo de su adorada pequeña, esa muchachita que ganó su corazón aún sin desearlo. Así era Juana, persistente como ninguna, audaz como la más y bondadosa como la mayor.

—¡No! —Gritó al cielo mientras alzaba el cuerpo inerte entre sus brazos y lloraba desesperado por una realidad que no podía estar pasando. Dios no podía ser tan cruel. No podía curar su corazón dañado para posteriormente apaleárselo cual perro abandonado. Quería a Juana y la necesitaba.

Al otro lado de las murallas, en la gran casa junto al Zocodover...

—Las cosas han empeorado.

—No os comprendo.

—Creo que os dejo solos para que habléis.

—Quedaros. Vuestra gente tampoco saldrá indemne.

Azraq el azul aceptó la copa de vino que Haym, el padre de Judá le ofreció, y se sentó junto a su amigo, interesado por escuchar.

Judá se mantuvo en absoluto silencio esperando una explicación. Su padre no era de banas advertencias, si algo lo inquietaba era porque algo demasiado gordo se cocía a fuego lento o demasiado rápido, pensó bebiendo un sorbo del costoso vino de Yepes.

—Nuevas leyes han comenzado a circular en Castilla. Leyes que nos afectan directamente tanto a los míos como a los vuestros —Haym habló fijando su experta mirada en Azraq quien no ocultó el desconcierto en los gestos.

—No comprendo. No existen leyes especiales para nosotros. Mi familia lleva varias generaciones abrazando la fe cristiana en Toledo. Somos cristianos.

—Y en lo que a nosotros respecta, mi unión con una Ayala, aseguró la solidez de nuestra conversión. Nosotros también somos cristianos.

—Nuevos cristianos —. Haym bebió un sorbo largo de vino y tragó con fuerza antes de comenzar a explicarse.

Y lo hubiese conseguido sino fuese por los gritos de Gonzalo de Córdoba, quien entró mojado en sudor y sangre, cargando con el cuerpo de una joven entre los brazos.

Alquimia

Fruto de un acto reflejo, Judá y Azraq echaron mano a los puñales colgados de la cintura, y no fue hasta el tercer abrir y cerrar de ojos que el converso comprobó la gravedad en la que se encontraba su cuñada. De un golpe arrojó al suelo la jarra y la bandeja con frutas de encima de la mesa y ladró a golpe de garganta.

—¡Aquí!

Gonzalo asintió y casi sin fuerzas depositó el cuerpo inerte de Juana sobre el gran tablón de madera. Dos veces trastabilló y poco estuvo de caer al suelo fruto del intenso agotamiento. El caballero se encontraba embarrado hasta la cabeza, cubierto de sangre y con las piernas a punto del desfallecimiento. Las intensas cuestas toledanas no eran buenas aliadas en casos de vida o muerte.

—Hijos de puta. Quién la ha matado… — dijo con la mandíbula agarrotada por la furia.

—¡No! —La afirmación de Gonzalo resultó ser tan segura que lo hizo dudar, pero era imposible, la herida ya ni sangraba —. Está viva —. Las palabras se le atascaron en la garganta reseca.

Casi sin creerle Judá acarició el delicado cuello no deseando confirmar sus sospechas cuando el leve latido de la gruesa vena confirmó el diagnóstico del doncel. Juana aún vivía.

—¡Vive! — Gritó apuntando con la mirada al morisco incrédulo e intentando afianzar así la loca realidad. Era imposible pero la joven aún respiraba.

—Id a por vuestra hermana. Tomad uno de mis caballos. ¡Ya!

A toda prisa se quitó la túnica por la cabeza para cubrir la herida de la joven. Su amigo, el moro, que creyó estar reviviendo una escena de un pasado casi olvidado, no reaccionaba. Cabellos embarrados, una jovencita inocente con herida mortal y un dulce cuerpo que dejaba escapar un alma que no merecía tan terrible final.

—¡Azraq! Por los clavos de Cristo. ¡Id a por vuestra hermana! ¡Ya!

Como despertando de un ensueño tormentoso, respiró agitado, mientras asentía con gestos reflejos.

—Tabán… Y mil veces tabán… —las maldiciones del moro se perdieron con el sonido de sus botas golpeando el suelo de madera, que crujía bajo el desgastado calzado.

Azraq, al igual que toda su familia, no poseía tantos bienes como su amigo el converso, pero su carencia en bienes lo sustituía con un alma demasiado honorable para los tiempos que corrían.

A toda prisa entró en el establo y sin preguntar, tomó la mejor yegua de su amigo, y voló rumbo al beaterio. Su hermana seguramente seguiría allí.

El calor del sol aún en el cielo calentó su frente pero el moro de anchas espaldas cabalgó la corta distancia desde Zocodover hasta la antigua sinagoga. El barro húmedo de la calle, mezcla de aguas fecales y deshechos de curtidores, salpicaron todo alrededor, pero no se detuvo a pesar de los insultos de los comerciantes que alzaban sus puños en alto.

—¡Maldito moro! —Refunfuñó un viejo judío sujetando su cuaderno con esquemas de lápidas del cementerio y que por poco muere atropellado.

Atrás quedaron los comercios cuando frente al gran portal saltó sin esperar a que la yegua se detuviese. Azraq deseaba salvar a la joven más de lo que se hubiese imaginado. La muchacha era como un grano en las posaderas, y de esos que irritaban mucho, pero Gadea, ella no merecía padecer tanto dolor. «Gadea...» se dijo al entrar en el recinto con los mil demonios por delante. ¿Cómo la enfrentaría? ¿Cómo explicarle que su pequeña hermana se encontraba más cerca del cielo infinito que de la vida terrenal?

—¿Hermano qué sucede? ¿Es Judá? —Preguntó nerviosa y sin pensar.

—¿Gadea? —Contestó sin analizar ni sus palabras ni las de ella.

—Ha ido a por pan a casa de María. Las mujeres no... ¿Por qué preguntáis?

—Mejor así. Vamos.

El moro apresó con una mano el codo de una jovencita que clavaba los talones intentando descubrir que diantres era lo que sucedía. Azraq se detuvo al ver el rostro de espanto de las mujeres que, sentadas en el suelo, escuchaban las enseñanzas de quien era raptada ante sus estupefactos ojos.

—Es Juana, le han abierto las entrañas. Está muerta —. Susurró con apenas voz para no alterar a las señoras.

La pena que tradujeron sus palabras era tan intensa que Blanca creyó ver como su hermano revivía un pasado olvidado.

—Hermano, bien sabéis que la voluntad del señor está por encima de cualquiera de nosotros. Ni siquiera el alquimista podría revivir a una muerta —dijo con seguridad.

Su maestro, el nigromante, era el más grande entre los grandes alquimistas pero sus ensayos con la muerte resultaron ser muy decepcionantes, y a pesar que todos los días este juraba que conseguiría vencer al final de los finales, lo cierto era que nadie del otro lado volvía para testimoniar su victoria.

—No lo entendéis... su vientre... pero aún vive —dijo resumiendo el más repugnante de los ataques.

—Azraq, ella no es Ana María.

El joven por un momento creyó estar viendo en Juana a su esposa muerta. Esa que amó hasta la saciedad, pero a la que unos malnacidos usurparon la vida como si de una rata se tratase.

—No lo comprendéis. Aún respira, poco, pero respira. Hermana debéis intentarlo.

Por supuesto que lo intentaría, pensó Blanca mientras recogía a toda velocidad el libro de magia de su abuela y corría junto a su hermano hacia el caballo. Si existía vida es que aún poseían esperanzas y si alguien merecía su ayuda esa era Juana. La joven no era más que un dechado de buenas virtudes. Nunca se cansaba, siempre dispuesta a ayudar, siempre dispuesta a meterse en problemas por otras como ella. Juana no era capaz de apreciar las diferencias de una Ayala frente a una común de pueblo, una hija de granjeros o una simple curandera como ella misma.

Con toda la intención de hacer todo lo que estuviese a su alcance corrió junto a Azraq. Su hermano la sujetó por la cintura y la elevó tan alto y rápido que por poco estuvo de caer hacia el otro lado de la montura. Con las uñas se sujetó a las amplias espaldas mientras rezaba en alto a Santa Marta esperando poder salvar a la muchacha. No deseaba que la historia se repitiese. Su cuñada fue abusada y asesinada como si de un animal se tratase y ella aún sin el conocimiento adecuado, poco pudo hacer por salvarla. Hoy la experiencia y las enseñanzas del marqués de Villena estaban en su cabeza y lucharía con la muerte si hacía falta. Azraq los hizo volar más rápido que los rayos de las tormentas de verano, mientras se sujetaba con fuerza y con el rostro pegado a su espalda, para rezar en silencio.

—Vamos padre, algo podremos hacer.

Judá hablaba con celeridad ante un Haym incapaz de reaccionar. Al igual que el joven de Azraq, él también luchaba con sus propios demonios. Los recuerdos de un superviviente no siempre eran los mejores y los de Haym no eran mucho más placenteros que los del joven moro. Su ángel, su amor, ella también poseía unas heridas similares. Ella también fue abierta en canal. Ella también se marchaba con una vida por completar. Ella también dejaba un mar de desconsuelo a su alrededor. Ella también era amada.

—Padre, por favor… —El converso suplicaba a un hombre que no reaccionaba mientras aprisionaba la herida con fuerza bajo unos puños que intentaban retener un aliento que se perdía —. ¡Padre! —Chilló queriendo despertarlo de antiguos recuerdos.

Esa muchacha era la felicidad de su mujer y ella la suya, no se daría por vencido. Tenía que salvarla o Gadea moriría de pena y él a su lado. Su esposa era su sangre y su aliento y lucharía con cuerpo y alma por evitarle semejante dolor—. Maldito seáis ¡reaccionad! Ella ya no está con nosotros. ¡Padre! A ella nos la arrebataron, pero Juana aún posee una oportunidad. Padre por favor… sólo vos sabéis como ayudarla.

Las manos ensangrentadas de su hijo en los hombros, lo hicieron reaccionar e inmediatamente se puso en acción. Judá tenía razón, a su dulce Inés se la arrebataron, pero aquella muchacha, ella aún podía vivir. Debían intentarlo.

—¡Dominga! Agua y aguja. ¡Corred! Vos —dijo a un Gonzalo agitado por la pena—. Id a por el frasco de salvia de la cocina. Buscarlo en las estanterías de hierbas.

Judá agradeció al cielo el resurgir de su progenitor mientras lo veía arremangarse la camisa. Haym, aunque no era tan sabio en la ciencia medicinal como Blanca, era bien conocedor de las enfermedades y sus tratamientos. Los años y largas andaduras por el mundo le enseñaron a coser heridas con la habilidad de la mejor de las curanderas. Ambos se lavaron las manos con el cubo de agua que Dominga se apresuró a traer. Era un ritual muy judío, pero no eran momentos para planteamientos religiosos.

Limpiaron la sangre de una joven que ya no padecía ni sentía. Mejor así pensó Judá al ver la profundidad del corte. Uno de ellos no parecía ser profundo, pero el segundo, ese le cruzaba la matriz casi al completo. Rezando en silencio obedeció una a una las instrucciones de su padre. Los médicos no ayudarían a una muchacha en situación semejante pero los De la Cruz no eran hombres de temor. Arrancaría a su cuñada de los mismos brazos del altísimo si con ello le evitaba un sufrimiento a su dulce Gadea.

Cuando Azraq y su hermana entraron por la puerta, Juana se encontraba en el lecho y cubierta con sábanas limpias. Gonzalo no cesaba de acariciarle el rostro rogándole porque se quedase a su lado pero con una voz tan suave que sólo él fue capaz de escucharle. Cerrando los ojos ocultó su infinita preocupación. Deseaba tener a su lado a Gadea, necesitaba saberla a salvo, pero también quería alejarla de aquella imagen.

Blanca comprobó la herida y mantuvo una larga conversación con Haym, que explicó al detalle cada una de sus decisiones. La morisca parecía asentir mientras se dirigía hacia la cesta de hierbas. Con cuidado depositó sobre la base el mortero al que le introdujo unas flores de lavanda, unas hojas de enebro, de espliego y unas cuantas de manzanilla. Con dedicación se puso a macharlas mientras oraba concentrada.

—*Bendigamos al Señor, cantemos y exaltemos eternamente. Él nos ha arrancado del infierno, nos ha salvado de la mano de la muerte, nos ha sacado del horno de llama abrasadora, nos ha rescatado de en medio de la llama...*—Una vez aplicado el ungüento sobre la costura, lo cubrió con vendas —. Aplicad las hierbas antes que amanezca y volved a cubrir la herida. Intentad que beba algo de agua, le será útil.

Sin poder hacer mucho más, se marchó con su hermano rumbo a la seguridad del propio hogar.

Gonzalo, después de ser cordialmente amenazado por su señor si no obedecía, aceptó ir a lavarse con la promesa de regresar con premura. Judá, agotado por el esfuerzo mental, se acercó a la ventana intentando respirar algo de aire fresco. A lo lejos pudo verla regresar al hogar con radiante sonrisa junto a un grupo de mujeres que la despedían en la entrada. Que Adonay lo ayudase para encontrar las palabras adecuadas.

Gadea entró a la gran sala en puntillas cuando lo encontró de frente. El rostro de su marido le indicó que estaba en graves problemas. Llevaba rato preparando un discurso adecuado pero la oscura mirada logró atemorizarla al punto de replantearse la tan ensayada dialéctica. Bien, puede que Judá tuviese algo de razón y ella no actuase acorde a las normas esperadas ¿pero qué esperaba? Él intentó recluirla como a una gallina en gallinero. Con la cabeza en alto y una serie de argumentos nuevos con los que defenderse, esperó que su marido comenzase, pero este sin previo aviso se acercó y en la penumbra de una noche que comenzaba, la abrazó con ternura.

—Amor mío, debéis ser fuerte.

—¿Qué sucede? ¿Por qué no estáis enfadado? —Gadea miró a los lados buscando explicación alguna.

—Esposa debéis ser fuerte

—¿Qué sucede?

—Gadea, vuestra hermana…

—¿Dónde está Juana? —Su marido no contestó y ella tembló ante el temor de lo que no asumiría jamás —. No ¡no! —Judá intentó sujetarla en su abrazo pero con un fuerte empujón logró liberarse y correr al cuarto de su hermana —. Mentís… ¡Estáis mintiendo! —Chilló con lágrimas en los ojos ante un hombre que se rompía con el dolor de quien más amaba.

Lazos de vida

Gadea se restregó los cientos de lágrimas silenciosas que le bañaban las mejillas antes de acariciar el adormecido rostro de la moribunda hermana. Gonzalo, al otro lado del lecho, aprisionaba entre los dedos la cruz de templario, heredad de su abuelo y que colgaba de su cuello, suplicando a los ángeles una pequeña cuota de piedad. Rezó tantas veces y con tan honda penuria, que los cielos se cerraron al escuchar tan cruento dolor. Dios sabía que la necesitaba más que a ninguna otra. El divino creador no podía abandonarlo, no ahora que se sabía hechizado. Juana debía permanecer con él y soportar las atenciones de aquél que locamente había hipnotizado.

Judá, envuelto en sus pensamientos, no cesaba de caminar nervioso. Si por él fuese prohibiría a Gadea llorar, luego la secuestraría en sus brazos y la llevaría al cuarto. Una vez allí le arrancaría las ropas y la poseería hasta desfallecer juntos de amor. No se detendría hasta agotarla con sus atenciones y luego la envolvería en su calor para con interminables caricias, conseguir borrar cada una de sus penas. Verla sufrir significaba un sufrimiento aún mayor que su propio sufrimiento. Mil veces se dejaría apuñalar si con ello detuviese alguna de sus indecibles penas. Su esposa se perdía en el dolor del alma mientras él se clavaba las uñas en las propias palmas sin saber como protegerla. Lo daría todo por ella. Eso lo supo hacía mucho tiempo atrás, pero en momentos como este, odiaba sentirse tan insoportablemente humano. Nada ni nadie le enseñó a aceptar con resignación lo que infernalmente la vida ofrecía. «¡Dios!» Se dijo arrastrando la negra cabellera hacia atrás y desviando la mirada de Gadea antes de volverse loco de impotencia.

¿Por qué el altísimo lo castigaba tanto? El mundo, en momentos como este, se hacía imposible de soportar. Juana era joven, solidaria, «¿Qué os ha hecho ella? ¿Por qué no llevar a este pecador antes? Bien sabéis que mis infracciones le exceden en amplitud. Matadme a mí y limpiad el mundo si con ello le regresáis a mi esposa las esperanzas».

Las vidas que se necesitaban se marchaban, pero las que merecían castigo permanecían lozanas, ¿sería tal vez que los cristianos tuviesen razón y todo fuese fruto de la furia divina? ¿Y si todo se resumiese en un gran castigo divino? ¿Y si Dios no los escuchase jamás a ninguno? ¿Y si todo fuese un gran plan diseñado por el propio demonio? Frunciendo el ceño se apretó entre los ojos pensando que se volvería loco ante tanto despropósito. Los buenos se marchaban, los malos caminaban, la fe se perdía y los humildes el único cielo que alcanzaban, era el de un mendrugo de pan duro.

El sollozo de Gadea se hizo sonoro y el dolor de su mujer laceraba aun más el alma de quien ya poseía demasiadas cicatrices. Cuando todo acabase, sería el converso falsamente ideal para los nobles castellanos pero el infiel azote para quien lo enfrentase. Nadie atacaría a su familia sin recibir la venganza de quien no tendría piedad. Adonay podía castigarlo en los cielos, pero Gadea no derramaría más lágrimas en la tierra por los miserables que pisan el mundo. El castigo divino siempre era justo, pero en ocasiones era lento e inescrutable. Y lo que estaba claro era que la justicia no se encontraba en esa habitación. Juana y Gadea no se merecían tanta pena, y si Dios no actuaba, él sí lo haría.

Una nueva lágrima de la joven estuvo a punto de hacerlo perder el control al completo. La puerta de la alcoba se abrió lentamente y por primera vez agradeció la visita de aquellas incansables cotorras insufribles. Algo aliviado las observó entrar en la alcoba, aunque nunca las supo tan silenciosas. Las mujeres comenzaron a situarse junto a Gadea y su cuerpo se estiró atento. Su esposa se aferró en un fuerte abrazo consolador con Beatriz para luego continuar con el resto. Las muchachas desfilaron de una en una en un largo y tranquilizador abrazo y él suspiró aliviado al ver algo de consuelo en su amada.

Tras María entró Beltrán y no pudo más que sonreír de lado ante la tonta mirada de su primo. Era de ciegos no ver lo que allí estaba pasando. La ex prostituta lo tenía tirando del hocico cual perro faldero. Hombres de raza fuerte, se dijo observando en su primo el fruto de su propia estupidez.

—Judá —. Una leve inclinación de cabeza fue saludo suficiente. Apoyados contra la pared junto a la ventana, y observando a las mujeres que hablaban en apenas un murmullo, preguntó precavido —. ¿Posibilidades?

—En manos de Dios —. Contestó observando a su mujer como nuevamente acariciaba el rostro de la hermana bañada en sudor.

Beltrán asintió y casi pegado a él para no ser escuchado, habló con dudas.

—¿Sabéis quién?

—Me han informado que la hija de Inés, la muerta, fue secuestrada en el beaterio de la Blanca, seguramente su padre.

Beltrán pareció respirar aliviado y el converso se intrigó ante su reacción.

—¿Sabéis algo que yo desconozco?

«¿Algo?» Por supuesto que conocía algo. Conocía la mentira y la traición fruto de sus propios pecados. La obligación para con su padre era grande pero en momentos como este se sentía más hermano de su primo que hijo de su padre.

¿Cuántas peleas había soportado Judá por él? ¿Cuántas vidas arriesgó para salvarle? ¿Cuántas cuentas erró para beneficiarlo en el reparto de los escasos cereales? La vida de los Santa María y los De la Cruz, no siempre fue tan abundante como la actual, de echo, si no fuese por la increíble habilidad comercial del padre de Judá, su situación sería muy diferente. Listo como ninguno supo hacer de la crisis una virtud de riqueza.

La criada entró con discreción y comenzó a encender más velas en los candelabros cuando, Blanca la morisca, y su inseparable hermano, se hicieron presentes. La curandera se acercó con unas pócimas pero Judá dudaba que la morisca pudiese conseguir algo. Juana apenas respiraba y el color de su piel ya no lucía.

Con absoluto respeto, la muchacha se situó al lado contrario de la cama de donde se encontraba Gadea, y pidió con gesto compasivo a Gonzalo, que le permitiese acercarse. El joven doncel, que no esbozó palabra alguna, se levantó con el más doloroso silencio. De echo llevaba horas sin hablar.

Blanca se acercó al cuerpo y con mirada suplicatoria miró al dueño de casa.

—Pedid a todos que marchen —. La curandera susurró buscando en Judá autoridad suficiente.

—Fuera. Todas. —dijo arrepintiéndose al instante del fuerte tono en la voz.

Sus palabras no siempre acompañaban sus sentimientos, se dijo molesto. Acercándose al otro lado del lecho abrazó por los hombros a su esposa esperando que lo acompañase hacia la salida. Las muchachas obedecieron al instante intuyendo la seriedad en el rostro de la hechicera, pero por supuesto, su esposa, al ponerse en pie, se irguió para responder contraria a sus deseos. Y cómo no, ella era así, y en parte esa era una de las razones por las que se encontraba enamorado hasta los tuétanos. Gadea Ayala, al igual que Eva, había sido creada de la costilla de un hombre. A él seguramente le faltaba un hueso y no dudaba de quien era la mujer que lo custodiaba en sus propias carnes.

—Amor mío, debemos dejar que Blanca haga su trabajo.

—Me quedo, no pienso moverme.

—No razonáis, vamos, lleváis horas sentada, necesitáis comer y beber algo.

—Me quedo.

Judá necesitaba llevársela, pero se obligó a retirar la rudeza en sus palabras. Dios sabía la necesidad que poseía de demostrarle que era algo más que un marido escaso en sutilezas.

—No marcharé, vos no lo comprendéis, sólo nos tenemos la una a la otra.

Sujetando el rostro entre sus ásperas manos Judá besó su frente para hablar a Blanca sin alzar los labios de la piel de su mujer. Si ella buscaba su apoyo por encima del de la morisca, entonces ya lo poseía. Estaría del lado de Gadea, siempre.

—Blanca, haced lo que debáis hacer. Mi esposa y yo nos quedamos.

—Y yo —. Contestó Gonzalo de Córdoba, que continuaba sin salirse de la alcoba.

La hechicera se dispuso a descubrir el cuerpo de Juana y quitar las telas que rodeaban la herida.

Agachando la cabeza y sintiéndose una inútil, comprobó la peor de sus sospechas.

—El veneno blanco —dijo sabiendo que los allí presentes conocerían su significado.

Cuando el veneno blanco llegaba a un cuerpo, la muerte resultaba transito obligado.

—¡No! No… — Gadea contestó con lágrimas incontroladas sobre el pecho de su esposo — No puedo perderla...

Judá, quien hasta el momento se había mantenido al margen, y rompiendo sus recientes reglas de buenas formas, alzó la voz hacia la curandera helándole la sangre. Blanca era conocedora de su furia, pero nunca la siento tan cercana de su cuello.

—Haced algo —. La voz sonó tan grave como el fuego más infernal.

—Bien sabéis que no es posible.

—Vos podéis —contestó como si no la hubiese escuchado —. Yo os vi con el forjador.

Blanca aún recordaba aquél incidente. Ella apenas era una aprendiz cuando se encontró con el hombro del herrero inflamado, irritado y tan cargado de veneno blanco, que a punto estuvo de reventarle la piel. Decidió probar un remedio enseñado por el alquimista y tuvo suerte, pero aquello fue puro milagro.

—El caso de Juana es muy diferente. La herida es grande —contestó intentando explicarse.

Gadea observó en aquellas palabras una pequeña esperanza y no dudó en arrojarse a los pies de la curandera para suplicarle con el corazón en los labios.

—Por favor, no sabéis lo que pedís… Comprendo vuestro dolor, pero no puedo, su herida es demasiado grande y el veneno se haya en todo el cuerpo. Las fiebres altas no mienten.

Judá se acercó a su esposa y levantándola del suelo en brazos la depositó en una silla para reiterar la orden.

—Blanca, hacedlo —. El converso habló con tamaña fiereza, que el propio Azraq sintió miedo por la vida de su hermana por lo que se posicionó rápidamente a su lado.

La joven se atragantó con su propio temor. Judá durante muchos años fue su amante, su amor infinito, jamás sintió temor de sus palabras, pero ahora el cuerpo le temblaba y no de amor. Él parecía quemarla con la mirada, pero no con el ardor de los enamorados sino con el fuego de los endemoniados.

—Judá… —Azraq sentenció intentando contener al amigo.

—Hacedlo y lo que deseéis será vuestro —. Contestó con la misma intensidad de antes —. Lo que deseéis… —repitió al saber perfectamente lo que ella deseaba de él. Judá se acercó lo más que pudo a la morisca para repetir estrechando la mirada —. Lo que sea.

Con la repugnancia de las mujeres rechazadas, hubiese querido decirle que se muriese allí mismo, él y todas sus ofertas, pero no pudo. Lo amaba demasiado como para no aceptar el desafío y la recompensa. Si Judá compartiese su lecho nuevamente tendría una segunda oportunidad y el señor sabía que lo deseaba más que a nada en este mundo. Era horrible y ruin de su parte ¿pero que aspecto del amor no lo es?

—Necesitaré agua hirviendo, unos paños limpios y un cuchillo —. Gadea era inconsciente de lo que allí se cocía. Intentó alzarse del asiento, pero volvió a caer mareada.

—¡Azraq! Llevad a mi esposa fuera. Gonzalo, ir a por el agua hirviendo y el resto de cosas.

—Esposo… —quiso resistirse, pero las arcadas le llegaron hasta los labios.

—Debéis iros, Azraq os llevará a nuestro lecho. Iré con vos en cuanto pueda.

La joven se soltó del amarre de Arzaq y quiso enfrentarse a su marido, pero el cuerpo la detuvo en un improvisado desmayo. El converso la alcanzó justo a tiempo y antes que sintiese el frío del suelo rozarle la piel. Sin poder resistirse besó la delicada frente antes de entregársela a su amigo en brazos.

—Llevadla a mi cuarto y pedid a una de sus amigas que la custodie hasta que yo llegue.

Azraq asintió mientras acomodaba el tierno cuerpo en sus brazos. Pobre muchacha, se dijo mientras la transportaba con la más delicada de las ternuras.

—Judá, yo… —Blanca quiso decir que su oferta era ridícula pero él respondió tajante.

—Blanca, soy hombre de palabra, cumplid ahora con la vuestra.

Las palabras de Judá contestaron mientras se arremangaba la camisa y Gonzalo entraba a toda prisa con un cubo de agua ardiendo, un puñal y muchas telas.

—Sostenerle los brazos. Su dolor será intenso.

De Córdoba presionó con fuerza, pero aún con más amor, los hombros de la joven que ardía en intensas fiebres. Judá, quien ya lo admiraba de antes, sintió verdadero orgullo de contar con el caballero en sus filas. Si Gadea fuese la tumbada en esa cama dudaba mucho de aún conservar la razón suficiente como para cumplir con su deber.

—Bien —. El puñal de la morisca abrió uno a uno los puntos que cocían la piel de la joven y el veneno purulento chorreó como orín de vaca enferma.

Juana se removió entre la inconsciencia y el dolor extremo pero Gonzalo no titubeó. De estas fuerzas dependía su siguiente vida.

No lo digáis

Las explicaciones de Azraq se atropellaban nerviosas, ante la mirada espantada de Judá, al ver a su pálida esposa recostada en el lecho.

—El cansancio y la infusión de la monja consiguieron lo imposible. Las lágrimas cesaron al dormirse.

Judá asintió mientras se dejaba caer agotado en la silla. El amigo, algo más relajado, lo acompañó en la silla de enfrente. No es que Judá diese miedo, que se lo daba, pero cuando de su esposa se trataba, la consciencia del converso se difuminaba en el universo de sus propios temores. Algo más tranquilo, pero alerta, esperó un segundo interrogatorio y que sabía estaba al caer.

—¿Por qué estáis a solas con ella? — El amigo sonrió pensando que, si sus predicciones fuesen siempre tan certeras, los maravedíes jamás escasearían de sus arruinados bolsillos.

—Es tarde y Beltrán acompañó a las mujeres a sus casas. No podían seguir abandonando los quehaceres. Vuestra esposa no posee mayor mal que el dolor del alma apenada. Pensé que desearías saberla protegida por mí hasta que llegaseis.

Apresando sus sienes Judá dejó de escuchar las explicaciones. Sus celos insensatos no tenían sentido frente a su mejor amigo.

—Contadme cómo está Juana.

«¿Qué cómo está? Hemos abierto su herida punto por punto. Por cada rotura de hilo el veneno salía disparado manchándolo todo. La pobre muchacha se desmayaba y despertaba presa del sufrimiento. La fiebre la hizo gritar en delirios de dolor, y si no fuese por las fuertes y seguras manos de Gonzalo, ni él ni Blanca hubiesen podido expulsar la podredumbre que en su interior se acumulaba. El veneno le recorría la piel blanquecina casi mortuoria, y aunque consiguieron terminar las curas, la muchacha apenas respiraba.

—Ha sobrevivido —dijo como si aquello significase una buena noticia.

Blanca la morisca entró a la habitación y Judá no pudo dejar de observarla. La joven era preciosa, no podía existir vocablo que la describiese mejor o por lo menos ninguno que él conociese. Maldito fuese su endemoniada vida, sus desangrados sufrimientos o su estúpido corazón. Blanca era preciosa pero jamás lo conquistó. Él amaba a la paliducha mujer que parecía más desmayada que dormida y cuyas lágrimas resecas aún le ensuciaban el rostro. Un rostro imperfecto para algunos, pero divino para él. No importaba cuanto admirase el cuerpo delicado de la mora, nada más allá del placer carnal era capaz de despertar en él.

Azraq, notó en la mirada del converso el recuerdo de un ardor que no le agradó. Gadea no se merecía la traición. La joven era valiente, inteligente, audaz. El deseo de todo hombre perdido que sólo buscaba el calor de un hogar. Un hombre perdido y sin hogar. Un hombre como él.

Avergonzado de sus envidiosos pensamientos, decidió esperar fuera. La indignación de los pecados tanto ajenos como propios le amargaron el aliento.

—No os demoréis—. La voz demasiado recriminatoria de su hermano avergonzó a la muchacha, pero no lo suficiente.

Con paso firme se acercó a su antiguo amor. Él se lo prometió por su honor y por su honor lo obligaría a cumplir. Ya no le importaban ni Santa Marta ni las penas capitales. Hoy no podía pensar en otro futuro que no fuese Judá. Lo amó, lo amaba y lo amaría eternamente. Durante muchas mañanas intentó borrar recuerdos imborrables. Lloró, rezó, suplicó y hasta hechizó esperando a quien por amor nunca llegó. Las muchachas de clases humildes como ella se entregaban por pocas monedas o algo de protección a señores que nada más que simples placeres buscaban, ¿por qué no quebrar las leyes si con ello se unía a quien más amaba? ¿cómo podía ser el amor un pecado?

Los santos votos matrimoniales unían a Judá y Gadea ¿pero y su amor? ¿Por qué el divino creador le mostraría el amor en los ojos de aquél que no poseería jamás? Dios era justo y no habría permitido que sus sentimientos naciesen si no fuese porque tenía algo planeado para ellos. Dios estaba de su lado, de su amor, y ella se lo demostraría. Con las esperanzas de las enamoradas acercó su palma para acariciar el rostro áspero del hombre más hombre entre los hombres.

—Judá... —susurró con la voz dulce de las amantes.

Decidida se puso frente a él. Una cristiana reprimida jamás sería tan ardiente como una morisca. Se sabía que a las cristianas se las educaba en la contención, y aunque ella fuese nueva cristiana, existían conocimientos que se llevaban en la sangre. Conocedora de sus atractivos, los utilizó. Cualquier cosa con recuperar a quien aún consideraba suyo. Pocos meses con una cristiana no podían robarles años de amor. Muchas fueron las veces que Judá la adoró en su cama, muchas en las que alabó su belleza y demasiadas en las que depositó la viril semilla de su pasión en la redondez de sus pechos. De espaldas a una esposa que dormía, actuó sin reparos. Con lentas caricias y delicados besos bordeando la oscura barba, se aproximó lentamente a su presa. Todo por despertar el amor que consideraba dormido. Él aceptó sus caricias con excesiva tensión y eso la hizo sonreír triunfante. Si se contenía era porque le afectaba.

Con el valor de la misma Dalila del evangelio y en puntillas de pies, elevó los brazos llevándolos tras el fuerte cuello y enlazándolos sensualmente por detrás. Con movimiento lento acercó sus dulces labios al pétreo rostro, que, por primera vez, dejó de mirar hacia el lecho de su esposa para centrar toda la atención en ella. Triunfante pegó los labios a la masculina boca esperando la pasión que tan bien conocía. Ansiosa, golpeó con la lengua los labios cerrados. Aturdida en su calor, y después de varias insinuaciones, abrió los ojos. Él no la abrazaba y su boca no la recibía. Confusa y con el ardor recorriéndole la piel lo miró obnubilada pero los ojos negros de Judá no le respondieron. Insatisfecha y herida insistió, pero esta vez con algo más de desesperación. Su cálido cuerpo se apoyó al completo en el hombre intentando aturdirlo con sus curvas, quizás el contacto de sus tersos pechos hiciera mejor trabajo que los infructíferos labios, pensó desconcertada. Con la furia de un cuerpo necesitado se restregó mientras regresaba en busca de unos besos que no aparecían. La dura boca se cerró sin la menor de las dudas.

—Pero ¿qué? ¡Lo prometisteis! —Gritó enfurecida y rogando porque Gadea se despertase en ese momento y comprobase a su marido en brazos de otra.

Judá pareció mostrar algo de compasión en su negra mirada y eso consiguió enfurecerla aún más. No buscaba misericordia sino su ardor.

—Rastrero mentiroso —. La palma abierta golpeó de lleno en un perfil tan estático como su cuerpo.

Furiosa como gata en celo, los puños golpearon con fuerza contra el pétreo torso, pero él no la detuvo. Empujones, insultos, nada parecía despertarlo. Él seguía observándola sin defenderse. La furia la cegó y las palabras brotaron enloquecidas.

—La mataré. Veréis la vida abandonarle el cuerpo y nada podréis hacer por salvarla. Sufriréis y el corazón se os romperá en miles de trozos. Moriréis como yo lo estoy haciendo. Ella será carne de serpiente y…

La voz de Blanca se detuvo bajo el fuerte amarre en el cuello. Por unos momentos creyó que moriría allí pero lejos de cortarle la respiración, los pulgares de Judá la acercaron por la nuca hasta conseguir que sus labios chocasen los unos con los otros. Por un momento creyó haber conseguido el objetivo de sus deseos. Entusiasmada abrió los labios esperando el tan ansiado beso cuando un murmullo le heló la sangre.

—Si uno de sus cabellos tocase el suelo os juro que ni el fiero de vuestro hermano podrá salvaros.

Como con asco en los dedos, la empujó hacia atrás soltándola de su agarre, y ella no pudo hacer otra cosa más que llorar sin consuelo. Ese no era el amor de su vida. Él no era quien ella conoció. Esa mujer lo había enloquecido.

—Erais un hombre de palabra. Un hombre de honor. Lo prometisteis…

Judá arrastrando la tensa mano por la negra cabellera le contestó intentando calmarse.

—Cumpliré si es lo que deseáis. Visitaré vuestra cama y mi cuerpo reaccionará a vuestra belleza, pero nada más obtendréis de mi. Si deseáis mi cuerpo aquí estoy, pero no pidáis lo que a otra he ofrecido. Mi alma y mi amor le pertenecen a ella.

—Hubo un tiempo en el que me amasteis…

—Nunca lo hice. El amor de un hombre no siempre camina junto a su pasión. Lo siento, pero no puedo prometer lo que sólo a Dios gobierna. Es a ella a quien pertenezco.

Judá la abrazó con fuerza olvidando el odio que minutos antes sintió. Con brazos esperanzados Blanca le envolvió la cintura para atraerlo a su lado, lo necesitaba, no podría vivir sin él. Creyó que podría, pero los días ausentes sólo afianzaban un dolor demasiado intenso de soportar.

—Os amo —dijo sincerándose hasta la vergüenza.

—En verdad ruego por vuestro perdón. Jamás debí alimentar esperanzas imposibles.

El rostro de Judá se elevó por encima de la cabeza de la muchacha para ver en el lecho el verdadero motivo de sus cambios.

—¿Cómo podéis estar tan seguro? Si me dieseis una oportunidad, si abrazaras vuestra verdadera esencia. Volved a ser el Judá con el que crecí. Volved a mí. Ofrecedme una oportunidad. Retornadme vuestro corazón.

—Nunca os lo entregué —. Contestó con el dolor de quienes hacen daño sin desearlo —. Blanca, os respeto, pero no os amo. El ardor de vuestro cuerpo calentó mis sentidos, pero no enamoró mi corazón.

—¡Estáis ciego! Ella os ha robado los sentidos y la razón —. Expulsó con furia loca.

—Me temo que es la primera verdad que decís. Marcharos y buscad a un hombre que os entregue lo que yo no puedo.

—Lo prometisteis…

—Creedme cuando os digo que, si pretendéis cobrar vuestra deuda, el vacío que os dejaré será aún más profundo del que hoy poseéis. Cada beso, cada caricia que os entregue se lo devolveré a ella multiplicado por diez. Mis labios la llamarán en vuestro lecho y mis pensamientos la buscarán en los recuerdos. No existe parte de mi que no le pertenezca.

—Yo os amaba, Judá de Martorell…

—Y yo siempre os desearé la mejor de las suertes, Blanca la morisca.

—¿Cómo podéis ser tan insensible?

—No merecéis ninguna mentira más. Sois bella e inteligente y estoy seguro de que os amarán.

—¿Tanto como vos a ella?

Judá no contestó. Nadie podía amar más que él a Gadea.

—¿Por qué ella? ¿por qué no yo?

—Dios sabe que no soy capaz de responder, pero tened por seguro que, si buscabais verme sufrir, no hago más que hacerlo. Ante ella me siento débil, desprotegido y vulnerable, celoso e irracional, titubeante y temeroso. Si pudieseis curarme de tan doloroso mal lo aceptaría, pero mi enfermedad no pertenece a este mundo. Ella forma parte de mí y yo de ella. Estamos unidos por lazos demasiado fuertes de romper.

—Y cuando os de a vuestro…

Blanca susurró sin pensar, pero los dedos de Judá la detuvieron para impedir que continuara.

—No lo digáis. Es a ella quien corresponde semejante dicha.

—Entonces lo sabéis.

—Esperaré a que sea mi esposa quien me lo diga. Es su derecho tamaña alegría y no pienso permitir que nadie se la arrebate. Ni siquiera vos.

—La amáis. Habéis cambiado. Ya no sois el que conocí —dijo aceptando su derrota.

—De eso estoy seguro.

—Adiós, Judá.

La muchacha caminó con paso lento y sin mirar atrás. En aquella habitación morían sus esperanzas. Todo lo intentó y todo lo perdió. El corazón le sangraba. La común mujer cristiana le arrebató lo que una vez creyó poseer, pero jamás conquistó. Judá continuaría con su matrimonio, criaría a sus hijos mientras ella moriría en la soledad de unos besos sin dueño.

—Hermana…

Azraq permaneció atento en el pasillo, pero al escuchar la conversación al otro lado de la puerta, decidió no intervenir. Su pequeña hermana, su retoño encantado necesitaba ver la realidad. Aunque en este momento lo odiase, sabía que Judá no hizo algo muy diferente a lo que él hubiese hecho en situación similar.

La derrotada aceptó el fuerte abrazo y sollozó en el ancho pecho de quien siempre estaría a su lado.

Sosteniéndose la frente, y sentado junto a Gadea, Judá llegó a preguntarse si sus actos eran correctos. ¿Sería como decía la morisca y su esposa lo tenía hechizado?

Gadea abrió los ojos y al mirarla no lo dudó. Estaba hechizado. Y con el más potente de los brebajes.

—Amor mío… —Sus ásperas manos no cesaron de acariciar el rostro adormilado.

—¿Lo soy?

—Lo juro.

Los labios necesitados se acercaron para obtener un dulce beso, pero las arcadas de Gadea y su forma de correr hacia la vasija lo hicieron sonreír esperanzado. Pronto ella se lo diría.

Inocentes

—Sigo sin comprender vuestras urgencias.

Las palabras brotaron enfadas de los labios de Judá mientras se ajustaba la larga cabellera con la cinta de cuero tan negra como su ropaje. Dos puñales bien ajustados a la cintura, una gruesa capa oscura y una antorcha en la mano, terminaron de completar la indumentaria para un paseo en mitad de la silenciosa noche. No comprendía aún porque su padre lo sacó de la cama en la que tan bien se encontraba acompañado. Lo hizo vestir y caminar a quien sabe dónde, porque el hombre aún seguía sin aclarar ni un maldito detalle.

Las estrechas calles se iluminaban con las candelas encendidas dentro de los hogares y tanto él como su primo caminaron muy juntos tras Haym pero sin saber exactamente a donde marchaban. Atravesando la ciudad y guiados por un joven criado, que alzando por encima de los hombros una antorcha más grande que su propia cabeza, anduvieron en absoluto silencio. No podría decirse que Toledo fuese ciudad agresiva, pero los tiempos se corrían duros, y la vida debía recelarse por cada una de sus esquinas. Las estrechas callejuelas toledanas, durante el día y acompañadas del enamorado trovador, lucían encantadoras y mágicas, pero por las noches, las vertientes se tornaban muy negras. Los ceñidos caminos durante la oscuridad nocturna se transformaban en trampas de comadrejas, y el fresco río Tajo, se convertía en la hondonada ideal para esconder cuerpos despachados sin piedad.

Caminaron con paso firme atravesando el barrio comercial hasta casi alcanzar las puertas de la judería.

El jovenzuelo se detuvo con la inmensa llama mientras Haym se adelantó unos pasos. El muchacho, obediente más por respeto que por posición, se mantuvo a una distancia prudencial. Esperaría paciente y receloso las órdenes de quien consideraba, el mejor de los señores de toda Castilla.

Las puertas de la judería estaban cerradas a cal y canto como todas las noches. Los judíos se encerraban para mantener distancias de los cristianos, y aunque a Judá se le revolvían las tripas al ver las altas rejas, tuvo que reconocer que esas puertas significaron la protección de vida de los judíos más de una vez. Las acusaciones injustas, se repetían de forma continua y las murallas esclavizantes, resultaron ser una fuente de protección en tantas ocasiones que ya no era capaz de recordar cuantas. Luego de un suave ruido de goznes al girar, detrás de las puertas salieron dos cuerpos de hombres que se acercaron en la cerrada noche. No fue hasta que el calor del fuego de las antorchas iluminó sus rostros cuando maldijo por todo lo alto. Decidido a diseccionar en pequeños trozos a aquellos dos, los hubiese desangrado allí mismo sino fuese por el rápido proceder de su padre.

—Soltadme y permitid que mueran con honor pese a su condición de ratas inmundas.

Zaaben e Isaac no se inmutaron ante las amenazas pero quien sí lo hizo fue Beltrán, que sin saber con quien se encontraría, comenzó a sentir el frío de la noche rasgarle el cuello. Si esos dos hablaban, su vida sería aún más corta de lo que ya imaginaba. La cicatriz le latía nerviosa bajo la tensión de una vena que fluía caudalosa.

—No estamos aquí para matar a nadie. Aún.

—Padre, hablad por vos.

Judá sentía como su furia lo dominaba. Esas ratas estaban detrás del apresamiento de Gadea. No tenía pruebas, pero estaba seguro de ello. Tenía pocas piezas, pero éstas encajaban en armoniosamente.

Haym consiguió detener a su hijo y esperó que éste captase el mensaje. Muchos años de lucha juntos tenían a las espaldas como para conocerse el lenguaje de las miradas silenciosas. Judá lo observó intrigado y aunque la rabia le batiera los nervios, asintió esperando descubrir los planes de su progenitor. Si su padre estaba detrás de aquella siniestra reunión, era por razones en absoluto baladíes.

—No tuvimos nada que ver con la hoguera para vuestra esposa —. Isaac fue el primero en hablar y Judá dudó de la eficacia de aquella reunión siendo las primeras palabras la más descarada de las mentiras.

—No estamos aquí por Gadea ni por ninguna mujer —. Esta vez fue la gruesa voz de Zaaben quien cortó el frío de la noche.

Los judíos se acercaron precavidos y tanto Beltrán como Judá apresaron las empuñaduras de sus armas. Ambos temblaban por combatir. Judá, deseaba verlos morir lentamente por las mentiras ofrecidas sobre su mujer, y Beltrán Santa María, por las verdades que pudiesen ser descubiertas. Si aquellos dos hablaban de sus continuas participaciones en conspiraciones, la noche acabaría demasiado pronto para él. Judá no poseería piedad. El dolor de la deslealtad dominaría su puñal. Zaaben y su hermano apenas lo miraron y por unos segundos sintió que la respiración le alcanzaba nuevamente el alma. Si los hermanos no pensaban hablar aún poseería una oportunidad de salir por sus propios pies.

—¿Y cuál será esta vez vuestra infamia? ¿vuestro propio padre? ¿vuestro propio pueblo? ¿A quién venderéis esta vez por unas pocas monedas? —Judá se acercó con la sien latiéndole por la rabia. Buscaba sangre, Dios lo sabía bien. Cansado estaba de ofrecer su amistad a quien por unos míseros maravedíes lo vendían como cerdo de matanza.

—¿Os creéis mejor hombre? ¡Sois tan o más traidor que nosotros! Nunca abandonamos a nuestro pueblo por una fe asesina —. La mirada de Isaac chocó con la de Judá advirtiéndole que él también deseaba cobrarse venganza.

Venganza por creerse mejor. Venganza por ser un hombre con educación y una casa con la que muchos soñaban. Venganza por ser todo lo que él hubiese deseado para sí. Su hermano y él no cargaron con tan buena suerte en la vida. A pesar de lo que muchos creían, su condición de judío no le otorgaba un dominio de los números y los negocios. A decir verdad, apenas si sabía contar. Su trabajo no era mejor que el de una mula de carga. La lana llegaba, él la repartía entre los grandes comerciantes y a cambio le permitían quedarse con una pequeña cantidad. En el telar familiar convertían en paños aquellos restos que, de calidad dudosa, vendían por escasas monedas. ¿Lo odiaba? Por supuesto que lo odiaba. Judá era de esos privilegiados que bebía vino del bueno bajo techos de costosas maderas. Su familia apenas contaba con algo mejor que un cobertizo, y su pobre novia Sara, seguía esperando por él y por un matrimonio que no se podían permitir. ¡Sí! Lo odiaba por lo que fue y por dónde se encontraba. Lo odiaba por los escalones subidos pero mucho más por los alfombrados que le esperaban arriba.

—¡Bastardo traidor! —Chilló conociendo el poder dañino de sus palabras.

Judá estaba dispuesto a mandar todo lo que aquello fuese al mismísimo demonio cuando fue nuevamente detenido.

—¡Basta! —Haym alzó la voz con una furia desconocida en él mientras adelantándose a su hijo, y contra todo pronóstico, se acercó al joven judío con la rabia del lobo herido. Judá, lejos de detenerlo, brindó por el inicio de una lucha más que deseada —. Si volvéis a insinuar siquiera la pureza de mi difunta esposa o la legitimidad de nuestro matrimonio yo mismo os cortaré el cuello. Nadie llama a mi hijo bastardo. ¿Lo habéis comprendido bien? —Isaac asintió con el filo de la daga de Haym en el centro de la garganta.

—Ya basta de amenazas. No estamos aquí para matarnos entre nosotros —. Zaaben puso algo de calma y Haym dejó caer la mano mientras Judá se posicionaba a su lado preparado para hacer correr ríos de sangre.

—¿Y cuál es la razón exacta por la que estamos aquí, en mitad de la noche, frente a la judería y sin más testigos que nuestras almas? —Beltrán intentó parecer más sereno que nadie a pesar de los temores que le recorrían el cuerpo. Los hermanos lo miraron, pero si algo quisieron decir lo callaron y él respiró.

—La situación no ha cambiado y me temo que vuestras ideas no resultaron —. Haym asintió a Zaaben frente a un Judá que indagó con la mirada —. Los niños siguen desapareciendo, ya llevamos más de cinco en dos meses. Nadie sabe dónde son llevados, pero sí como terminan.

—¿Niños?

—Muertos en rituales satánicos —. Aclaró Beltrán ante el desconcierto de su primo.

Este lo aclaró con bastante sonrisa en el rostro y Judá maldijo por su falta de atención. El último tiempo estuvo tan concentrado en su esposa y la supervivencia de su cuñada, que se distrajo de las verdaderas obligaciones preocupantes en la ciudad.

—¿Qué tienen que ver esas muertes con nosotros? —Dijo con voz gruesa y molesta ante un Beltrán que alzó los hombros, carente de respuesta.

Esta vez fue Haym quien respondió con rapidez mientras se rascaba la barba buscando soluciones inexistentes.

—Intentan echarnos las muertes a las espaldas. Libelos de sangre, es como han comenzado a llamarlos.

Dominado por su propia rabia el converso apresó con fuerza el pomo de su congelado estoque. Cuentos similares de niños en otras ciudades habían llegado a sus oídos. Los pequeños, siempre cristianos, y demasiado jóvenes, eran secuestrados. Según decían los rumores, estos eran retenidos en los bajos de sinagogas o el hogar de un miembro importante de la comunidad. El sacrificio era llevado por la más cruel de las venganzas. Las malas lenguas comentaban seguras, y como si de la verdad absoluta se tratase, que, en la clandestinidad, se sometía a los pequeños ante un tribunal. Desnudo y atado, el pequeño sufría mutilaciones, pinchazos, cortes y golpes hasta que finalmente, con las fuerzas exhaustas, se lo condenaba a muerte. Con una corona de espinas y atado a una cruz de madera, el pequeño esperaría la muerte frente al extremo de una lanza afilada, que como al mismo Jesucristo, le atravesaría el corazón.

—Los judíos no son los responsables —la voz de Beltrán sonó segura y autosuficiente —. El uso de la sangre está prohibido hasta en la cocina, ¿por qué torturar y matar a niños en contra de sus propias creencias? Es ridículo.

—Vuestra merced debería saber que las difamaciones no siempre responden a ninguna lógica —. Isaac habló mostrando un colmillo que Beltrán hubiese deseado arrancar de cuajo, pero aquél bellaco sabía demasiado de sus conspiraciones como para provocarlo.

—¿No veo en qué nos afecta? —Judá obvió el anexo que aclaraba que ellos ya no eran judíos sino nuevos cristianos.

—Existen leyes nuevas que nos afectan. Me temo que la disminución de judíos ha llevado a los nobles a enfocar sus filos en otras direcciones. Y sí, nos afectan.

—Explicaros —. Judá dijo tenso.

—Los judíos ya no podrán ser ni carpinteros, ni carniceros, ni sastres. No se podrá interactuar en absoluto con cristiano alguno.

—Esas leyes siempre han existido —. Contestó desconfiado.

—No como ahora. Han comenzado a enfocar sus atenciones en los nuevos cristianos. Si las leyes nos atacan… —«Podríamos perderlo todo...» pensó Judá sin emitir sonido alguno de sus labios —. El caso de los niños sólo es una excusa con la que intentar unir culpas contra judíos y nuevos cristianos. Si lo consiguen, veremos nuestras familias caer…

—Gadea… —dijo apenas en un murmullo que sólo fue escuchado por su padre quien asintió entristecido —. ¿Cuál es el plan? —Preguntó enérgico y dispuesto a actuar cuanto antes.

—¿Plan? No es nuestro problema.

Isaac extendió la mano y recogió de Haym una bolsa cargada de monedas ante un desconcertado Judá y Beltrán.

—Marchamos —aclaró Zaaben, quién creyó que, si las circunstancias hubiesen sido otras, bien podrían haber sido amigos. Judá de Martorell siempre actuó con honor muy diferente a sus últimas acciones. La vergüenza del desleal remordió la conciencia de Zaaben, pero si el cielo deseaba juzgarlo por intentar salvar a los suyos, pues que lo hiciese en nuevas tierras. Ni las buenas ideas ni las malas sirvieron para liberarlos de una injusta persecución, ahora sólo restaba marchar y que la historia lo juzgase —. Nos dirigimos a Portugal, esta tierra siempre será nuestro hogar, pero hoy toca marchar — dijo antes de perderse tras las puertas de la judería.

Haym caminó junto a su hijo sin explicarse mucho más y Judá tampoco lo necesitó. Su padre, aunque nuevo cristiano, seguía necesitando cuidar de los suyos, y si ese dinero les servía para comenzar una nueva vida, pues allí lo tenían.

—Intentaron mataros también a vos—dijo con media sonrisa al señalar el bolsillo vacío de la chaqueta.

—También yo hubiese matado por salvaros, y vos mataréis por vuestros hijos, así es la vida. No son más culpables que yo en mi pasado o vos en vuestro futuro.

—¿Encontrarán un destino mejor?

—Espero que todos lo encontremos o nada habrá valido la pena.

La voz de su padre resonó tan apesadumbrada que el cuerpo de Judá se congeló y no exactamente por la noche toledana. Sus futuros estaban en juego.

Primos y hermanos

Con paso demasiado lento para tan intenso frío, Beltrán caminó aturdido en sus propios pensamientos. Por los pasajes de una ciudad que, ocultaba sus penas en la oscuridad nocturna, se dejó llevar casi al final de las murallas. Intentó olvidar el reciente encuentro con los hermanos, pero las imágenes se le venían a la cabeza una y otra vez. «Si esos judíos lo hubiesen delatado…», no siempre contaría con tanta suerte.

La cicatriz, que atravesaba el lateral de su rostro, se le tensó de sólo pensar en cuál sería la desilusión de su primo al saberse traicionado. Un sabor entre vómito y acritud le subió por las entrañas al sentirse un Judas cristiano y traicionero más. Uno de los tantos que circulaban por la Toledo a la que algunos llamaban mágica, y tanto que lo era, ¿qué otra explicación tenía el aún continuar vivo?

Cabizbajo anduvo sin detenerse, y a pesar de la insistencia de las meretrices que, mostrando sus senos arrugados, buscaban algo de interés y unas cuantas monedas. Mujeres… ella no lo esperaría, nunca lo hacía, pero él siempre acudía. Cual sediento viajero necesitaba perderse en la frescura de su piel y olvidar aquello que por temores de joven no enfrentaba con los valores de hombre. La mujer lo atraía, lo calmaba y quién sabía cuántas cosas más que ni él mismo era capaz de explicar. La endemoniada bruja panadera se entregaba sin expresar ni un maldito sentimiento, frente a un corazón que moría enamorado en todas sus miradas. Sus curvas lo maldecían, no podía recorrerlas sin sentirse preso del más salvaje de los deseos. Él, quien a tantas tuvo y a ninguna amó, hoy amaba a quien no se compadecía de su desolación. «Vida Ingrata. Que unes a quienes se aman, pero no entre sí». Su propia madre encontró la muerte en un segundo parto, y aunque mucho la lloró, junto a la virgen seguro sonreiría, sin embargo, él aquí se encontraba, vivo y heredero de un trono cargado de espinas. Junto a su padre, pertenecía a una dinastía en la que el viejo mataría por continuar, y cuando pensaba en matar, no se refería a simples expresiones. Hombre de corazón seco y alma turbia, el progenitor más sabía de intereses que de honor. Dos madrastras murieron después de su propia madre. Todas intentando dar a luz a un segundo heredero que le proporcionase garantías, pero que el divino, creador gracias a su bondad, tuvo a bien no ofrecerle jamás.

Intentando calentarse acercó sus manos a la cara y sopló mientras caminaba con andares algo más acelerados. Con el rostro poco menos que congelado, elevó y estiró la capucha para cubrirse el cuello y parte del rostro cuando sin querer rozó la cicatriz que recorría parte de su sien, y que a punto estuvo de arrancarle el ojo si no hubiese sido por la rápida intervención de su primo.

El desgraciado hijo del tabernero era un muchacho indeseable. Andrés lo llamaban. No cesaba nunca sus insultos y aunque fuesen cristianos nuevos, el joven rapaz no dejaba de insultarlos. El inútil era fuerte y despiadado. Era tan asqueroso y sucio como las ratas. De la cintura, y oculto en su cinto de cuero, extrajo en un abrir y cerrar de ojos un cuchillo pequeño y lo atacó sin justificación alguna. Judá como siempre saltó en su defensa. El muy cabrón de su primo poseía la misma honra que el mejor de los caballeros, pero la misma mala hostia que el peor de los enemigos. De un puñetazo alejó al gordo tabernero, que sudoroso por el esfuerzo, le prometió una noche de venganza. Judá aceptó el desafío y él, como niño que era, tembló sabiéndose que sería el primero en caer. Más pequeño y débil, poseía todas las papeletas para ser el primero en la lista de muertos. Por la noche esperó asustado con un pequeño puñal bajo la almohada, pero el dichoso enfrentamiento jamás llegó. A pesar de ser sólo un renacuajo, aún recordaba los intensos temblores de aquella noche. A punto estuvo de mearse en la cama. Con la claridad de la mañana, y los chismorreos de la gente, llegaron las buenas nuevas. Alguien había matado al joven azote de judíos en su propio lecho. Nadie vio nada y los murmullos se acabaron tan pronto como llegaron los nuevos. Él jamás preguntó y Judá jamás confesó. Judá era así, cuidaba de los suyos sin justificaciones.

Furioso por sus propios pensamientos intentó aclararse. Si su tío llevaba razón esos niños muertos podrían ocasionarles más de un quebradero de cabeza. Seguramente el párroco estaba detrás de aquellos atropellos. El muy imbécil buscaba venganza contra los De la Cruz, como si nadie supiese ya de sus amoríos sodomitas. Los excesos sexuales del cura poco le importaban, ya ajustaría él mismo sus cuentas con el altísimo, ahora otros eran sus mayores problemas. Era tan nuevo cristiano como Haym y Judá. Si las antorchas se elevaban acusatorias ante ellos, la tranquilidad de una perfecta vida acomodada se alejaría como la mugre ante el agua.

Envuelto en sus propios pensamientos, por poco estuvo de chocar con el viejo que caminaba sin mirar. El judío, que llevaba el peso de los años en los huesos, no se detuvo ni para pedir disculpas. Continuó su camino como si le fuese la vida en ello. El pobre loco, acarreaba su cuaderno de notas creyendo que poseían algún valor. Afirmaba que sus escritos serían de ayuda cuando los echasen de sus tierras. Decía que los nietos de sus nietos desearían reconocer las tumbas de sus muertos. Cual artista ante su obra, todas las mañanas se dirigía al cementerio, junto a las ruinas romanas, para dibujar un plano fiable de los sepulcros. Nos echarán... nos echarán... murmuraba como loco profeta. En fin, allí cada loco con lo suyo, igual algún día lejano algún poeta escriba sobre su locura...

Sin llamar a la puerta entró con el derecho que no poseía. Ella dormía. Eso ya lo imaginaba. María no lo esperaba, ella nunca lo hacía. Desde el abandono del marido la mujer luchó por ser mucho más de lo que sus fuerzas le permitían y puede que ese fuese el más efectivo de sus embrujos. Persistencia y tozudez, era lo que la distinguía a ella, y a esas locas con las que se veía. Cofrades, decían llamarse, y a pesar de la furia que solía recorrerle el cuerpo a su primo al escuchar ese nombre, él no podía más que contener la intensa diversión. Las pobres mujeres jugaban a ser iguales a los hombres y quién era él para detener tan estúpidos sueños. Sin encender cirio alguno, y esperando que su vista se acostumbrase a la oscuridad de la pequeña casa, se acercó a la mesa y se sirvió una copa de vino barato.

—Por amor al cielo... —murmuró muy por lo bajo al degustar la peor de las bebidas.

Con la garganta aún con la sensación de asco, se quitó la capa y la dejó caer ante una mesa que bailó con el peso de la tela. Sonriendo se fue quitando las ropas. No es que fuese el hombre más rico de Toledo, pero tampoco de los más pobres como para estar compartiendo lecho, en una casucha de la que algunos aún llamaban prostituta. Bien sabía Dios que pasaría a cuchillo a cualquiera que la insultase delante suyo, pero a pesar de que le propuso llevarla a su casa, ella se negó, y él nunca insistió. María no podría ser jamás la dueña de su hogar, aunque poseyese el total de su desesperado corazón. El amor no siempre estrechaba el brazo de la persona adecuada.

Con diversión le acarició el rostro para limpiarle los restos de harina. Seguramente la mujer se quedase dormida después del trabajo intenso en el horno. Con lentitud, y disfrutando de las vistas, se introdujo bajo la manta para acariciar la tibieza de la femenina piel. Ella como siempre que llegaba tarde se movió asustada y él le murmuró frases cariñosas para que lo reconociese. María aceptaba el tono de su voz y continuaba dormitando mientras él maldecía a cada hombre que por su vida pasó dañando semejante perfección. Sin intenciones más que el consuelo de un hombre agotado, la abrazó por detrás apoyando el rostro en el dulce calor de la delicada espalda. Esta noche no buscaba los placeres del cuerpo sino los del alma, y la muy bruja, era mejor que las pócimas de aquella monja atrevida. Adormecida acomodó las nalgas en el hueco de sus piernas, acoplando así los cuerpos, como si del mejor de los moldes se tratase. Encajaban tan bien que pensó si alguna vez le sucedería algo así con alguien que no fuese ella. Cerrando los ojos no pudo hacer otra cosa que recordar una vez más la traición hacia su primo.

—Maldito seáis —dijo sin saber si la maldición se dirigía a su primo, a su endiablado sentido de lealtad o al desgraciado de su padre que, aunque mucho lo odiase, seguía siendo su padre.

Con el calor del cuerpo del que se sabía enamorado, cerró los ojos intentando descansar. Se abrazó a María esperando que el frío que le arrancaba el alma se acabase. Sabía bien que cada momento que pasaba se acercaba más a su destino. Un futuro con un único triunfador. Maldita fuese la vida, que sin ofrecer lo necesitado, desparrama atrevida infortunios y desgracias.

Pensativo en los cientos de problemas con los que debería enfrentarse, y que su padre confirmó por el camino, Judá se recostó junto al cuerpo de su esposa esperando recibir algo de consuelo.

Gadea alzó la mirada adormecida y él no pudo más que agradecer la fortuna divina del humilde receptor. Dios lo bendecía por primera vez. Con la mayor dulzura se acercó más aún al tierno cuerpo rodeándola entre sus anchos brazos. Feliz, apoyó la palma sobre el tierno vientre preguntándose porqué el torbellino de su esposa aún no le había contado las buenas nuevas. Su sangrado llevaba casi el tercer mes sin llegar y estaba seguro de que su unión había sido bendecida, pero como bien le dijo a la morisca, la felicidad de tan glorioso anuncio sólo le pertenecía a Gadea. «Un hijo...» pensó abrazándola con tanta efusión que poco faltó para despertarla de su ensueño. Por ella lucharía, por el pequeño viviría y por ambos, mataría.

Sin saber ni como ni porqué, se encontraba junto a su abuela. Constanza abrió los ojos y se puso en pie. La anciana aún dormía plácidamente. Las arrugas al descansar parecían menos profundas o quizás algo menos sufridas ¿pero quien más que una nieta como para reconocer esos secretos que nunca confesó pero que su mirada silenciosa custodiaba?

"¡No es mi hija!" chillaba su padre continuamente, importándole muy poco si ella lo escuchaba o no. Él insistía y su madre y abuela callaban. Cuando más pequeña, y reconociendo el temor como sentimiento de unión con su padre, comprendió sus silencios, pero ahora que ya era una mujer la realidad le daba de lleno en el rostro. Sus rasgos, sus cabellos, su temperamento, todo, distaba de los suyos. Su padre, rubio como la yema de un huevo y rancio como el vinagre no era su padre, por lo menos no el verdadero. Aún muy niña su madre lo mencionaba con amor y ella creyó que ese noble de rudo corazón era de quién hablaba, pero los años le enseñaron a reconocer la añoranza del amor perdido en la triste mirada de una mujer que se dejó llevar hacia los brazos de su creador. Su abuela nunca habló, pero conocía la verdad, estaba segura de ello. Las miradas cómplices de ambas mujeres lo dejaban claro.

Suspirando penosa, se puso en pie y se lavó el rostro con un poco de agua de la jarra que dejó caer en la jofaina. No era ella quien juzgaría a su madre. Muchos eran las infracciones que existían en el mundo y muchos los severos de corazón que se encargaban de enjuiciarlos como para elevar ella su voz acusadora. Su madre una vez amó, y esperaba que ese a quien debería llamar verdadero padre la hubiese amado también, porque entonces ella sería fruto del amor y no del capricho o intereses de un noble despiadado y sin corazón.

Con melancolía mordió un trozo de pan duro, y sentada en la silla de madera y con las rodillas elevadas y cruzadas, se puso a leer esperando que su amada abuela despertase pronto.

Cartas de amor

Después de días entre la vida y la muerte, la virgen se compadeció de sus penas y el creador decidió que eran momentos de regreso. Las fiebres desaparecieron de una mañana a otra y el veneno blanco tal como llegó desapareció. Los dolores se tornaban intensos y el vientre parecía arderle como herida del alto infierno pero se encontraba despierta y respirando, y eso era mucho por lo que debía agradecer. Según le contó su hermana, y el reflejo que veía en el pulido espejo de cobre, a punto estuvo de abrazar al omnipotente creador. Temblando ante lo sucedido, se cubrió con la sabana disfrutando de una segunda oportunidad. Largas e intensas semanas pasaron hasta que fue capaz de hablar y recuperar algo de fuerza pero aquellas penas ya eran terrenos abandonados. Estaba con vida y recuperándose, otras no corrieron con la misma suerte, pensó entristecida al recordar a la pobre Inés. En el más absoluto de los silencios cristianos, rezó por la compañera perdida y por la vida recuperada, hasta que el cansancio y la debilidad, la durmió otra vez.

Entusiasmada, aburrida y en la soledad del lecho, releyó la carta con la sonrisa en los labios y la ilusión en el corazón. Llevaba más de un mes en cama y la vida no podía ser más generosa. Inspiró fuerte la nota como si de ella se desprendiese el aroma a cuero, metal y hombre soñado. «Gonzalo…» Tenía que ser él. ¿Quién más podría escribir palabras tan sentidas?

Soñando con sus propias fantasías se recostó en el lecho, y mirando hacia el techo, suspiró por el amor convertido en realidad. Gadea y las demás cofrades le comentaron que en ningún momento se apartó de su lado. Dijeron que desesperó por días al verla luchar contra la muerte, dijeron que no hablaba y que su alma deambulaba penando entristecida. Dijeron tantas cosas que los suspiros le brotaban con forma de notas musicales. ¿Se podía ser una mujer más feliz?

Con esperanzas dulces como la miel y el corazón blando como pan recién hecho, sollozó pero no de pena. El dolor en el vientre la despertó de sus sueños de amor pero sólo un poco. La herida dolía como pinchazo de aguja pero Amice y la morisca coincidieron que todo marchaba bien y ella confiaba, en sus amigas, en Dios, en los pájaros cantarines, en el arco iris de colores, en las flores con su perfume, en la sonrisa de enamorado y en el amor... el amor…

—Gonzalo… —dijo abrazando la nota contra su vientre, pero esta vez con menos intensidad para evitar el dolor —. Gonzalo… Gonzalo…

—¿Qué sucede conmigo? —Preguntó interesado mientras apoyaba una jarra con agua especiada con limón y manzanilla sobre un inmenso cofre.

Juana sonrió como una niña ilusionada ante un Gonzalo que frunció la vista desconfiado.

—No deberíais cargar como una sirvienta —. Contestó intentando sentarse, pero el fuerte dolor de la herida no se le permitió.

—Dejadme a mí —Su caballero, su príncipe de canción de trovador, su hombre… su Gonzalo…

Con el fuerte torso pegado a su rostro la ayudó a semincorporarse y ella tuvo que aferrarse aún con más fuerzas a la carta para no abalanzarse sobre él y regalarle todos los besos soñados desde hacía ya demasiados años. Era joven e inexperta pero sus amigas nunca escatimaron en detalles en ninguna de sus conversaciones, y gracias a ello, sabía perfectamente lo que se sentía al besar o por lo menos eso creía.

—Bebed el agua. La monja la preparó para vos. Dice que os ayudará a soportar los dolores. ¿Aún sentís mucho ardor?

¿Se podía ser mejor hombre? ¿Se preocupaba también por sus dolores? Dios bendito la amaba de verdad. «¿Qué vestido usaré en la boda?»

Gonzalo acercó la copa, pero ella no dejó de mirar la nota en sus manos. Deseaba decirle que sentía lo mismo, confesarle que se hallaba completa y perdidamente enamorada, pero bien era sabido que el hombre siempre daba el primer paso, por lo que esperó. Volvió a mostrarle la nota pero de forma distraída, después de todo, si el caballero era tímido, ofrecerle una ayudita no era tan indecoroso.

Con el intenso amor en la mirada, y en el cuerpo, elevó la nota ante un Gonzalo que decididamente era demasiado vergonzoso. Deseosa de ayudarle, elevó la carta poco más mientras la sonrisa se le escapaba de los labios. Él se lo diría ahora mismo. Los nervios le temblaban como cuerdas. El momento era este. No podía existir otro.

—La tengo… tengo la carta… —dijo aleteando las pestañas. Estaba tan ansiosa que no podía esperar que él tomase valor. Qué Dios la perdonase, pero nunca fue de cumplir mucho las normas.

—¿Vuestro padre os ha escrito?

—Gonzalo…—Su voz esta vez fue menos dulce después de todo la timidez del joven rozaba la estupidez —. La tengo, la he leído—. Sus manos se alzaron moviendo la nota de un lado a otra.

—¿Al fin recordó que tenía hija?

—¡No!

Juana comenzaba a disgustarse con su adorado príncipe dorado. ¿Por qué negaba sus propios sentimientos? Eran palabras tan dulces, tan cariñosos, tan explícitas, tan… tan… tan poco Gonzalo.

—¿Por qué la estrujáis? ¿Vuestro padre ha sido descortés?

—No, mi padre no ha enviado noticias e imagino que vos no sabéis quién me ha escrito. La voz se le atragantó entre la pena y la desilusión.

—No veo porqué debería saberlo. Buscad la firma y encontraréis al autor.

Gonzalo intentó quitarle el papel de entre los dedos, pero la muchacha se aferró tanto a la carta que a punto estuvieron de romperla en dos.

—No lleva rúbrica.

—Nadie de bien enviaría a una doncella una nota sin firmar. Permitidme.

Esta vez Gonzalo sonó autoritario pero la muchacha nuevamente se negó a entregársela.

—¿Qué dice la nota? —Preguntó con los dientes apretados y algo disgustado con la muchacha.

—No lo sé —. Gonzalo arrugó la vista provocándole marcados surcos en los laterales de los ojos y Juana tembló. Él era más fuerte que ella. Uno al que su padre le confió su cuidado y que bien podía exigirle respuesta ya fuese por las buenas o por las malas. No es que ella fuese una muchacha obediente pero las precauciones nunca estaban de más y mucho menos después de lo sucedido en el río —. Nada importante, no dice nada… nada importante.

—¿Quién la envía? —Esta vez el sonido grave en su voz sonó algo más exigente de lo habitual.

—No lo sé.

—Dadme la nota.

—No.

—Dadme la nota o la arrancaré de vuestras manos.

—¡No!

—¡Sí!

—Se puede saber qué está pasando aquí.

Gadea entró en el cuarto intentando comprender porqué aquellos dos se comportaban como niños, tironeando cada uno de un lado a otro, una hoja arrugada.

—Decidle a vuestra hermana que me entrega la nota o no respondo —. Gonzalo estaba fuera de sí. Muy fuera de sí, y eso la hizo sospechar de un inminente peligro para Juana.

—Hermana…

—Es mi carta. Me la han enviado a mí y no corresponde a nadie más que a mi leerla.

Juana observó amenazante a Gonzalo. Estaba furiosa, lastimada y dolida. La herida no sangraba, pero el corazón pinchaba con cientos de alfileres de desilusión. Él no la había escrito. Él no la amaba. Él no la deseaba. El vestido no sería azul con bordados blancos.

—Obligadla a que me la de.

Gonzalo echaba demonios por la boca y Gadea lo analizaba intentando comprender una furia estúpida.

—Creo que Juana posee toda la razón —Juana lo miró sonriente y victoriosa ante una Gadea que negó con la cabeza mientras se acercaba al lecho, y sujetaba parte del papel, para que se lo entregase —. Es su derecho designar quién custodia sus pertenencias y estoy segura de que soy la persona más indicada. ¿No es así?

Juana se mordió los labios aceptando la sorpresiva derrota y soltando el amarre para entregar la nota a Gadea. Esta leyó algunas líneas y tal fue el asombro de su rostro, que Gonzalo no pudo más que maldecir en alto.

—Decidme quién la firma y le cortaré la mano con la que escribe. Ese mal nacido no volverá a ofender a ninguna doncella.

—¡No me siento ofendida! —Juana se sintió obligada moralmente en defender a su enamorado, aunque no supiese de quien se trataba, mientras que Gadea, se preguntaba porqué no se quedó en el cuarto hasta que los mareos se hubiesen calmado.

—Señoras.

El saludo de Beatriz junto a su inseparable Amice, cruzaron por la puerta y la joven embarazada sintió que contaba con apoyo logístico como para enfrentarse a aquellos dos que no cesaban en su empeño de chillar. Juana estaba desquiciada, pero Gonzalo no se encontraba mucho mejor, el caballero luego de resoples y bruscos pasos, salió por la puerta no sin antes desencajar las bisagras de la puerta.

—¿Todo bien? —Judá entró con una sonrisa tan poco habitual en él que Gadea se sintió la dueña de su cielo.

Ese hombre la ganaba día a día. No podía decirse que lo suyo fuese amor a primera vista sino más bien temor a primera vista, pero aquello ya no era así. La furia en su negra mirada, la fuerza en unas manos y un corazón demasiado duro ya no la atemorizaban. En el pasado creyó que su matrimonio sería un desierto sin agua, pero Judá se transformaba cada día en el más refrescante de los arroyos. Él ya no era quien le pareció ser. En la soledad de sus cuerpos su fiero hombre se convertía en un amante paciente, cariñoso y hasta en algunos casos, comprensivo. Sólo en algunos casos, pensó sonriente respondiendo a la intensidad de su negra mirada.

Amice y Beatriz se apartaron rápidamente, aún le temían, pero sus amigas no lo conocían como ella. Judá no temía a actuar. La vida le enseñó a enfrentarse a la maldad y a ocultarse de los sentimientos. El converso se defendía como tantos otros hombres. Judá nunca asestaba el primer golpe, pero respondía enérgico ante una necesidad de defensa. Hombre de valentía y honor. Al pensar en su marido atractivo y protector, instintivamente acercó las palmas a su vientre.

—¿Estáis bien? —La preocupación junto a la aspereza de sus dedos en la mejilla la hicieron sonreír. Si era un varón su padre le enseñaría a luchar, y si fuese una niña, la protegería como a ninguna.

—Me encuentro perfectamente. ¿Marcháis?

—Debo resolver unos asuntos —. Contestó sin dejar de acariciarle la mejilla. Muchas veces su marido parecía olvidarse del mundo cuando estaban juntos y él poseía ese mismo poder sobre ella. La atracción entre ambos era tan fuerte que más de una vez quiso pedirle que se quedase en el lecho sólo por sentir el calor de su cuerpo junto al suyo —. ¿Seguro que os encontráis bien?

—Puede que sí o puede que no —. Sus contestaciones cada vez más impertinentes ya no eran sentenciadas por su marido, y en el fondo del corazón, ella sabía perfectamente que hasta le causaban diversión.

—Y decidme, señora mía, ¿cómo puede este humilde servidor calmar vuestras penas?

—Quizás prometiendo regresar pronto y cenar conmigo a solas y en mi cuarto. Puede que quizás, y sólo así, pudierais aliviar mi malestar.

El converso se rio, pero sin carcajada estruendosa. Era rebelde e indomable en su interior, pero de modales exquisitos en su exterior. Su padre se preocupó muy bien de ello.

Las pupilas negras como la noche se le dilataron y los párpados se estrecharon contestando aquello que las palabras no podían decir en un lugar tan público. Con delicadeza la sujetó por los codos y la acercó hasta su torso casi rozando los cuerpos. Comprobando que las mujeres parloteaban con Juana, acercó la boca a su oído para que sólo ella lo escuchase.

—Prometedme amor eterno y os juro que siempre iré a vuestro encuentro. Prometedlo y no existirá ángel ni demonio que me separe de vos —. Las palabras terminaron con un leve beso entre la oreja y el cuello que la hicieron temblar el alma.

Sin permitirle recuperarse, la soltó de su amarre y se separó con cierta lentitud. Judá constantemente reclamaba su confianza, sus sentimientos, era como si lo necesitase, como si ella fuese su único sentido, su único motivo, su única… seguridad.

Gadea al verlo marchar, sintió como un torbellino de ideas que aparecían por primera vez en su enamorado cerebro. ¿Cómo pudo ser tan tonta? Él la amaba y lo demostró con su vida en muchas oportunidades. Pero ¿y ella? ¿qué le ofrecía más que suspiros cargados de exigencias en un lecho sediento de pasiones? Ella lo amaba, lo sabía perfectamente, ¿pero él conocía la profundidad de sus sentimientos?

—¡Judá!

El hombre se detuvo en el pasillo al sentir el grito de su esposa, pero fue mucho mayor su asombro cuando a la carrera, ella lo alcanzó sin aliento y con un ímpetu de lo más exagerado, a punto estuvo de tumbarlos a ambos al suelo.

—Prometo… —susurró casi sin aliento.

—¿Esposa?

—Lo prometo —. Contestó elevando el rostro y sonriendo con las mejillas sonrosadas —. Prometo amaros eternamente tanto como os amo hoy.

—Gadea…

—Os amo. Mi amor nació con vos y morirá sin vos.

—Mujer…

—Os amo tanto que el aire me falta si no estáis conmigo.

Sin pensar si era correcto o no, y olvidando los buenos modales de una mujer de bien, alzó los brazos para cruzarlos tras su ancho cuello y acercarle los labios. Quería ser ella quien esta vez lo incitase. Olvidando las estrictas enseñanzas cristianas, lo devoró como una leona, como una amazona preparada para el combate. Dejando las normas del decoro en viejas escrituras bíblicas, se entregó a la pasión de dos bocas que combatieron para resultar una victoriosa por encima de la otra. Mordió su labio y parte de su barba y él gruñó aferrándose a sus caderas para empujarla a un cuerpo ardiente y deseoso. La rigidez de esa parte de su cuerpo que conocía demasiado bien, le hizo notar su falta de control, y eso la hizo sentir fuerte y poderosa. Ella no era de gran fortaleza, pero su poder no radicaba en el poderío de su físico sino en la destreza de sus movimientos. Con la sonrisa de las victoriosas, lo besó tomando posesión de cada caricia, y Judá respondió aceptando el desafío. Ella era suya, pero Judá sólo le pertenecía a ella.

Ambos se besaron con una voracidad que crecía casi sin aliento. Las manos del hombre se movieron posesivas por encima de su cintura mientras las de ella acariciaron el fuerte cuello con uñas, hasta hacerlo gruñir quietamente. Su marido la igualaba en decisión y pasión en el cielo de los ángeles pecadores. Estaba a punto de sugerir la idea de continuar en un sitio más privado cuando en un acto casi doloroso, él se fue separando de sus labios. Nublada por el deseo insatisfecho, buscó la continuación de tan deliciosas caricias, pero las palmas grandes de su marido la sujetaron por los hombros para detenerla. Unos cuantos minutos necesitó para escuchar la gruesa carraspera tras de sí.

—Azraq… Blanca —. Judá poseía el don de reconocer a las personas aún estando de espaldas. Con voz grave saludó a los visitantes, pero sin apartar la mirada ardiente de su rostro.

Ambos pasaron por un lateral y Blanca lo fulminó con la mirada, pero su esposo ni siquiera se percató. Sólo poseía ojos para ella.

Por un momento los temores inseguros la dominaron, pero cuando los visitantes entraron en la habitación, se descubrió sujeta por la amplia mano y arrastrada nuevamente en brazos de quien la esperaba con una pasión mucho más ardiente que la anterior. Olvidándose de Blanca y cualquier mujer de su pasado, se entregó a quien hoy le entregaba el total de su presente.

Venganza

El cura caminaba por la catedral, como si pretendiera desgastar el suelo en profundos surcos de odio, ante un perro fiel que, apoyado en la pared, se miraba las uñas mugrientas esperando órdenes. Escuchar al enviado del señor despotricar con puras blasfemias, no era visión tranquilizadora, pero todo fuese porque la enérgica vara del párroco no descargase la frustración en su maltrecho cuerpo. La vara quemaba en la piel desnuda más que los fuegos de Satán en una Toledo veraniega. Aburrido y habiendo terminado con las uñas, decidió continuar con los dientes. Desde que el converso lo había chantajeado, el sacerdote ya no era el mismo. El rencor le dominaba el alma.

«Tampoco es que antes fuese el ser más amable del mundo», pensó recordando la infancia junto al clérigo. El cura era hombre de sentimientos difíciles, por no decir escasos. Pero ¿quién podía culparle? Ambos, y pese a sus grandes distancias, comprendieron muy pronto la tortura del rechazo. Castilla no era tierra de amistades fáciles y ellos no dejaban de ser más que dos tristes vidas respirando por encima del mugriento lodazal. Su maltrecho cuerpo, castigado por el creador, apenas sí se mantenía en pie, y el de su benefactor... pues de ese ya se sabía bastante. Fuerte, intenso y con una libido más deseosa de recibir que de ofrecer, el excelentísimo se arrastraba por el fango de la misma Sodoma. De muchos eran sabidas las preferencias del párroco, pero ninguno llegó tan lejos como el desgraciado converso. Cerdo egoísta, que, por salvar la vida de la prostituta de su esposa, amenazó a quién él tanto debía y tan bien servía.

—Mi señor, puede que…

—¡Callad!

La dura vara del cura cayó esta vez sobre su espalda encorvada y el joven agradeció que golpeara de lleno en la dureza de los huesos. La dura chepa amortiguó el dolor, pero no sufrió igual suerte la avejentada camisa, que debería ser zurcida por enésima vez.

El sacerdote, reemplazo del obispo y al parecer eterno reemplazo, caminaba como loco por el interior de la catedral pidiendo la cabeza del converso en bandeja y suplicando a Dios justicia. El pie izquierdo le renqueaba notoriamente y la túnica con sangre seca, evidenciaba el intenso uso de un cilicio que no parecía cumplir con la misión de resarcir culpas ni con calmar a las almas atormentadas. Desde que el muchacho de la mancebía huyó sin mirar atrás, el hombre no levantaba cabeza. El odio carcomía su paz más que el vino a la lucidez de un borracho. Buscaba venganza, sangre e infligir mucho, pero mucho, sufrimiento. El jorobado estaba seguro de que su señor estaba sintiendo rabia, furia y hasta dolor, «Pero ¿por qué?» se preguntó curioso.

Comprendía la lujuria, él mismo la sentía, ¿pero por qué sufrir la huida del joven? Ese prostituto no era más que calentura del cuerpo. Nada que no pudiese reemplazar con una buena mujer de la mancebía o quizás con otro joven, después de todo la sodomía lejos estaba de ser un tema sentimental. Dos hombres arrastrados por el desenfreno nada tenían que ver con el mundo del amor mostrado en la santa Biblia.

—Muerto, desangrado… así es como lo quiero…

El jorobado se sentó en un escalón esperando un final que tardaría en llegar. Cuando el hombre maldecía al converso, el sol se marchaba y sin probar bocado de cena ninguno de los dos. Mejor limpiarse el barro de las botas y esperar a que el cansancio y la borrachera lo dominase. Así podría llevárselo a rastras al lecho e incluso, si estaba de Dios, desmayarlo pronto y probar algún mendrugo con leche.

—Cerdo puerco rastrero. Os clavaré una pica en el corazón y os desangraréis. Sufriréis como yo lo hago. ¡Asqueroso mal nacido!

El hombre bebió de un sólo sorbo y arrojó la copa contra la mesa de la sacristía, quizás recordando al joven que lo había abandonado, quizás recordando las noches de placeres desperdiciados, quizás por el amor perdido, si es que entre ellos eso existía, se dijo el jorobado que continuó limpiando la suela sin mayor preocupación.

—Incendiado, quemado, despellejado. El olor a torrezno de puerco me llenará los pulmones y reiré, seréis como…

El aplauso de unas manos llamó la atención del fiel servidor que sacó rápidamente el puñal de su cintura. El no era guerrero digno de ningún contrincante, y bien sabía que perdería en cualquier lucha de honor, pero él no poseía ni respeto ni honor. A los de su clase les bastaba con sobrevivir.

Como una sabandija, intentó esconderse por detrás de las columnas y prepararse para defender a su señor, pero el hombre de porte elegante y cabellos como el sol, elevó la voz hasta la crucería.

—Dejad de rectar como serpiente. Vuestro protector no necesita de un inútil como vos.

El perro fiel pudo haberse ofendido, pero se distrajo, el hombre era tan esbelto como el trigo y tan bello como los amaneceres en el río. ¿Por qué el señor ofrecía a unos tantos y a otros tan poco? Pensó al sentir la envidia quemarle el desfigurado cuerpo.

—¡Qué deseáis! —Al acercarse, el cura supo reconocer al caballero de ricos apellidos pero de esqueléticos bolsillos.

—Negocios.

—No estoy interesado —. Contestó acercándose a la mesa de la sacristía para apoderarse del resto del vino para la santa misa. Se lo sirvió y bebió de un trago y se limpió la boca húmeda con el dorso de la mano, pero aún así, dejando surcos de líquido chorreante por la barbilla.

—Deseáis deshaceros del converso. Somos dos. Unifiquemos fuerzas.

El cura lo miró, pero no contestó, puede que estuviese borracho, pero no lo suficiente como para confiar en un noble venido a menos. Esos señores representaban lo peor de Toledo.

Hombres con portes de potro pura sangre pero con almas de buitres carroñeros, listos para hacerse con un botín, que nunca les perteneció. Su propio hermano era uno de ellos. Un ser despreciable que lo abandonó por ser un segundón de sexo desviado, como si él hubiese podido elegir. Dispuesto a cambiar, y ser lo que su familia buscaba, se entregó a esas mujeres que no le interesaban en lo más mínimo. Exigió favores a puritanas que, buscando absolución, se entregaron confiadas en el perdón de Dios, pero ni así, sus preferencias no cambiaron. Fuerza, posesión y dureza era aquello que lo que lo excitaba y no la asquerosa suavidad y dulzura femenina.

—Marchad, ya poseo mis propios tratos. No deseo acrecentar mis deudas.

—Os traicionará —dijo apoyándose en la pared fría y cruzando las piernas en total control de la situación —. Beltrán Santa María es tan puerco como su primo.

—¿Y quién no lo es?

—No posee palabra.

—¿Y vos sí?

—Mi palabra es tan fuerte como el deseo de verlo muerto.

El caballero de cabellos dorados sonrió malicioso y el cura sintió que posiblemente Dios sí estuviese de su lado.

Mientras tanto en casa de Judá...

Beltrán bebía junto a la ventana escuchando con extremada atención. La situación se complicaba no sólo para su primo sino también para él. Con la mirada nublada por las dudas y el exceso de alcohol, continuó mirando por la ventana, pero sin dejar de escuchar atentamente a los hombres. Su tío, en mitad de la sala, explicaba los peligros a los que se verían expuestos si eran acusados, mientras él con un sorbo largo, quemaba su propia garganta. Perdiendo la mirada en la distancia, vio como el sol comenzaba a caer sobre los techos bajos de madera y adobe de la ciudad mientras a lo lejos, a la altura de la Primada, las tiendas cerraban sus tolderías ante la pronta llegada de la noche. Por detrás de las murallas, las luces mostraban que la mancebía continuaba con su exhaustiva actividad, y las tabernas de baja reputación, preparaban sus mesas de juego. Bebió otro trago pensando que mientras ellos buscaban una solución para sus enloquecidas vidas, en esas mismas viejas tabernas, un borracho disfrutaba deseoso de los favores de una solícita tabernera, un crápula ganaba con un as siempre escondido bajo la manga y un joven, deseando ser un hombre, bebía incansable mojando los apenas dos pelos de su escueta barba en vino barato.

—Si las muertes de niños no cesan, los tendremos sobre nosotros.

Su tío explicaba con la tensión de los nervios en la voz y no era para menos. Las acusaciones y las intrigas ya caían sobre los nuevos cristianos. Los nobles ya apenas contaban con judíos ni con moros de interés contra los que enfocar sus anhelos de superación. No se trataba de algo personal sino de simples negocios. Había que buscar un culpable nuevo y a recoger beneficios. Así era el mundo, así los reinos y así la misma Toledo.

Él, sin ir más lejos, buscaba aquello que su padre aseguraba que era suyo, y puede que sus oídos lo escuchasen en el pasado, pero hoy su alma se alejaba cada vez más de aquella supuesta justicia. No deseaba traicionarlos, no quería matarlo… Con la mirada fija en las piedras de la muralla y apoyado en el ventanal, cerró los ojos y respiró el frío húmedo del Tajo que sobrevolaba por encima de los tejados.

—¿Miedo? —La palma abierta de Judá en la espalda lo hizo transformar su rostro al instante para parecer tan divertido e irresponsable como siempre —. Si lo que os preocupa es otra cicatriz tan fea como la que ya poseéis, me encargaré de cubriros el trasero, después de todo siempre lo hago.

Su primo parecía divertido y tuvo que hacer un esfuerzo sobrehumano para no delatarse él mismo.

—Algunas la consideran interesante —respondió con sonrisa de pícaro y llevándose la carcajada de los presentes.

Azraq lo observaba con interés. Beltrán siempre le pareció rival digno de respetar. De pelaje manso pero de acciones rápidas como el látigo. Su sonrisa podía ser divertida pero su mente siempre viajaba mucho más allá de la razón, el problema era descubrir hasta dónde era capaz de volar. El moro nunca sintió especial simpatía por el joven y menos aún por el hombre, pero Judá lo amaba como a un hermano y Judá era su hermano, por lo que los tres estaban unidos por la hermandad de los escogidos.

—Debe existir alguna forma de saber quién está tras esto —. Haym continuaba en sus trece buscando unos responsables, que demasiado bien se ocultaban en la clandestinidad de la gran muralla. ¿Quién mataba a aquellos críos e intentaba inculparlos?

—No es necesario encontrar la verdad —. Azraq habló llamando la atención de sus amigos que lo observaron atentos —. Quiero decir que no siempre la verdad es lo buscado. Con crear una trama podría ser suficiente.

—No —la respuesta de Judá fue tajante mientras apoyaba con firmeza los puños sobre la dura mesa —. Las mentiras nos han podido en el pasado. Si les permitimos continuar con sus injurias, mañana serán otras más potentes. No quiero que tus nietos crezcan en tierras cargadas de podredumbre.

—¿Nietos? —La voz de Haym sonó entusiasmada.

Los hombros de su hijo se alzaron restándole importancia.

—Eso jamás lo podréis evitar —. Contestó el morisco esquivando el tema de los bebés.

—Mi hijo lleva razón, o conseguimos las pruebas de la verdad absoluta o esos desgraciados conseguirán el modo de librarse de la justicia.

—¿Justicia? — La ironía del moro resplandecía tanto como el azul de su intensa mirada.

—Sí, los nobles buscan mi posición, pero vuestros agricultores no poseerán mejor suerte.

Azraq apretó con fuerza la mandíbula, pero no sin antes maldecir. Los judíos solían ser hábiles en el comercio, y algunos de ellos conseguían posiciones de poder en importantes ciudades, pero los árabes eran conocidos por su capacidad de trabajo en el campo y oficios de menos cualificados. Su propia familia era de origen humilde y seguía siéndolo. Puede que los De la Cruz lo recibiesen como a un igual, pero la diferencia de sus arcas era más que notable. Si ellos estaban entre la espada y la pared, su gente lo estaría aún más.

—¿Qué proponéis?

Beltrán alzó la vista hacia su tío esperando interesado, pero fue Judá quien lo detuvo en sus explicaciones.

—Es tarde, mañana será un nuevo día y por la mañana los planes se verán más claros y las intrigas menos oscuras.

—Puede que tengáis razón —. Haym aceptó el tiempo de descanso. No daba con el plan acertado, la criada entraba con la cena, y se encontraba hambriento —. Sentaos y llenad vuestras tripas con buenos alimentos, que bien merecido los tenemos todos. Este potaje huele mejor que mis cargamentos de telas. Los hombres sonrieron y se acercaron a la mesa mientras Judá caminaba hacia la puerta de salida.

—¿Marcháis sin probar bocado? —Beltrán preguntó desconfiado.

—Mi esposa me espera para cenar en la alcoba.

—Espero que no os llenéis tanto que os quedéis dormido —. Haym dijo pícaro y los jóvenes se miraron con ojos abiertos mientras él, divertido, probaba el potaje de verduras—. No soy tan viejo como para no recordar cómo son las cenas íntimas. Además, deseo un nieto.

Los jóvenes sonrieron mientras Judá vociferaba al caminar hacia la puerta.

—¡Prometo poner todo de mi parte padre!

Beltrán se carcajeó y Haym sonrió tras la copa, pero no sin dejar de mirar al moro, que se sentó a su lado cabizbajo.

—Debéis olvidarla o él os matará.

Azraq se sentó sin contestar, no podía. El padre de su amigo estaba lleno de sabiduría. Incluso ahora que veía más allá de él mismo.

Un hijo

Judá entró en la habitación con la ansiedad dominándole el cuerpo. Llevaba la tarde al completo pensando en ella. Imposible hacer ninguna tarea sin recordarla hasta en el más pequeño de los actos. Si el mundo supiese lo indefenso y débil que se encontraba frente a su mujer, el futuro sería aún más peligroso. Ella era vida. Su vida.

Un mundo rodeado de cientos de estrellas brillando en los cielos y una tierra muriéndose en luchas de poder, frente a un hombre que ya no se preocupaba por nadie más que ella. Las porciones de corazones áridos a los que tanto odió en el pasado, hoy morían ante la dueña de su razón de ser. Verdades y mentiras, religiones y herejías, todas búsquedas añejas olvidadas en terrenos por los que ya no deseaba transitar.

Imposible era de comprender cómo en unos meses aquella mujer borraba con locuras las cicatrices forjadas con el odio lacerador. Si sonreía, él vivía, si ella sufría él moría. Que Dios lo ayudase porque el maldito embrujo le alcanzaba el cuerpo y el alma inmortal. La deseaba más que a cualquier mujer que conociese jamás. Alguna vez que otra intentó caer en la infidelidad con alguna mujerzuela de la taberna, procurando así reafirmar su masculina voluntad, pero ni siquiera esta poseía. Mirada, melena, pechos, todas las mujeres la recordaban siempre a la única. Maldita fuese, pero la deseaba aún más cuando otra se le cruzaba descarada. Su hombría sólo reaccionaba a ella. Como el más leal de los caballeros, su entrepierna respondía sólo ante su presencia. Con ella se despertaba y por ella enloquecía. La cabeza le estallaba al no tenerla y el cuerpo le dolía por poseerla. Enloquecía de celos si a otro su mirada entregaba, pero aún más enloquecía de pena cuando furiosa lo increpaba. Enloquecía por poseerla, pero también por el temor a perderla. Locura que, con uno de sus dulces besos, milagrosamente sanaba.

Ansioso abrió la puerta de la alcoba para quedarse al segundo petrificado en el sitio. Aquello no era posible. Su recatada cristiana no podría haber sido capaz de aquello. La chimenea brillaba con intensidad. Las velas eran muchas, pero no excesivas, la luz suficiente pero no intensa. La mesa se cubría de frutas y piezas de carne asada. La jarra de vino se veía a rebosar, y junto a la silla, ella lo esperaba de pie como la más atenta de las cortesanas. Con delicadeza caminó tres pasos y cerró la puerta que trabó con entusiasmo. Nadie entraría ni saldría de aquél cuarto. No hasta mucho pero mucho tiempo después. La mujer lo miró envuelta en una sonrisa eterna y él se creyó volar. Ninguna trama, ninguna conspiración lo distraerían del mejor momento de su vida. Muchas fueron las mañanas solitarias en las que esperó lo que esa noche se le ofrecía. Gadea Ayala no era su esposa. Ella era su esperanza.

—Os estaba esperando.

La luz de la chimenea centellaba en una piel tan fina como la más delicada de las sedas. Sus ropas, aunque discretas, le ofrecían ese halo de mujer sencilla pero intrigante que invitaba a conocer y desnudar con las palabras. Muchas veces creyó que su esposa no era la perfección, pero en este momento, se arrepentía mil veces contra mil por tan inmenso error. Ella era la más perfecta entre las perfectas. Inteligente, leal y dulce de corazón, superaba con creces a las que afuera se encontrasen. «Dios, gracias».

Envuelto en el poder de su mirada, se dejó guiar por sus piernas embrujadas, que caminaron hipnotizadas hasta alcanzarla y rozar el cálido cuerpo. Con la lentitud de quien pensaba disfrutar cada momento ofrecido, acercó los labios agradecidos a su frente y la besó con ternura. Una caricia cargada con la ternura del amante que no posee palabras para agradecer semejante fortuna.

—¿Judá?

La mujer se abrazó a su cintura sin comprender y él no pudo más que sonreír a su lado. Si ella supiese que no podía sentirse más feliz. Saberla tan enamorada de alguien como él lo elevaba más allá de cualquier sueño. Nunca lo juzgó y siempre lo aceptó, con sus imperfecciones de espíritu y de sangre. Ella, tan noble, tan cristiana, aceptando el amor de quien muchos llamaban cerdo traicionero, hereje del reino, usurero despiadado. La mayoría escondía entre murmullos, los insultos que sus secos corazones albergaban, pero Gadea no, ella nunca lo juzgó.

Con el calor del enamorado, bajó el rostro y le entregó el mejor de sus besos, esos que no había entregado a otra. Besos que del amor nace y que el enamorado entrega sólo a su persona escogida.

Entregada en su deseo, Gadea envolvió los brazos por detrás del robusto cuello, reclamándole mayor contacto, y él le devolvió el beso con voracidad. La lucha, que en un principio pareció ser sólo masculina, no resultó tal. Su esposa lo reclamaba con la misma intensidad que la suya y eso le calentó la sangre hasta hacerlo arder. Los labios comenzaron con simples caricias, pero las lenguas se enfrentaron la una contra la otra sin pudor. La insistencia femenina contra la posesión masculina, ambas buscando una rendición que los envolvió en una temperatura cada vez más creciente.

El calor de la chimenea ardiente se intensificó ante unos cuerpos que lentamente sudaban gotas de pasión por cada uno de los poros. Con fuerza, Judá envolvió las manos en la estrecha cintura para alzarla en volandas y llevarla directo al lecho. No podía esperar un segundo más. Era su mujer y volvería a marcar territorio en cada centímetro de la delicada piel. Dispersaría uno a uno los besos que llevaba imaginando todo el maldito día.

—Judá —balbuceó sonriente—pensé que desearías cenar.

La diversión en su voz, unida a la falta de ese pudor cristiano que comenzaba a perder en los caminos del olvido, lo enloqueció de deseo y pasión. Esa era exactamente la mujer que deseaba y que quería. Perfecta en modales en el exterior, pero amante ferviente, en las sábanas desparramadas de su desinhibido lecho.

—Y cenaré.

La voz grave le resultó extraña hasta a él mismo. No era la primera vez que se acostaba con una mujer pero sí la primera que hacía el amor. Difícil explicar con palabras aquello que ni los hechos podían. Las carcajadas de sus incoherencias se escaparon de los duros labios ante una esposa, que recostada, sonreía a su lado sin saber porqué. La larga cabellera caoba se desparramaba por encima de las mantas de suave lana y el vestido se arremolinaba desordenado por encima de sus redondeadas rodillas. Una venus esperando por quien ya no podía esperar.

Nervioso y apresurado ante tan perfecta imagen, se arrancó la camisa y el cinturón que cayeron al suelo junto al puñal sonando con fuerza sobre los anchos tablones de roble. Detrás lo acompañaron las calzas y el resto de prendas, hasta que, con la libertad del mismo Adán, se posicionó sobre su esposa que no cesaba de admirarlo como si de un Adonis se tratase. «Dios, permite que siempre sea así».

—Me gusta la forma en que me miráis…

—¿Y cómo lo hago?

Hubiese contestado si le hubiese sido posible, pero los labios duros y húmedos, viajaban por la tersa piel de su cuello mientras las manos callosas levantaban las faldas con insistencia. Lenta, suave y delicadamente, aunque estaba desesperado por poseerla. La necesitaba. El aroma de su mujer le enloquecía los sentidos. Lo llamaba como abeja por la mejor miel.

"Lo prometo", repicaban una y otra vez las palabras en su cabeza. Aún recordaba la promesa de esa misma mañana. Esas palabras retumbaron en su cabeza todo el maldito día hasta enloquecerlo de amor. "Os amo… lo prometo", había dicho ella jurándose amor eterno. Por Dios bendito, ¿cómo no enloquecer de amor? La mujer era la imperfección más perfecta que un hombre pudiese desear jamás.

—Os amo…

Sus palabras rebotaron una vez y otra más contra la suavidad de su esposa. La piel salada embriagó a una lengua que lamía el plato más delicioso que probase jamás. Al ritmo de las ansiosas caricias, el delicado cuerpo se movió hacia arriba buscando contacto, y su cuerpo ardió con el deseo más básico de los hombres. Con delicadeza se colocó sobre ella, apoyando el mayor peso sobre sus propios codos, mientras su boca buscó el manantial de vida en sus dulces labios. Ella lo aceptó con el mismo desespero, y él, posicionando sus piernas juntas entre las suyas sintió la humedad de su cuerpo ardiente esperarlo.

—Por Dios…

Sin esperar un momento más la penetró al completo. El gemido delicado en sus labios le demostraron que no la había lastimado y agradeció al cielo porque le sería imposible detenerse. Sus empujes fueron fuertes, posesivos y sin ninguna delicadeza.

Las torneadas piernas lo envolvieron, y con el cuerpo temblando de placer, la mano derecha le arrancó la parte superior del vestido. Necesitaba acariciar esos pechos, saborear las gotas saladas de sudor mezcladas con la saliva de su propia boca. Bajando la prenda hasta la cintura sintió el rasgar de las telas rotas que provocaron una sonrisa tímida en la esposa. Era curioso, pero ese hecho le provocaba timidez, sin darse cuenta de que en ese mismo momento se encontraba tan dentro de ella que podría casi tocarle su corazón.

—Os adoro, dulce mía.

—Y yo os adoro a vos, esposo mío.

Sin pensar más que en sus propios cuerpos Judá acercó los labios a los redondeados senos y los introdujo en la boca disfrutándoles como el más fino de los dulces. La muchacha se retorcía bajo el hombre posesivo, que, reaccionando con pasión a su pasión, mordisqueó marcando, pero sin lastimar. Los gemidos inconscientes de la dulce mujer lo envolvieron al punto que su propia consciencia se perdió en los placeres de la carne ansiosa. Empujó tan dentro como pudo y con la intensidad de quien no poseía nada más en esta vida que el disfrute del cuerpo entregado. Las uñas de las delicadas manos le arañaron la espalda y el gemido de un lobo en celo le brotó desde lo más profundo de su ser. Deseo espeso, lujuria desesperada, pasión sin control, junto al calor de tan ardiente hembra enloqueciéndole hasta el punto de que ya no pudo pensar ni en un ella ni en un nosotros. Sólo era él empujando, marcando, conquistando. Gadea ancló las uñas en sus hombros gimiendo su propio clímax y él gruñó acompañándola en una satisfacción casi dolorosa.

—Dios…

El cuerpo sudado se depositó sobre ella sin fuerzas e intentando recobrar la respiración agitada.

—Judá…

La vocecita de su esposa apenas era un hilo y se incorporó al instante para no aplastarla. Cayendo nuevamente a su lado estiró el brazo para arrastrarla y pegarla a su duro torso.

—¿Os he hecho daño?

Las manos le acariciaron la sedosa melena y le despejaron el precioso rostro. Ella posiblemente llevaba a su hijo en el vientre y él acababa de poseerla como a la más experta de las meretrices. El remordimiento le llegó por primera vez al cerebro. Definitivamente sí que era un cerdo bellaco. Conociéndole cada día un poco más ella negó con la sonrisa perfecta de enamorada. Por amor al cielo, no podía sentirse más enamorado.

—¿No mentís?

—¿Os parezco una mujer dañada?

—No, no lo parecéis. A decir verdad, parecéis otra cosa, pero no quisiera dañar vuestros cristianos oídos.

—¡Esposo!… —La regañina les causó una diversión que se instaló al segundo entre ambos.

Judá no se entretuvo en conversaciones carentes de sentido o por lo menos para él lo eran. La Iglesia podría implantar sus normas, pero Gadea era su mujer, y una que parecía la más dulce de las meretrices, y por lo que a él correspondía, que la Iglesia se fuese al cuerno si le daba la gana. Ya iría él al infierno por ella si hiciese falta, pero en esta vida, pensaba disfrutar de cada maldito encuentro con su amada. Con delicadeza le quitó los restos del vestido y la ayudó a introducirse dentro de las sábanas.

—Esposo, tengo algo para deciros.

Acariciando su torso ella habló con timidez y él asintió esperando ansioso.

—Vamos a tener un hijo.

Con un suspiro intenso y un beso en la base de la cabeza, la abrazó con fuerza. Había imaginado esas palabras demasiadas veces, pero en ninguna de esas ocasiones, resultaron ser tan tiernas y emocionantes como acababan de serlo.

Su esposa lo abrazó mientras le preguntaba si era feliz. ¿Feliz? Ese era un sentimiento demasiado banal como para demostrar lo que su alma en verdad sentía. Quizás si ella lo mirase a la cara y viese el brillo de lágrima oculto en su mirada podría comprender la emoción que lo embargaba. Con un poco de dignidad, y mucho de masculino orgullo, la sujetó con más fuerza sobre su pecho para que no lo viese derramar la única lágrima que se le escapó rebosante de felicidad.

Olvidemos el pasado

Después de una noche intensa, Gadea se puso en pie demasiado enérgica para las pocas horas de sueño que encontró en su lecho. Vestida y entusiasmada caminó junto a su esposo sintiéndose la mujer más feliz de todas. Con alguna que otra arcada, pero feliz.

—Deberíais descansar. No es bueno para vos agitaros.

Gadea pudo decir que sólo caminaban hacia el cuarto de Juana, pero no sería ella quien rechazara tan bonito y profundo interés. Lo amaba y cada detalle de cariño que su esposo le prodigaba era canción para sus oídos. Astuta, sonrió y calló. Después de todo no siempre se contaba con tan glorioso despertar.

Ya en la puerta del cuarto de su hermana, él la sostuvo por la cintura en señal de despedida.

—¿Marcháis?

—Negocios —contestó besándole suavemente los labios —. ¿Entonces prometéis que no saldréis de la casa?

Y aquí estaba otra vez la dichosa petición. Cuando no era por una cosa era por otra, pero la conclusión siempre era la misma, no marchéis sola, no vayáis al beaterio sola, no caminéis sola. Siempre los "no" antecediendo aquello que se debiera hacer. Hechizo de amor hacia su caballero, finalizado.

—No frunzáis el cejo como una vieja refunfuñona. Sólo deseo protegeros. Profundos son los peligros que nos acechan.

—¿Lo decís por el párroco? —Preguntó envuelta en el fuerte abrazo preocupado del esposo.

—Lo digo por todo —contestó esquivo—debéis prometer que tendréis cuidado y no saldréis sola. ¿Aún no comprendéis que mi cordura depende de vuestra vida? Os necesito, os necesitamos —. La mano caballeresca acarició un vientre apenas hinchado.

Revivido el recientemente fallecido hechizo de amor, se aferró al calor del fuerte cuerpo.

—Id con Dios y no os preocupéis, mi hijo y yo estaremos aquí cuando regreséis.

Judá acariciaba con un delicioso beso los dulces labios de su mujer, cuando unos gritos y un estruendoso portazo, lo hicieron abrazar protector a su amada mientras con rapidez la desplazó a un lado para que no fuese arrollada.

—¡Me tenéis oxidado de tanta palabrería! ¡Os quemaré los malditos papeles!

Gonzalo estaba tan furioso que apenas pudo hacer nada cuando chocó de frente con la espalda de su señor que envolvía a su esposa en un abrazo. Judá, fuerte de cuerpo y de corazón, se mantuvo como poste inmóvil frente al inconsciente embiste. Al levantar la vista, y ver el odio del converso, el doncel maldijo para todos sus adentros y gran parte de sus externos.

—De Córdoba... —El susurro sonó suavemente mortal.

Y he aquí su final. Ni en lucha de honor ni en combate en el Al-Ándalus contra algún moro despiadado. Si existía peor suerte que enfrentarse a todos los sarracenos juntos, ese era intentar aplastar a la esposa embarazada del converso, con él delante. Quizás su señor lo apuñalase de un estoque certero y fuese una muerte limpia. Inmóvil esperó al final de sus días, cuando Gadea se soltó del amarre de su marido, para comentar con algo que él intuyó como diversión. No pudo definir bien la situación porque se encontraba demasiado ocupado buscando un buen sitio junto al creador.

—Veo que mi hermana ha conseguido sacaros nuevamente de vuestras casillas. ¿Más cartas?

El brazo de Gadea envolvió el brazo tenso de Judá buscando algo de complicidad, pero él no respondió. Estaba demasiado enfadado con el cordobés como para jueguitos femeninos. El caballero por poco la atropella, y si no hubiese sido por su rápida reacción, Gadea y su hijo ahora estarían tumbados en el suelo. Sólo pensar en su mujer en el suelo, con su bebé en el vientre, lo hizo arder en furia.

—No sé a qué cartas os referís y no creo que me importen. De Córdoba… en cuanto a vos, volved a atropellar a mi mujer, y os juro que vuestra cabeza brillará en el extremo de una pica antes que el sol se oculte, ¿lo entendéis?

—Sea.

Gadea suplicó con la mirada a un Judá que maldecía con todas las ganas. No deseaba ceder tan pronto pero su debilidad ante ella era un secreto a voces. Esa mujer era la bruja entre las brujas. Maldita fuese ella y el profundo amor que le prodigaba. Algo más amable, pero no mucho, habló con algo menos de ferocidad.

—De Córdoba, acompañadme, tengo un trabajo para vos.

Gonzalo aceptó esperanzado. Este día no vería a los ojos al creador. Caminaron juntos unos pasos cuando su señor habló con hondo suspirar.

—Ahora decidme qué son esas cartas y porqué debo preocuparme.

—No poseo información, pero si de algo soy conocedor es de una cosa, “las Ayala” están en medio.

Judá sonrió con amargura mientras caminó con el afligido caballero por el ancho pasillo. Si “las Ayala” estaban involucradas, el peligro era un riesgo que no se debía minimizar. Las jóvenes atraían a las desgracias como culo de vaca a las moscas.

—Esta vez lo habéis hecho enfadar, y de verdad.

Gadea entró sonriente al cuarto de su hermana, y aunque al principio la presencia de Blanca la morisca la inquietó, al momento se recuperó retomando la compostura, después de todo, ella era la dueña y señora de la casa.

—Últimamente siempre lo está —. Juana alzó los hombros recostada en el lecho.

—Dejad que adivine, ¿otra carta? —La sonrisa brotó al instante y Gadea sonrió con ella.

Entusiasmada acercó la silla junto a la cama esperando que Juana contase. Puede que estuviese casada y esperando un niño, pero ella no era más que otra joven deseosa de una historia de amor. Una de princesas, brujas malas y príncipes tan apuestos como su Judá.

Blanca la morisca, continuó machacando las hierbas en el mortero, atenta a la conversación ocultando reconocer que ella también deseaba escuchar historias de caballeros enamorados. Juana extrajo de debajo de la almohada un papel y comenzó la lectura ante una Gadea expectante y una disimulada, pero muy interesada, curandera.

—Vuestra mirada se despierta en mis recuerdos y me pregunto cuándo será el día en que os vuelva a ver. En el silencio de un hombre atormentado, ruego al señor el milagro de volveros a ver. Mi señora, he aquí un corazón amarrado que espera en vuestras dulces caricias, el final de tanta desolación. Suplicando al buen Dios, y a vuestro delicado amor, que se apiaden de mí, espero siempre por vos.

Las tres suspiraron con ojos de cabrito recién nacido cuando, el golpe de un metal contra la pared y nuevamente un segundo portazo, las despertó de las ensoñaciones con caballeros enamorados. Gonzalo, quien pareció haber regresado por el estoque olvidado, marchó con los humores aún peores que antes. Las mujeres esperaron a comprobar que no regresaba cuando al fin pudieron estallar en carcajadas.

—No comprendo, se comporta como un padre celoso. ¿Qué daño pueden producir unas cartas?

Gadea no supo qué responder y Blanca se limitó a aplicar el ungüento en las heridas, que después de un par de semanas, mejoraban notoriamente.

—¿Todo bien? —La pregunta sorprendió a la enmudecida curandera.

—La herida cicatriza bien. En un par de días seguramente pueda intentar caminar pasos cortos.

Gadea observó a la muchacha sabiendo que el tiempo de enfrentamientos había llegado. Esperó a que terminase el trabajo de vendajes preparándose para el gran combate. Cuando las curas se acabaron, y la joven comenzó a guardar sus instrumentos en la cesta, fue cuando aprovechó la oportunidad. La morisca, quien no era ninguna tonta, se anticipó al ataque, y sin mirarla a los ojos, aclaró con tono avergonzado.

—No debéis preocuparos. Vuestra hermana se encuentra mejor y la monja podrá continuar con las curas. No regresaré a vuestro hogar.

—No recuerdo haberos echado.

—No necesito escuchar las palabras para saber lo que pensáis de mí.

—Puede que poseáis razón, pero he cambiado de parecer.

—Mi señora, me confundís.

—¿Ahora soy señora? Hace sólo unas semanas era Gadea.

La muchacha dejó caer los hombros apesadumbrada. Cómo explicar, a quién consideraba la mejor de las mujeres, que amaba a su marido al punto de querer arrebatárselo en su propio lecho con ella dormida delante.

—Vos no lo comprendéis…

—¿Que amáis a mi esposo y que intentáis recuperarlo? Os escuché. Puede que aquella noche no estuviese tan dormida después de todo.

—Gadea… —Juana quiso interrumpir lo que pensaba sería una pelea de gatas, pero su hermana mayor alzó la mano en señal de silencio.

—Entonces sabréis que me rechazó. No tenéis nada que temer.

—No lo hago. Mi seguridad proviene de Judá y no de vos. No es de mi marido de quien deseo hablar sino de vuestro sentir —. La calma que llevaba en la voz le sorprendió hasta a ella misma.

Con paso lento se acercó, y al verla con la cabeza gacha y ocultando las lágrimas, se compadeció de quién estaba segura de que debería odiar. La morisca amaba al joven desde su niñez. El llanto le bañaba el rostro y en ese momento comprendió el profundo dolor de la muchacha. Si ella perdiese el amor de Judá no poseería fuerzas para continuar. Con honda pena, y en pleno acto reflejo, acercó las manos al vientre para acariciar a quien ya sentía como el fruto de un amor verdadero. Ambas, mujeres sin decisión, no eran más que el fruto de un azar que sólo en los cielos se jugaba. Piezas de ajedrez incapaces de marcar su propio destino. El amor afianzaba su matrimonio, pero ese mismo amor desangraba a una muchacha que creyó poseer lo que no poseía.

—No os culpo por intentarlo. No soy capaz de juzgar por aquella piedra que yo misma hubiese arrojado, pero Blanca, es mi deber preguntaros y espero total sinceridad, ¿volveréis a intentarlo?

—No —dijo convencida y con la frente en alto a pesar de las intensas lágrimas—. Os lo juro. He sufrido demasiadas veces su rechazo. Lo amé, pero no puedo escucharle decir nuevamente cuanto os ama. Ya no puedo…

—¿Y mi amistad, Blanca? ¿También rechazaréis mi amistad?

Gadea le acarició el hombro y la morisca lloró como manantial descontrolado.

—Señora, yo… le propuse que os abandonara… yo lo quería nuevamente a mi lado —dijo confesándose indigna de semejante propuesta.

—He dicho que os escuché y también he dicho que no puedo juzgar a quien propuso lo que yo misma en su lugar propondría. Ahora os vuelvo a preguntar nuevamente, Blanca la morisca, curandera y aprendiz del alquimista, ¿seréis una de mis amigas cofrades?

—No os comprendo —. Contestó atragantada por las lágrimas.

—Puedo que vos a mí no, pero yo a vos sí. Nos necesitamos y no veo en vuestro corazón mayor maldad que la de un amor no correspondido. Cuando mi matrimonio fue negociado nunca creí encontrarme enamorada e imagino que a él le sucedió lo mismo. El amor nos llega sin ser comprado. Somos responsables de como actuamos, pero no de como sentimos.

La morisca lloraba sin parar, pero con la frente en alto, la miró a los ojos. Gadea llevaba razón, ella se merecía algo más que las mentiras de un hombre que jamás la quiso.

—¿Cuántas vidas necesitaré para merecer vuestro perdón?

—No recéis por ello. Ya lo poseéis. De aquí en más que nuestra amistad sea más fuerte que ninguna locura de amor.

—Mi señora, vuestro esposo ya no representa gloria alguna para mí.

—Entonces creo que podéis llamarme Gadea nuevamente, ¿no lo creéis así?

La morisca asintió secándose el rostro con la mano ante una Gadea que intentaba no llorar y una Juana que cerraba los ojos orgullosa. Su hermana demostraba una altura tan majestuosa como la bondad en su corazón.

—¿Y entonces el beaterio funciona bien?—Juana carraspeó intentando que no se notase su emoción atragantada en la garganta.

Ambas mujeres recobraron la compostura, pero, aunque con la garganta anudada, Blanca igual contestó.

—La verdad es que tenemos algunos problemillas, pero no debéis preocuparos. Ahora debéis recuperaros.

—¿Queréis decir que otros maridos os han atacado?

—No —. Gadea contestó tajante al recordar al cerdo inmundo que atacó a su hermana y asesinó a su propia esposa. El desquiciado rompió las puertas de La Blanca y se llevó a la niña ante unas mujeres que nada pudieron hacer por detenerlo. Judá mandó reconstruir las puertas con la más dura de las maderas y el cerraje más fuerte que existía en la ciudad, pero así y todo no sabía cuántos esposos despechados podrían volver a intentar semejante bajeza.

—¿Entonces cuál es el problema?

Gadea se sentó un poco cansada. El embarazo parecía provocar sueño en momentos insospechados.

—Son voluntariosas y ponen interés, pero el arte de la sanación lleva tiempo y ahora ya son quince mujeres las alojadas en la iglesia —dijo sin poder ocultar un intenso bostezo—. Quince mujeres pobres, no tenemos dinero para darles alimentos. El padre Diego y yo hemos recaudado algo, pero no es suficiente, y si a ello le sumamos el tema de los niños, entonces la situación se complica.

—¿Niños?

—Sí, algo pasa en las calles. Lo único que sé es que temen al hombre de negro y huyen asustados. Abandonados y huérfanos, ¿qué otra cosa podía hacer?

Juana asintió mientras Blanca preguntó curiosa.

—¿Y las comidas?

—Robo en la despensa, pero dudo mucho que mi marido me permita seguir por más tiempo.

—¿Lo sabe? —Preguntó la morisca sin dar crédito. Sin duda ese no era el converso que ella conoció una vez.

—Nada en esta casa se le escapa, por supuesto que lo sabe, pero lo más preocupante es saber cuando me pondrá un cerrojo en la cocina. Necesitamos recaudar dinero y pronto.

—Puede que yo sepa como.

Amice habló segura mientras entraba acompañada de su inseparable Beatriz. La mujer dejó caer al suelo una cesta pesada, y el velo se le movió de lado, dejándola medio ciega, pero ello no le resultó impedimento para continuar parloteando.

—Dejádmelo a mí. Tengo una idea.

Las mujeres se miraron y gritaron.

—¡No!

—Señoras confiad en mí, que soy monja.

Las mujeres se carcajearon al unísono menos Beatriz, que, mirando al cielo, prefirió ponerse a rezar.

El mercado

—No deberías estar aquí —. Gadea habló a Juana mientras exponía las telas sobre el tablón de madera.

—Ninguna deberíamos estar aquí —esta vez fue Beatriz, que acomodando en el extremo contrario de la mesa los panes, se quejó apesadumbrada. Las amigas sonrieron al verla refunfuñar continuamente, pero como toda una profesional en el arte de las tiendas, acomodaba las hogazas como si del mejor mercado se tratase.

—¡Panes! Los mejores panes —gritó la monja con ahínco y empujando con el hombro a Gadea para que la siguiese —. Por los niños señora mía... por los niños.

Con un resoplido y acomodándose la bata de criada, la joven noble gritó al otro lado del puesto llamando la atención de los futuros compradores.

—¡Telas, las mejores! Telas para la señora, telas para brillar, telas para resaltar —. Amice la miró y asintió orgullosa por la rima. Gadea continuó canturreando. Alentada por las cofrades, que sonrieron estimulantes, continuó con su ingenio en la prosa —. Venid a por una y os llevaréis dos, venid a por dos y disfrutaréis de lo mejor.

Contenta con su inventiva, volvió a mirar a las mujeres, que asintieron orgullosas de sus cantarinas dotes comerciales.

—¡Para la señora y el doncel! Que juntos podréis vencer —. Las mujeres alzaron las cejas sin comprender el significado, pero ella contestó con los hombros alzados —. La rima… la rima.

Juana, aún en condiciones poco estables, permaneció sentada, pero incentivando la conversación a las señoras, que se acercaban con interés. María la panadera, al otro extremo, vendía las grandes piezas mientras Beatriz, a su lado, se apresuraba a entregar las hogazas, previo pago a la morisca, que recaudaba y custodiaba los ingresos como el mejor de los contables.

Todas ellas vestían como campesinas, no deseaban llamar la atención, aunque la realidad fuese muy distinta. Gracias al padre Diego, y sus buenas palabras, consiguieron un sitio en la alcaicería de los paños. La tienda se encontraba junto a la sinagoga, cerca de San Pedro de las cuatro calles. Por pocas monedas, el dueño les hizo un lugar para que pudiesen ofrecer sus productos. El negocio era de los grandes, de casi veinte metros de local, y con un frente tan amplio, que representaba el sitio ideal para conseguir unas cuantas ventas. La calle, más ancha de lo habitual, permitía lucir las telas en grandes tablones y eso era aún mejor. Las lanas causaron especial interés en los compradores y Dios sabía que ellas necesitaban vender.

Era una tarde apropiada para los negocios y esos maravedíes eran tan fundamentales para el beaterio como el sol para el trigal. En los demás conventos, las dotes entregadas por las propias mujeres valían como sustento, pero en su caso, todas eran mujeres de escasos recursos y tan abandonadas que hasta la propia suerte las rehuía. Olvidadas por las leyes, fueron recibidas por aquellas que se decían llamar las cofrades y cuyas puertas siempre estaban abiertas. Cofrades de las que comenzaban a circular rumores por toda la ciudad, llegando a oídos de quienes no se contentaban con su existencia, pero que por el momento toleraban.

Cansada de tanto grito y de no vender nada, la monja se apoyó en la mesa dispuesta a desistir, pero esta vez fue Gadea quien la alentó.

—Los niños... —Amice asintió y continuó chillando como tabernera del mesón de Román.

—¡Para los nobles de alta raza y cuyo cuello no alcanza!

—Vuestros cantos no se comprenden —chilló Juana desde la silla.

—¡Pero riman! —Contestó su hermana ofendida.

—Y qué demonios nos importa la rima. ¡No venden!

Gadea cerró las pupilas furiosa y gritó con más intensidad perdiendo todos los papeles.

—¡Paños que con maestría os cubren la barriga!

—¿Maestría con barriga? Es bueno —dijo la monja asintiendo orgullosa.

—La señora y el señor, vistiendo nuestras telas, a su cuerpo hacen honor —vociferó Juana.

Las mujeres la miraron y asintieron, ante una María que dejó de vender hogazas, para comenzar a aplaudir.

—Telas que el caballero ha de comprar, y a su novia el corazón enamorado entregar —. Gritó Gadea envuelta en victoria.

—Telas y amor, ¡qué mejor regalo de un gran señor! —Esta vez fue Beatriz, valiente, la que se lanzó consiguiendo arrancar en aplausos a las cofrades, que, de pie, la vitorearon. Venida a más la monja se arrancó por bulerías.

—Para el doncel cuya criada vio bailar y en el portal espera para...

—¡No! —Gritaron todas al unísono mientras Beatriz corrió para cubrirle los labios.

—Enamorar… para enamorar… ¿Qué pensabais que diría? —Las mujeres respiraron al unísono, y la picara monja, sonrió ocultando la mirada tras las telas.

Las horas pasaron y las mujeres se esmeraron en sus técnicas de venta. No sólo debían conseguir dinero para las mujeres sino también para los seis niños que habían aparecido de la nada. Los pequeños eran niños de la calle y no solían causar mayores problemas, pero comían y mucho. De uno en uno aparecieron por el beaterio, agitados y con el miedo en el cuerpo, y sin saber contar exactamente lo que pasaba en las calles. La muerte los buscaba para desangrarlos como al Cristo, eran las únicas asustadas explicaciones capaces de ofrecer. Los acogieron sin saber que los dos primeros se convertirían en seis y quien sabe si aquella cifra ascendería a más.

—Panes, los mejores panes. Panes que alimentan a los curas y las damas del convento.

—¿Damas en un convento? —Preguntó Juana mientras acomodaba las telas.

—La rima —contestó María como si eso significase algo.

—Pero no rima.

—Panes para las monjas y las señoras de, ¿Toledo?

—Mejor —dijo Juana no muy convencida.

Al otro lado, otra vendedora de telas, y recelosa de las muchachas, las observaba de cerca. Esas jovencitas, a pesar de parecer más pobres que las ratas, vendían más que ella en sus mejores días. La pequeña tímida, no dejaba de entregar panes ante una mora, que astuta, no cesaba de guardar monedas en la bolsa. Estrechando la mirada como alcahueta ante una posible presa, dejó a su hija en el puesto y se cruzó para ver a aquellas que le quitaban una clientela que a ella pertenecía. Gadea distraída, sonreía ilusionada al titiritero, que, aunque de condición humilde, parecía estar interesado en dos de las más costosas telas.

—Esta parece ser tan suave como vos —dijo acercando la tela al rostro de Gadea—¿creéis que una muchacha estaría contenta con este regalo?

—Por supuesto, puede estar seguro de que a vuestra esposa le encantará —. Contestó entusiasmada por cerrar una nueva venta.

El joven con cabellos de color del fuego y ojos verdes como el mar, sonrió causando el interés en Juana que, sentada detrás de su hermana, se lamentaba por no poder ponerse en pie. Aquél titiritero hablaba como los del norte, vestía como los del norte y enloquecía a las féminas como los del norte.

—No poseo esposa, nunca he conocido el amor verdadero —. Contestó galante y con la inteligencia de quien no parecía ser la primera vez en coquetear con descaro.

Gadea, demasiado enamorada de su esposo, y con unas intenciones comerciales de lo más claras, no fue capaz de percibir siquiera que el joven la devoraba con la mirada y con las palabras.

—Pues igual a vuestra madre o hermana. Mujeres dignas de vuestro interés y de un regalo tan precioso como este. Creedme, no encontraréis mejor lana y mejor precio que este.

El titiritero estaba por lanzar sus dardos de conquista nuevamente cuando la regordeta de la señora de enfrente lo interrumpió a empujones.

—¿De dónde habéis sacado estas telas? Son robadas —. Chilló haciendo que la mujer de al lado abriera la boca tanto que le hubiera entrado la hogaza de pan que Beatriz sacaba de la cesta.

—No son robadas —. Gadea contestó indignada.

Estuvo por contestar que eran de su marido y por tanto no eran robados, no del todo, pero prefirió callar. «Lo suyo es mío y lo nuestro mío ¿o cómo era que decía el padre Diego en Santa María la Blanca?» Daba igual, Dios estaba de acuerdo con ellas.

—Son de nuestra familia —. Contestó Juana desde su asiento.

La mujer se sonrió con maldad y miró las ropas de criadas venidas a menos y contra atacó.

—Esas telas son demasiado buenas para mujerzuelas como vosotras.

—¿A quién llamáis mujerzuelas? —La monja se preparó para pelear mientras Beatriz, con un poco de valor, pero sólo un poco, se posicionó a su lado.

—A vosotras —dijo sabiéndose con brazos y cintura mucho más anchos que las muchachitas y dispuesta a montar un escándalo.

Amice se arremangaba la túnica cuando Gadea intervino sosteniéndola por el codo.

—Os hemos dicho que son de nuestra familia y si no tenéis nada para acusarnos os ruego marchéis antes que pida que os lleven a la picota por maleante. ¿Os creéis que no he visto cómo mojáis la pimienta en agua para que pese más? —Amenazó Gadea rogando que las arcadas no regresasen justo en ese momento.

La gorda se indignó ante la acusación, pero no fue capaz de negarlo, sino que, muy por el contrario, arremetió contra María que vendía una nueva y redondeada hogaza de pan.

—Veremos quien va a la picota si yo o vuestra amiga. Estoy segura de que esos panes contienen un par de piedras dentro para parecer más pesados.

Las mujeres la miraron horrorizadas mientras María escondía la hogaza bajo la mesa. La morisca, que se dio cuenta del hecho, la interrogó con la mirada, pero la panadera apenas susurró.

—Los niños... —La curandera abrió los ojos como platos, pero sin decir palabra o terminarían todas atadas a la picota y recibiendo una ducha de frutas podridas y barro por parte de los transeúntes que allí las vieran.

—Mi delicada señora, a veces es mejor marchar en silencio y no buscar en las barbas del vecino, aquello que las nuestras no podrán negar.

El titiritero habló con ese no sé qué que enamoraba a todas, incluido a la regordeta tendera que, aunque enfadada, no pudo resistirse a su encantadora sonrisa, y terminó cruzando hacia su puesto zanjando la pelea. O más que por encandile, porque prefería huir, antes que verse ella también en la picota con frutas y verduras podridas hasta en el ombligo.

—Os debemos la vida.

—La vida no lo creo, pero el no oler unos cuantos días a basura, eso seguro —. Contestó divertido.

Gadea respondió a su gracia con una sonrisa tranquilizadora. Esa mujer estuvo a punto de reventarles el negocio.

—Y ahora que estamos solos, ¿por qué no acercáis vuestro bello rostro a esta lana azul? Seguro resplandece frente a la palidez de vuestra piel.

Judá en la distancia abría y cerraba los ojos intentando despertar de lo que pensaba era un sueño, o una pesadilla. Aquella que parecía una campesina venida a menos, ¿era su esposa? ¿y quién demonios era el tipo que acercaba las telas al rostro de su mujer? ¿Y por qué esas telas le resultaban tan familiares?

Azraq no pudo más que divertirse con la situación tan ridícula. Las mujeres lucían como una mezcla de criadas y camareras de taberna de la Malaguita, chillaban como verduleras y los compradores no cesaban de acercárseles interesados. Tal vez porque eran diferentes, tal vez porque eran mujeres solas, tal vez porque… ¡Tabán! Astagfirullah. El morisco no dejó de maldecir y aclamar a Dios por todo lo alto, al reconocer a su hermana, entre aquellas desquiciadas. La sonrisa se le borró del rostro y acompañó con grandes pasos a su amigo que se encaminaba directo hacia su mujer. Maldiciendo nuevamente esperaba que el muchacho de alegre sonrisa huyese antes que el converso lo pasase a cuchillo.

Beltrán, quien no tenía apuro en llegar, caminó por detrás riendo a carcajadas. La mujer de su primo pertenecía a una especie que no era de este mundo. ¿Demasiado inteligente? Puede, aunque todos sabían que la mujer nació de una costilla de un hombre, y como tal era un ser incompleto, en fin, fuese lo que fuese, caminó divertido. Por unos momentos disfrutaría de un momento de relajación en su larga lista de problemas.

—El azul es vuestro color. Resalta la hermosa piel blanca e inmaculada de ese delicado rostro que poseéis.

—¿Y cuál creéis que es el mío?

Gadea cerró los ojos al ver y oír a su esposo que, tras el titiritero, la miraba sin pestañear.

—Exijo rectifiquéis o me veré obligado a …

—Muchacho, será mejor que marchéis mientras tengáis tiempo para correr. Os garantizo que mi amigo celoso no es hombre de razonar.

El titiritero miró los tendones del cuello de Judá contraerse e hizo una reverencia con rapidez y desapareciendo tan rápido como la frescura en agosto.

—Os lo ruego…

—Id con vuestra hermana —sentenció mortal y sin apartar la mirada de Gadea que se refugiaba tras la mesa.

Azraq asintió sabiendo que nada podía hacer por la muchacha, se lo había ganado. Juana, quien intentó levantarse para defenderla, se vio alzada en volandas por Gonzalo, que apareció por allí como si de un duende se tratase con la misma furia que su señor. Juana intentó defenderse, pero el caballero la fulminó con la mirada mientras la transportaba a la carreta que abandonaron cuando Judá, saltando enloquecido al verlas, había olvidado antes junto a la calle de la sinagoga.

—¿Por qué? —Judá se preguntaba como un loco una y otra vez mientras acariciaba lentamente las lanas que reconoció a la perfección —. ¿Por qué? —Esta vez el tono se hizo más intenso y Gadea tragó saliva. El resto de las mujeres marcharon con los pocos panes que les quedaban y mirándola preocupadas se persignaron, pero ella les hizo gesto para que marchasen tranquilas. Este era su problema —. ¡Por qué!

Si no estuviese tan asustada habría contestado a la pregunta, pero a decir verdad tampoco lo comprendía muy bien. ¿por qué su esposo no dejaba de decir esas palabras una y otra vez? ¿sería que había enloquecido?

—Yo…

Judá se acercó tan rápido como una liebre y sujetándola por el codo la llevó al fondo de la tienda y la hizo subir las escaleras hacia la vivienda. El dueño de la tienda quiso protestar, pero la mirada del converso le demostró que era mejor quedarse callado.

—No podemos, las telas…

Como si fuese el dueño de la casa, Judá cerró la puerta trabándola con su propio cuerpo, mientras preguntaba nuevamente ¿por qué? ¿por qué?

—¿Esposo? ¿Judá?

El hombre sólo era capaz de repetir como demente y sollozando una y otra vez la misma frase.

—¿Por qué a mí? ¿Por qué?

Gadea se apoyó en la pared mirándose las manos y esperando a que su marido saliese del bucle. En fin, hombres… seres difíciles de entender.

No puede ser

Gonzalo la cargó sin la menor de las delicadezas. La furia lo dominaba. Intentó comprenderla, pero le resultó imposible. Con la rabia bulléndole la sangre, la subió al carro y la transportó hacia la casa sin contestar ni una sola vez a las millones de sandeces que la muchacha le arrojaba por la boca. Un par de rugidos al caballo y su destino se encontró delante. Sin ningún permiso la volvió a sujetar por debajo de las rodillas para alzarla en volandas, y ajustándola por la cintura, la extrajo de la carreta llevándola directo al cuarto. Era tan pequeña y frágil que, al sentirla pegada al torso, su cuerpo reaccionó de una forma que lo hizo enfurecer aún más. Aquella imagen, él entrando con ella en brazos, le recordó el día en que la trajo casi muerta y cubierta de sangre. ¡Por amor al cielo! ¿Las Ayala no sabían de consciencia?

Caminó despacio para no lastimarla. No podía dejar de pensar en ese momento que a punto estuvo de perderla. La sensación de vacío al sentir como lo abandonaba para siempre le resultaba asfixiante. Nunca nada fue más interminable que el camino de regreso con su vida pendiente de un respiro. Corrió cuesta arriba desfalleciente de desesperación. El miedo aún le erizaba la piel al recordar la imagen de un vientre, que parecía más un conejo abierto, que una preciosa joven cargada de esperanzas. Las botas desgastadas aun rememoraban la patada que dio a la puerta de entrada para que se abriese. Cuando medio muerta, la depositó en la mesa, las piernas le temblaron y si no cayó al suelo fue gracias al sostén del padre de Judá, que atento como siempre, lo apuntaló como poste. Tres fueron las noches que pasó junto a su lecho sin moverse. Tres funestas noches fueron las que se sintió morir a su lado. Ella siempre se creyó enamorada de él como si de un honorable caballero se tratase, ¡pero endemoniada mujer! soñaba con un príncipe de cuentos, y él, tercero de su casa, poco poseía más allá de una armadura, un estoque sin rúbrica y un crucifijo de pura plata heredada. Con delicadeza la apoyó en el lecho y cerró los ojos respirando profundo e intentando calmarse, pero al volver a abrirlos, la situación no fue a mejor. El remendado vestido, y que estaba claro no le pertenecía, le bailaba de grande. La sabandija era tan menuda como bonita, y aunque de buenas proporciones, la envejecida túnica se le escapaba por el lateral dejando ante sus ojos un hombro tan redondeado y blanco como la leche más pura. Esa que podría beberse sin desperdiciar una gota si de una mujer común se tratase, pero era Juana, una Ayala, y él… un simple De Córdoba.

—No os atreváis… —gruñó enfadado y frustrado. Sus pensamientos pasaban de la furia a la lujuria sin coherencia ninguna ante una Juana que, sin obedecer, se puso en pie.

—No sois nadie para prohibirme nada. Y ahora, si me lo permitís…

La pequeña sabandija intentaba abandonar el cuarto y él se preguntó si estaba loca o era demasiado lista.

—Volved a la cama u os juro que…

—¿Que qué? —Contestó envalentonada y enfrentándola con el ceño fruncido, pero Gonzalo se encontraba demasiado ocupado intentando recuperar la furia de minutos atrás. El dichoso escote no cesaba de moverse mostrándole el precioso hombro —. ¡No me asustáis, De Córdoba! —La sonrisa del él la hizo sentirse una estúpida. Se encontraba de pie enfrentando a un hombre que le llevaba por lo menos dos cabezas y cuyo torso sumaba tres de los suyos —. No voy a quedarme aquí mientras mi hermana es castigada por su esposo.

Gonzalo se mordió la lengua para no pensar en el tipo de castigos que su señor propinaría a la irreverente esposa. El converso estaba furioso, pero se derretía ante la primera sonrisa de su mujer. Mejor no pensar en castigos de hombres profundamente enamorados.

—Nadie va a dañar a vuestra hermana, aunque bien merecido lo tiene. Igual que vos—. La cara de espanto de Juana fue exactamente lo que buscaba para enfriarse un poco.

—¡Estáis loco!

—No más que vos. Ahora decidme porqué estabais en el mercado antes que…

—¡Antes que qué! No sois mi esposo, no tenéis derecho para castigarme. Nada que podáis hacerme me asustará.

Contestó golpeando el pie en el suelo y él maldijo por todo lo alto. Si la muchacha seguía hablando de castigos junto a la chimenea, y con una túnica que se le resbalaba del escote, no estaba seguro de poder comportarse con honor. Puede que llevase demasiado tiempo sin mujer o que el ataque a Juana lo hubiese trastornado, pero lo cierto era que cada vez que la veía, lo alteraba de furia y deseo. Le gustaba verla enfurecer, atacarlo e incluso enfrentarlo. La mirada se le transformaba en un fuego que le gustaría apagar en otras circunstancias y en otras posiciones.

—Dejaros de tonterías y ahora decidme qué hacían allí u os juro que os encerraré en un convento.

—¿Convento?

—Convento.

—No pienso deciros nada. No sois nada de mí.

Juana habló caminando por el cuarto como mujer segura y decidida que era, y Gonzalo se apresó los puños para no sujetarla y comerse tan fervorosa mujer. Antes era una sabandija impertinente y molesta pero ahora, frente a él, era el ser más cautivante que conoció jamás. Incluso uno más que su hermana. Gadea poseía unos valores que le gustaron siempre, pero Juana era como un pura sangre. De esas yeguas que necesitaban ser domadas por un jinete seguro y…

—… y esa fue la razón.

—¿Qué?

—He dicho que la comida de los niños... ¿No habéis escuchado nada de lo que he dicho?

«Al parecer no», pensó intentando olvidar yeguas pura sangre y estrategias eficientes en la doma.

—¿En el beaterio hay niños? ¿Desde cuándo?

—¿Seguro que estáis bien? —Preocupada acercó la mano a la frente del joven buscando razón para sus desvaríos. Puede que Gonzalo últimamente se comportase como un rey déspota pero no dejaba de ser el hombre de su vida y al que amaba con todo su corazón. No deseaba verlo enfermo. La yema de sus dedos apenas le rozaron el rostro cuando lo sintió quemar —. Estáis ardiendo —dijo preocupada.

—Estoy bien.

—¡De eso nada! Estáis ardiendo.

Ante la búsqueda de un segundo roce Gonzalo la detuvo en el aire. Sí, estaba ardiendo, pero no por las fiebres que la muchacha pensaba. Los últimos días al pensarla medio muerta fueron un infierno, pero verla despertar y recuperarse, no resultaron días mejores. Sus sentimientos bullían quemándole el alma. Desde que despertó sentía una necesidad imperiosa de abrazarla. No sabía muy bien porqué, la muchacha alentaba su lujuria, pero los abrazos, esos no eran asuntos de hombres.

—Vos sabréis si estáis enfermo o no. Ahora haced el favor de marcharos de mi cuarto. Estoy cansada.

Insatisfecho, derrotado y sin explicaciones, se giró para retirarse cuando las vio. Allí estaban, sobre la mesa. Pero esta vez eran tres. Sin pedir permiso manoteó las cartas para comenzar a leerlas. Estaba harto de suspiritos de lectura. En un principio la muchacha se quedó perpleja, pero al instante reaccionó. Gonzalo la mantuvo alejada con una mano mientras con la otra en alto, continuaba leyendo. El rostro se le transformaba ante cada renglón que conseguía leer.

Juana se separó con temor. Ese no era su Gonzalo, su caballero de resplandeciente armadura y de modales honorables. Delante suyo el hombre se transformaba en un demonio. Uno que bien podría competir con el mismo converso.

—Yo... yo...

—Quién.

—Yo...

—Dadme su nombre ahora mismo y no juguéis conmigo porque os juro que no es el momento.

Y por supuesto que no era el momento, eso ya lo sabía ella. Nunca lo vio tan furioso. Las palabras apenas le salían.

—Desconozco quien las envía.

En dos pasos De Córdoba se posicionó frente a ella, y sujetándola por los codos, la acercó hasta el punto de que la elevó unos centímetros para enfrentarla nariz contra nariz. La respiración del hombre se le entrecortaba y el pecho le subía y bajaba como si acabase de correr la muralla al completo, y por lo menos dos veces.

—Habla de vos... de vuestro cuerpo... del sabor de vuestros labios... —Gonzalo era incapaz de hablar en una sola frase.

—¡He dicho que no lo sé! —Asustada quiso soltarse, pero Gonzalo la sujetaba con demasiada fuerza.

No lastimaba pero atemorizaba. El muchacho, al que tanto provocó en el pasado, había desaparecido dando lugar a un hombre irracional.

—Parece conoceros bien.

Frases como "la suavidad de vuestra piel" o "el calor de vuestros labios", conseguían alterarlo de tal forma que, si no fuese por su autocontrol de caballero, en estos momentos se encontraría pateando cada maldita puerta de la ciudad.

—¡Soltadme! No tenéis derecho alguno. No sois nada mío.

Herido en el orgullo, y en la razón, la soltó sin delicadeza. Sentía la misma intensidad en asesinar al autor del empalagoso poema como la de arrancarle un beso largo y duro hasta hacerla olvidar estúpidos romances. Perturbado por lo deseado y lo debido caminó hacia la puerta desde la que habló sin girarse. No deseaba mirarla a los ojos. Lo alteraba demasiado.

—No juguéis conmigo.

—¿Juego? — «¿Pero de qué juego habla?»

Inocentes

Beltrán se dejó conducir por los estrechos pasillos con olor a humedad mientras intentaba reconocer el sitio. Con las manos atadas a la espalda por una áspera cuerda, unas cadenas en los tobillos y los ojos tapados con una gruesa tela, poco más podía hacer. En la oscuridad propia de los ciegos creyó pisar algo parecido a piedras redondeadas, esas como las que se encontraban en las cuevas en las que solían jugar con su primo cuando críos. Toledo poseía muchas cuevas y muchas fueron las veces en las que Judá y él acudieron buscando aventuras. Cerca de la casa del marqués de Villena existía su preferida. De niños allí pasaron momentos felices, y con el tiempo, acudieron cuando la necesidad así lo requirió. Intentos por salvar la vida después de una disputa de cartas, confabulaciones políticas, una muchacha con intereses curiosos, todos siempre resultaron ser motivos importantes por los cuales regresar.

Simulando un tropezón, se dejó caer de lado para chocar con una pared de piedra algo húmeda. Con los dedos acarició la pared terminando de comprobar sus sospechas, era una de sus antiguas cuevas. Cerca de las pascuas judías como se encontraban, el clima comenzaba a calentar por el día y sólo las cuevas conservaban ese deje a humedad y olor a tierra secándose. El hongo pegajoso incrustado en las paredes, y cuyo trozo aún conservaba entre los dedos, no dejaba lugar a dudas, era una, ¿pero cuál? Su padre hablaba con otro hombre al que no llegaba a reconocer, y aunque estaba más que molesto por su falta de confianza, decidió seguir con la patraña hasta ver por donde marchaban los senderos. Si su progenitor ocultaba el destino del viaje a su propio hijo, eso significaba algo muy, pero muy malo.

Al parecer llegaron a destino o por lo menos eso pareció porque chocó de frente con un tío de anchas espaldas y olor a vino rancio, que lo inmovilizó en el sitio. El filo de una navaja le liberó las muñecas y se las masajeó antes de quitarse la venda del rostro. Varias veces abrió los ojos para acostumbrarse a la semioscuridad e intentar observar algo de lo que allí pasaba. Por más que estudió al detalle no fue capaz de descifrar los hechos. La cueva se ensanchaba justo delante como si de una pequeña sala se tratase. Al final varios senderos parecían ser el destino de diferentes caminos. Las cuevas poseían ese secreto único. Podía ser fácil conseguir entrar, pero no siempre se poseía la misma suerte para salir.

Cientos de velas encendidas, y apoyadas sobre pequeñas repisas naturales de piedra, daban la idea de una especie de celebración. Unos hombres, no más de diez, y entre los que creyó reconocer a algunos miembros de la selectiva nobleza de Toledo, conversaban entre ellos en urdidos murmullos a una distancia bastante cercana. Entre ellos se encontraba su padre, que con sonrisa lobuna e intentando formar parte de una clase que no lo aceptaba, se mezclaba como de un igual se tratase. El progenitor lo miró en la distancia, pero no se acercó. Se midieron precavidos sin esperar nada el uno del otro. Deseaba comprender que se cocía en la oscura cueva, y puede que su padre, intentase comprobar que su fidelidad estaba por encima de la lealtad a su primo, fuese lo que fuese, no se movería de allí hasta saber qué diantres estaba pasando. Y el motivo de su intriga no se hizo esperar.

Un grandullón todo vestido de negro y con un gran bonete se acercó con un niño que apenas levantaba del suelo. Quizás seis, quizás cuatro, quién sabía exactamente los años que tenía, lo cierto es que distaba mucho de alcanzar la pubertad, y seguramente por su estado, jamás la alcanzaría. Empujado por la fuerte mano del grandullón que lo tironeaba, los pies desnudos del pequeño se arrastraban por las frías piedras dejando una línea fina de sangre al pasar. El pobre cuerpo ya casi no sangraba. Apenas cubierto con harapos sucios y andrajosos, no era capaz ni de suplicar. Las fuerzas le habían abandonado. Aquellos desgraciados lo habían torturado hasta el agotamiento. Dispuesto a llevarse a todos por delante o morir en el intento, se movió para ir en su ayuda cuando sintió dos puñales presionándole amenazantes. Uno por la espalda y otro por las costillas y que le pincharon advirtiéndole de sus actos y las consecuencias.

—Que el infierno nos queme a todos… —Murmuró entre dientes al saber que prefería morir luchando.

Una de sus manos se giró para sujetar al grandullón del lateral sabiendo que la puñalada trasera sería inevitable, pero no le importó. Se movió con rapidez para enfrentarlo cuando el frío de las cadenas que rodeaban sus tobillos le recordó la posición indefensa en la que se encontraba.

—¡Padre! —Gritó buscando en el progenitor algo de ayuda, pero el hombre no sólo no lo miró, sino que intencionadamente lo ignoró —. Malditos desgraciados, por amor al cielo, no podéis permitir algo así. ¡Dios jamás perdonará semejante atropello! —Chilló con todas sus fuerzas esperando conseguir con compasión lo que la razón jamás conseguiría.

—Beltrán Santa María, dejad de decir sandeces, Cristo espera que realicemos justicia contra el hereje.

—¡Es un maldito niño! —Replicó al calvo asqueroso mientras era enviado contra la fría pared de un golpe certero en el estómago, que lo dobló en dos —. Es un niño… —repitió pensando que el pequeño no podía ser hereje de nada.

—Dios sabrá recompensarnos. El sacrificado nos representa a todos.

Beltrán tomaba aire intentando incorporarse del fuerte golpe en el centro de su ser. ¿Si el pequeño no era el hereje entonces quién lo era? ¿y por qué demonios lo subían a un pedestal como si de un sacrificio bárbaro se tratase? ¿y la corona de espinas?

Las voces se acallaron, cuando entrando por uno de los senderos laterales, el párroco y su fiel perro jorobado, se acercaron al altar. El sacerdote lucía negras vestiduras y caminaba con dificultad. Con mirada de odio inyectado en sangre esperó unos interminables minutos antes de aclamar en alto.

—Atadlo al poste y colgarlo boca abajo.

Los dos que parecían criados, asintieron y procedieron a sujetarlo por los hombros uniendo sus pies en una improvisada cruz de madera. Los hombres presentes como público asentían como si aquello fuese lo planeado mientras él buscaba nervioso algo con lo que poder liberarse de las cadenas que como a mula le apresaban los pies.

—¡Bastardos mal nacidos! ¡Qué ganaréis con semejante atropello! Es sólo un niño —. Si no podía luchar quizás pudiese ganar tiempo o algo, se dijo sintiéndose el más inútil de los mortales.

El párroco, que hasta ahora seguía de cerca la actividad de los criados en la sujeción del pequeño, alzó la barbilla para recriminarle con la mirada.

—Vos sois parte de la culpa. Permitid que seamos nosotros quienes encaucemos lo que de Dios nunca debió salir.

—Maldito perro, me insultáis sabiéndome encadenado. ¡Soltadme y acusadme como hombre y no como una rata!

—¡Ya basta! —Su padre alzó la voz y se acercó a su lado prestándole atención por primera vez —. Mi hijo no es vuestro enemigo. Los Santa María comprendemos la necesidad de un sacrificio.

—¿Padre, de qué habláis…? —Beltrán sintió que la cabeza le estallaría entre la furia y la impotencia.

—Hijo —dijo acercándose y sujetando su hombro con fuerza como si de un simple muchacho se tratase—pronto se celebrará la pascua judía —. Beltrán negó con la cabeza pensando que se había vuelto estúpido en ese mismo instante. La cicatriz le latía con la misma intensidad que la furia le corría por las venas.

—¿Y qué tiene que ver con esta semejante atrocidad? —Dijo al ver al niño crucificado boca abajo en un altar de ritual pagano.

—Libelo de sangre —. Contestó el progenitor como si aquella frase lo resumiese todo.

—Eso… eso no existe…

Beltrán enloquecía ante la locura de aquello. Los judíos llevaban años siendo acusados de asesinatos a niños. Se los llamaba libelos de sangre porque se los acusaba de recrear la crucifixión de Cristo, en almas de inocentes cristianos, a los que se les hacía justicia por propia mano. Los pequeños, después de sufrir intensas torturas, eran atados en una cruz y boca abajo para culminar el final de sus días clavándole una lanza en el corazón. La sangre, según decían los acusadores, se utilizaba para la creación de los panes de Pascua.

—Nadie creerá semejante locura…

—En La Guardia, muy cerca de aquí, ya han sucedido casos similares —dijo uno de esos con vestimentas tan ricas como el ancho de su cintura.

—¡Yo no veo a ningún judío!

—Pues yo creo reconocer a uno —. El párroco se acercó con su fiel jorobado que sonreía con la maldad en los colmillos.

—Aquí todos somos iguales —dijo su padre intentando reafirmar una posición que seguramente ni él mismo se creía.

—Los judíos no asesinan ni beben sangre ni la utilizan para la cocina. Sus leyes se lo prohíben. Nadie creerá semejante estupidez —. Aclamó furioso y desesperado.

—En Zaragoza han quemado a tres judíos confesos.

Beltrán cerró los ojos imaginando como sería el proceso de interrogación como para que aquellos infelices confesaran. A veces la muerte resultaba ser la más leve de las torturas.

—Alfonso El Sabio los aceptó en Toledo. Llevan años ocultando su herejía. No hacemos más que adelantar el proceso.

Esa voz, dijo Beltrán al ver como un enemigo de su primo asomaba el rostro de entre el grupo mostrando su verdadera identidad.

—Vos… —Julián, antiguo amor de Gadea, lucía radiante. El hombre movió la barbilla en un perfecto saludo de esos enseñados en cuna de nobles.

—¿Qué esperáis con esto? ¿Justicia, poder?

—Ambos —. Contestó causando la sonrisa de los asistentes.

—Terminemos de una vez. Esos judíos serán acusados.

—Ya casi no quedan —. Respondió Beltrán agotado y apresado por la espalda.

—Entonces serán los nuevos cristianos. Aquellos que disfracen la herejía con túnicas de falsa cristiandad.

Su padre asintió y se marchó con el párroco que, alzando la mano, daba orden de clavar la pica mortal en el centro del inocente corazón.

Beltrán quiso gritar y correr, pero ninguna de las dos acciones le fueron posibles. Un golpe de lleno por detrás lo desmayaron, no sin antes pensar. «Nuevos cristianos… padre… nosotros somos nuevos cristianos… nosotros seremos los siguientes... nosotros…»

Con un fuerte mareo abrió los ojos en su lecho y agradeció al cielo el solo haber soñado la peor de sus pesadillas. Intentó ponerse en pie, pero el intenso dolor de cabeza le hizo acercar la mano para comprobar un bulto redondo y duro justo en la base del cráneo.

—Padre, ¿qué habéis hecho? — Se dijo entendiendo que no fue un sueño y anticipando el infierno que pronto se desataría por las estrechas y empinadas callejuelas de Toledo.

—Por fin os encuentro —Judá entró en su cuarto sin llamar, sonriente, mientras le echaba una capa en el rostro —. Veo que anoche os pasasteis con el vino. Vamos, intentad poneros de pie que nos espera un día muy largo.

Sin hablar se sentó en la cama y como pudo se cambió la camisa y calzó las botas.

—¿Qué es eso tan urgente y que no puede esperar? —Preguntó intentando que las palabras no le retumbasen en el cerebro.

—Los niños desaparecidos, creo tener una pista.

Beltrán se petrificó en el sitio.

—Un poco de caldo —. Dijo el capitán entrando sin llamar—. No es muy bueno, pero las mantendrá vivas.

La sonrisa del hombre era tan masculina y atractiva, que la pobrecilla no pudo más que agradecer y esconder el profundo sonrojo de sus mejillas.

—¿Aún no ha despertado?

La voz preocupada de Julián al acercarse y depositar el cuenco en la mesa, la hizo soñar con capitanes de fuerte coraje y noble corazón. Un pequeño suspiro impertinente se le escapó de la garganta, pero rápidamente lo disimulo con una profunda carraspera.

—Debéis comer algo o enfermaréis. Lleváis días sin salir de este cuarto. Vuestra abuela no tiene fiebre, no es necesario permanecer como un soldado a su lado.

—Ella lo haría por mí —. Contestó orgullosa de su abuela.

El hombre negó con el rostro lo que hizo pensar mal a la joven.

—Anoche dijo unas palabras, pero volvió a dormirse. En cuanto despierte estoy segura de que podremos irnos.

—¿Iros?

—Me refiero al camarote. Eres muy amable, pero...

El capitán negó mal humorado y se marchó dando un fuerte golpe de puerta. Se había molestado ¿pero por qué?

—Constanza.

—¡Abuela!

La voz seca de la amada anciana y la inmensa alegría que la invadieron la hicieron lanzarse a sus brazos y olvidarse del capitán y sus extrañas reacciones.

Lodazales

Gonzalo era conocer de sus estupideces pero imposible era contenerse. Escondido tras el frondoso árbol del jardín, espiaba la imagen de Juana sin ser descubierto. La muchacha caminaba en una nube de sonrisas leyendo una de esas estúpidas cartas mientras él bullía por asesinar al imprudente enamorado. Las notitas de tan irreverente caballero lo ponía más furioso que todos los infieles de Granada juntos.

La ilusa mujercita, releía entusiasmada, sin saber el veneno que a él le laceraba las entrañas. No era posible. No podía estar enamorada de quién supuestamente no conocía ¿o es que estaba mintiendo y sí conocía a tan imbécil pretendiente? Un día y otro preguntó sobre el estúpido escritor pero la joven no soltó aclaración ninguna. Endemoniada muchacha, seguro deseaba verlo sufrir. Las tripas le crujían de sólo imaginarla en brazos de ese hijo de la grandísima perra. Juana, muchacha de noble cuna, debía ser respetada y no insultada con cartas indecorosas. Las jóvenes bien aprendidas en las leyes del señor no alentaban a hombres faltos de respeto, honor, valor, indecentes, desgraciados, mal nacidos, asquerosos hijo de…

—¡De Córdoba! —el grito del converso lo hicieron maldecir.

—Vuestra merced —dijo por decir e intentando disimular, algo que parecía ser bastante divertido, dada la sonrisa profunda del converso.

—De Córdoba, dejad de apuñalarme con esa mirada o tendré que responder con mi acero.

El moro de ojos tan azules como el más azul de los cielos, y que acompañaba de cerca a su amigo, no ocultaba la jocosa sonrisa. «El reino estaría mejor sin dos conversos menos», pensó el imprudente Gonzalo al sentirse descubierto.

—¿Alguna novedad?

—¿Perseguir a la muchacha como perro en celo lo sería? —Azraq terminó la frase con una carcajada áspera y ronca como toda su presencia.

Rascándose el cuello para no reírse y hacer más leña del árbol caído, Judá carraspeó intentando encontrar una seriedad que se hallaba ausente. Resultaba increíble, pero desde la llegada de su esposa y su dichosa banda de cofrades, la sonrisa le acompañaba más veces de las esperadas. Buscando la compostura digna de un señor, cruzó las manos tras la espalda e increpó a De Córdoba con la mirada. No toleraría que golpease en los huevos al moro, por más merecido que se lo tuviese.

—¿Sabemos quién es el autor de las dichosas cartas? —Gonzalo negó con el rostro tan endurecido como el mordisco de su propia dentadura —. ¿Creéis que debo preocuparme?

—No sabría decirlo. Recibe casi una a diario —dijo intentando ocultar los celos que le carcomían la razón.

—Demasiadas para un simple muchacho enamorado… —Judá comentó mientras rascándose la barba recortada casi al cero, observó a la joven sentarse en un banco bajo la sombra de un olivo, al otro lado del jardín.

—¿Qué de malo puede existir en dulces palabras de enamorado? —Azraq contestó despreocupado ante un Gonzalo, que, al escuchar la palabra enamorado, se retorció en su propia ponzoña.

—No estoy seguro. De Córdoba, seréis mis ojos allí donde yo no llegue. Sed la sombra de la muchacha, no deseo que su falta de responsabilidad preocupe a mi esposa. Ahora más que nunca Gadea necesita tranquilidad.

Los ojos del converso brillaron al pensar en su futuro hijo y los presentes sintieron cierta envidia.

—Sea —. De Córdoba respondió con premura, pero la mirada de su señor se encontró perdida en la nueva figura que se acercaba a Juana. Gadea, sonriente como mil amaneceres, lo saludó en la distancia y él se perdió en ella el tiempo suficiente para que el silencio se instalase entre los tres.

—Preparaos para acompañarlas.

—Pero vuestra merced, ellas no van a... —Gonzalo se silenció al ver a las muchachas moverse con discreción y disimulo hacia la puerta. Negando con el rostro se acomodó el estoque, recogió su capa del suelo y se dispuso a marchar tras las huidizas mujeres.

—¿Cómo lo habéis sabido? —Azraq se sonrió al ver la actitud de las mujeres en disimulada huida.

—Querido amigo, a más tiempo casado llevo, más me pregunto si sólo es la mía o si todas son así.

—¿Así?

—Astutas como serpientes, inteligentes como lobos y rápidas como liebres.

La mirada del converso se estrechó al verlas marchar. No parecía divertido y el amigo se quedó pensando. No, todas no eran así. Él mismo estuvo enamorado pero su difunta mujer no poseía ni la mitad de carácter del que poseía Gadea. Ella era única, fuerte, valiente y con el corazón cargado de esperanzas. Cualidades que por cierto él no debería estar analizando.

—¿Chismorreando sobre mujeres? —Preguntó Beltrán pisando el jardín en su búsqueda.

—Mejor que en desaparecidos —. Azraq contestó con aspereza. Beltrán poseía algo que no le gustaba. Puede que su sonrisa fuese eternamente divertida pero su cuerpo no demostraba aquello que sus labios ocultaban.

—¿Sabéis algo? —Judá olvidaba la huida de las mujeres y el seguimiento directo de Gonzalo para centrarse en su primo.

—No ¿y vos?

—Nada.

El día anterior se presentó en el sitio en el que encontrarían a los responsables de los asesinatos, pero allí no se encontraba ninguna de las ratas buscadas. Sólo consiguió perder una pequeña bolsa de monedas por información falsa. Aquellos desgraciados o le engañaron o bien les advirtieron. Fuese lo que fuese, cuando Beltrán y él llegaron, no quedaban ni los rastros ni el polvo de aquellos malnacidos.

—Nada—. Beltrán ocultó la mirada tras un mordisco de una roja manzana. Puede que fuese buen mentiroso, pero el instinto de su primo era aún mayor.

Cuando las preguntas luchaban por salirse de la garganta del converso, los hombres fueron interrumpidos por un Haym que se acercó desencajado.

—Padre, ¿qué sucede? —La intranquilidad escapaba de los nervios alterados del hombre que resopló en alto al alcanzar a los jóvenes.

—Otro.

— ¡Tabán! Astagfirullah —. Insultó el moro sin la menor de las discreciones.

—¿Por qué debería preocuparnos éste en especial?

—Los otros no fueron torturados como este. Lo hallaron en las huertas, más allá de las murallas, crucificado y desangrado por el pique de una lanza en pleno corazón.

—Crucificado... —susurró Judá mientras maldecía sin mirar a nadie.

—No comprendo —. Azraq observó esperando explicación y molesto por ser un simple hombre de campo —. ¿Qué sucede con la crucifixión? ¿Por qué esa muerte lo hace diferente?

—Intentan inculparnos de forma directa—. Contestó Judá con seriedad.

—¿A quienes? —Volvió a increpar.

—A los herejes —. Haym asintió al comprender la conclusión de su astuto hijo.

Quiso comentar los planes o ideas o lo que fuese que se le ocurriese con tal de detener la revuelta que pronto se produciría en Toledo, pero Judá sacó del bolsillo su dura y fuerte cinta de cuero para atarse el cabello. Azraq al verlo se puso firme y listo para acompañarlo. Fuese lo que fuese, aquello que su amigo planeara, la lucha era inminente.

—Hijo...

—No padre, hemos permitido que ese hijo de puta sodomita camine por las calles libre de todo mal. Es el momento que reciba mi visita.

—No tenemos pruebas...

—No las necesito.

Judá salió a toda marcha rumbo al establo, acompañado de su fiel amigo el morisco y un aletargado Beltrán. Haym, que nada pudo hacer para detenerlo, se los quedó mirando. Su hijo llevaba razón y Dios sabía que deseaba ver a esa rata desangrada y muerta.

—Os lo diré por última vez, decidme quién está detrás de los asesinatos o vos seréis el siguiente.

El cura que, sentado en el escritorio, no hizo ni el intento de levantarse, lo apuntó con el mismo odio en los ojos que el propio Lucifer. El jorobado, pendiente y al resguardo de su señor, quiso intervenir, pero bastó un puntapié del inmenso moro para dejarlo tirado en el suelo como a una araña pisada.

—No sé de lo que estáis hablando. Marcharos de aquí mientras podáis contarlo —. Las manos del cura se movieron en alto un poco nerviosas.

—¿Vais a detenerme? Señoría no me lo pongáis tan fácil. Creedme cuando os digo lo mucho que lo deseo.

El sacerdote decidió no levantarse. Deseaba la venganza más que el mismo cielo, pero permaneció sentado. Un enfrentamiento directo con el converso no significaba una oportunidad sino un suicidio. El hereje debería ser quemado y achicharrado, pero bajo las leyes de la justicia ordinaria o él sería el siguiente.

—Lo que os pase a vos y a los como vos no me incumbe. Moriréis bajo el fuego purificador de Dios y yo estaré delante para veros suplicar perdón.

—Si estáis detrás de esas muertes os garantizo que seréis vos quien me vaya indicando el camino al infierno.

El párroco, harto de amenazas y envalentonado por el poder que le daba su temporal posición, se enderezó para golpear el escritorio con la barra de madera que hasta ese momento descansaba junto a su rodilla.

—¡Qué el poder de Cristo os despedace como el cerdo que sois!

Judá sonrió de lado sintiéndose satisfecho. El cura despotricaba nervioso y asustado y eso era muy, pero que muy bueno. Las almas temerosas siempre cometían errores. Complacido al ver al párroco continuar con su majadería de insultos, se giró para marcharse.

—¡Moriréis bajo la hoguera de los pecadores! Pero no sin antes ver morir a la ramera de vuestra esposa…

La frase no terminó de salir de la garganta pastosa del cura, cuando el cuerpo veloz de Judá, lo silenció con el puñal pinchándole directamente en el cuello. Estaba listo para asestarle un corte certero de lado a lado cuando la mano de Azraq fue más rápida. El moro lo detuvo en el aire, y el sacerdote chilló más por el susto que por otra cosa, pero Judá sin inmutarse y con la mano aún en el cuello del desgraciado, miró con todo el odio de que fue capaz al amigo que osó interrumpirle su venganza

—Si lo mataseis, antes que el gallo cante, vuestro cuerpo estaría flotando en el Tajo —. Judá ignoró el consejo, estaba furioso, le importaba muy poco su vida. Moriría, pero se llevaría consigo a quién a su esposa amenazó.

—Gadea necesita un padre para su hijo —. Beltrán, apeló a dos sentimientos demasiado potentes en el converso. El primero, el de la orfandad. El segundo, los intensos celos de imaginar a Gadea casada y en brazos de otro hombre.

Con asco y como si la túnica de olor rancio del sacerdote le quemase, lo soltó con tanta fuerza hacia atrás, que le provocó la caída junto a su fiel jorobado. Con el amargor de la rabia no vengada, guardó el puñal y caminó hacia la salida de la catedral sin mirar atrás. No fuese que se tentase y cumpliese con aquello que tanto deseaba. El cura, herido en el orgullo, lo increpó desde el suelo.

—¿Un hijo? ¡Puercos asquerosos que como puercos os reproducís!

Judá se giró tan rápido que fue imperceptible a la vista. Con la mayor de las destrezas elevó la mano y lanzando el puñal con precisión, se lo clavó en el hombro derecho, de un sacerdote que se retorció de dolor. El arma quedó empotrada en las carnes y dejando paso a un intenso chorro de sangre que brotaba descontrolado. La herida parecía profunda pero no mortal. El cura maldijo a todos mientras el jorobado rompía un trozo de su camisa para cubrir la herida de su señor.

—Habéis fallado, ¡mal nacido!

—He acertado, pero esperadme. Volveré.

Judá contestó sabiendo que en Toledo no existía sitio para los dos.

Superviviente

Unas horas antes y en el jardín de la casa...

—¿Pensáis seguir abrazando esa carta por mucho tiempo más? —Gadea alzó una ceja ante la divertida Juana que no pudo más que sonreír radiante.

Puede que su hermana consiguiese hacer un hombre menos duro de su esposo, pero ella no se quedaba atrás. La joven maduró tanto en el último tiempo que seguramente ni ella misma fuese consciente. Las cofrades no sólo le ofrecieron amistad y experiencia de vida sino un sentido de existir. Madurez y de la buena, de esa que se adquiere basándose en la solidaridad y el respeto de las iguales.

—¿Lo habéis visto?

—¿A Gonzalo tras los setos? ¿Quién no lo haría?

—¿Parece interesado? ¿No lo creéis así?

—Creo es que si seguís tensando la cuerda la utilizará para rodearos el cuello. Ya no debéis provocarlo.

—Eso ha dicho él, pero no lo comprendo, ¿por qué lo provoco? ¿qué tiene de malo poseer un amor de cuento?

Juana saltaba sonriente como una niña pequeña y Gadea disfrutó de su momento feliz. Un par de meses atrás apenas si respiraba y hoy se entusiasmaba con notas de un escritor desconocido. La vida no era fácil en Toledo, pero por momentos así, bien valía la pena vivir.

—¿Cómo se encuentra nuestro pequeño?

Juana preguntó acercándose al instante en que su hermana se acarició el fruto de su vientre, y apoyando la mano junto a la suya, se sumó a las caricias.

—Creciendo, o eso creo —. Contestó desconocedora del proceso que en su interior se producía.

—¿Madre nunca os habló de ello?

La pobre mujer, esposa de un tirano, hizo lo que pudo y como pudo, y eso era mucho de pedir a los vientos que por aquellos tiempos se antojaban espesos.

—No la culpo.

—Ni yo. ¿Creéis que padre volverá alguna vez a por mí?

—Es difícil saberlo —. Contestó comprendiendo el sentimiento de abandono de Juana.

Ella, como segunda hija mujer, apenas si valía la centésima parte de su peso en monedas. Mujeres, valores de escaso rendimiento para padres desinteresados.

—¿Pensáis continuar torturándole? —. Preguntó cambiando de tema. El simple hecho de mencionar a Gonzalo de Córdoba provocaba en Juana la felicidad de los benditos.

—Hermana, pensáis que él… —no se atrevió a continuar temiendo una negación de los tan ansiados anhelos.

—No poseo mucha experiencia en temas del corazón, pero, a decir verdad, sí se le nota un tanto extraño.

Gadea contestó elevando la mirada para ver en la distancia a su esposo hablando con los hombres. El doncel rápidamente desvió la mirada intentando no ser descubierto.

—¿Creéis que os ha olvidado? Quiero decir… quién sabe si él y yo… vos ya sabéis…

Las manos de Juana apresaron la carta con tanta fuerza que, de haber poseído voz, hubiese pedido auxilio.

—Creo que sois una muchacha preciosa, y si Gonzalo De Córdoba no es capaz de amaros entonces no merecerá más que una bruja de verrugas como esposa —. Juana sonrió, pero sin entusiasmo, amaba a Gonzalo, y las esperanzas siempre resultan un bien escaso en corazones cansados de esperar.

—Y ahora contadme, ¿sabéis ya quién las envía?

—No. Las recibo a diario pero su contenido nada tienen que ver conmigo. No recuerdo ninguno de los lugares que allí se describen ni los hechos de los que me hace responsable. Jamás he besado a nadie y menos con esas confianzas.

Gadea frunció el ceño y pensó unos segundos antes de repreguntar.

—¿Por qué alguien se tomaría tantas molestias en escribir sobre amores inexistentes a una muchacha equivocada?

—Puede que sea tímido —. Contestó alzando los hombros.

—Puede…

Gadea no creyó en la supuesta timidez del enamorado, pero por el momento no poseía contestación mejor.

—¿Vamos al beaterio? Las mujeres organizan una clase de bordado que me gustaría asistir.

—Y a mí…

—Vayamos. Es pleno día. Podremos llevar a Alegría con nosotras.

—¿Ella también trabaja aquí ahora?

—Vuestro esposo los encontró a Juan y a ella en el pueblo casi mendigando. Sabiendo lo importante que eran para vos, los contrató. Ahora son barbero y criada de esta casa.

—No lo sabía.

—¡Oh cuánto lo siento hermana! Los encontré en la cocina por casualidad. No quise estropearlo. Seguro que vuestro esposo pensaba ofreceros una sorpresa.

—Tranquila —dijo con la felicidad en el rostro. Juan y Alegría eran como unos padres para ellas —. Simularé desconcierto.

Las dos rieron a carcajadas mientras aprovechando la conversación distraída de los hombres, en el otro extremo del jardín, se escabulleron para huir sin permiso.

Las tres caminaban parloteando y olvidando que la libertad de la que disfrutaban representaba una simple fantochada. Gonzalo las seguía en la distancia sin interrumpirlas. Cual halcón al acecho observaba a un lado y al otro como si esperase encontrarse con algo o con alguien. No cesaba de observar por encima de las cabezas buscando al autor de las cartas, las tres estaban seguras de ello.

—Puede que tengáis razón… —Gadea habló estrechando la mirada.

—¿A qué os referís? —Respondieron Juana y Alegría casi a la vez.

—Creo que vuestros sueños no tardarán en cumplirse.

La mirada de Juana se iluminó como mil estrellas juntas y Alegría asintió afirmando los pensamientos de Gadea. La cocinera no sólo había criado a las jovencitas como si fuesen suyas sino que también conocía a De Córdoba desde hacía ya demasiados años como para no notar su cambio de actitud. Las miradas hacia Juana ya no eran las mismas que antes.

Las tres continuaron hablando sobre hombres, amores y cantos de enamorados, cuando Gadea se detuvo en seco.

—¿Qué es aquello?

Dando un paseo y antes de llegar al beaterio, caminaron por las tiendas de los paños para llegar a las Tendillas. Estaban frente a la de Sancho, junto a la mezquita de las Tornerías, cuando lo divisó escondido. El artesano, envuelto en sus asuntos no había prestado atención a quien se refugiaba bajo sus tablas.

—¿Un perro herido?

—No, es más grande. Quizás... ¡Un niño! —Chilló corriendo hacia el sitio para arrodillarse entre el amasijo de madera, a un lateral del portal.

El pequeño se retorcía como si ya no soportase el dolor y la joven tuvo que estirarse para siquiera arañar un trozo de su camisa. Debería encontrarse atascado o algo parecido ¿por qué sino permanecer en un lugar así?

—Vamos pequeño. Ven conmigo. No pienso lastimaros —. Gadea lo tranquilizaba mientras, con el cuerpo tumbado en el barrizal, estiró los brazos para alcanzarlo. No tendría más de cinco años y aunque su cuerpo era pequeño, no se esforzaba por colaborar.

—Está asustado —. Dictaminó Alegría.

Gadea asintió mientras con el rostro casi pegado al suelo para poder verlo, debajo de tan enorme amasijo de maderas, habló pacífica.

—No os lastimaré. Os lo juro.

El niño, que no cesó ni por un momento de mirarle el rostro, al fin asintió y estiró su manita aceptando la ayuda ofrecida.

—Sí, así... ya casi.

Gadea estiró el torso al punto del dolor para poder alcanzarlo. No se encontraba lejos, pero la posición resultaba de lo más incómoda. Con decisión volvió a extender hasta el último de sus dedos consiguiendo así apresar al pequeño y tirar de él. El niño chilló de dolor y Gadea suplicó su perdón, pero no existía otra forma de sacarlo de allí. Cuando al fin consiguió tenerlo junto a ella cerró los ojos para no maldecir. Tenía un brazo roto y la evidencia clara de un despiadado maltrato.

—Soy Gadea Ayala ¿y vos? ¿poseéis nombre? ¿sois de Toledo?

El niño, quien no dejaba de mirarle el rostro como embelesado con la imagen de su salvadora, negó con el rostro. Con la mano del brazo bueno, se la acercó al cuello, para luego abrirla hacia ella. La esposa del converso asintió entristecida mientras Gonzalo se acercaba a toda prisa para tomarlo entre sus brazos.

—Está herido.

—Tiene un brazo descolocado —. Confirmó Gadea mientras se ponía de pie. Su vestido se encontraba lleno de barro, orina de caballo y otros desechos que mejor no indagar.

—Vamos al convento.

—Amice no se encuentra allí. A estas horas visita a sus enfermos —dijo Juana preocupada.

—Entonces a la casa del nigromante —. Contestó Gadea con firmeza.

Gonzalo maldijo por todo lo alto pero aceptó la decisión, el niño necesitaba asistencia o moriría antes que el gallo volviese a cantar.

El niño, en brazos del caballero, protestó cuando lo apartó de su salvadora. Gadea sonriente encerró su mano con la del niño y los acompañó con paso ligero pero sin soltarse ni una sola vez del pequeño. Él no cesaba de mirarla con los ojitos de los eternamente agradecidos mientras ella no dejaba de pensar porqué el mundo era como era. Nobles intentando tener más títulos, clérigos amenazando con el castigo de los infiernos, reyes preocupados en propios intereses, y los pobres haciendo lo único que sabían hacer, sobrevivir.

Era conocedora de los escritos y los sermones y sabía que los indefensos y enfermos no eran más que el fruto del pecado de sus almas pero le costaba mucho aceptarlo. Dios no podía ser el creador de la belleza y del dolor a la vez. No podría enviar a su hijo a sacrificarse por nosotros para luego permitir que otros sufriesen tanto, ¿qué padre lo haría?

Casi corriendo bajaron hasta la casa del nigromante en busca de la morisca. Ella ayudaría al pequeño.

La curandera

La joven algo cansada, terminaba de asistir la última consulta sin protestar, sus monedas se necesitaban en su hogar tanto como el trabajo de Azraq en la huerta. Los bajos de la casa del marqués de Villena eran una antigua cueva, que algo adecentada, servía como sala de asistencia. Botes de hierbas, líquidos acuosos y libros de los más variopinto, decoraban un sitio que bien podría describirse como tenebroso. Allí el nigromante realizaba sus pócimas, escribía sus conclusiones, enseñaba el secreto de los vivos y la esperanza de los no tan muertos. Las velas intentaban dar un aspecto cálido y luminoso pero el frío de las piedras y los bajos techos no conseguían quitarle esa apariencia a sepulcro bien predispuesto en aceptar invitados.

—Recordad que el hechizo es para acrecentar la potencia de vuestro esposo pero en grandes cantidades, los testículos de toro podrían matarlo.

—¿También puede beberlo mi marido? —La madre que acompañaba a la hija preguntó interesada.

—Sí, pero no más de una vez y en la noche —. Contestó reiterativa.

—¿Entonces si le pongo una gran taza en el caldo de mi marido decís que podría morir?

La morisca negó con el rostro. La hija deseaba los favores de su marido mientras que su madre lo que deseaba era convertirse en viuda. Realidades habituales en mujeres, algunas casadas por amor, y otras por obligación.

La voz de Azraq se escuchaba cada vez más potente, junto a las pisadas de los visitantes que lo acompañaban, y que bajaron a toda prisa hacia el sótano.

—Hermana —dijo señalando al niño que Gonzalo cargaba en brazos. Al verlos les hizo un gesto acelerado para que lo apoyasen sobre la mesa.

El niño se encontraba adormecido o quizás desmayado, difícil saberlo entre la mugre que le cubría el cuerpo. Observó su hombro descolocado, pero no fue hasta escuchar al caballero hablar, que verificó la existencia de un corte bastante más grave que la rotura de huesos.

Azraq no pudo permanecer alejado. Atraído por un magnetismo invisible, se acercó a Gadea para preguntar preocupado.

—¿Os encontráis bien?

Intentó responder que sí, pero la verdad era que no. Tenía las ropas cubiertas de porquería y el vientre le dolía por la caminata tan intensa. Quiso decirle al moro que no se preocupase pero el chillido del pequeño le heló los nervios. Con rapidez se acercó para intentar tranquilizarlo brindándole algo de consuelo. La morisca limpiaba su torso con agua y un paño limpio, pero el niño asustado, se movía queriendo escapar. No fue hasta que Gadea acarició su carita, que consiguió calmarlo y volver a recostarlo sobre la mesa de madera.

—Es una puñalada. Tendré que coser. Va a doler —dijo la morisca con un hondo suspiro esperando que Gadea comprendiese la dificultad de la situación.

—Quizás con vendajes y vuestros ungüentos…— Comentó esperanzada pero la morisca negó con el rostro.

—Es profunda. Limpiaré y aplicaré una mezcla de salvia y menta, luego tendré que coser —.

¿Pequeño, cómo os llamáis? —Quiso capturar su interés, pero Gadea abarcaba su todo.

—Es mudo.

La curandera cerró los ojos ante las palabras de la mujer. Las cosas cuando venían de cabeza nunca se ponían de pie.

—¿Sabéis si escucha? —Su amplia experiencia le dejaba claro que la mayoría de los mudos también eran sordos.

Esta vez el niño asintió con su cabecita insistentemente y removiendo una melena del color de los tiernos almendros.

—Os curaré, pero antes necesito que toméis un brebaje para que no os duela. ¿Lo haréis?

Gadea asentía con la cabeza para ofrecerle seguridad, y el pequeño al ver a su salvadora confiada en la morisca, aceptó la copa y se la bebió de un único trago. La curandera machacó unas cuantas hierbas cuando escuchó a su hermano sentenciar complacido.

—Se ha dormido.

—Gracias al cielo, temía que no funcionase. Empecemos antes que despierte.

La joven trabajó con el mayor de los cuidados. El pequeño era tan delgado que dudaba de sus fuerzas como para soportar tamañas heridas. Los golpes al menos parecían superficiales. La puñalada, aunque profunda, era limpia. Con dedicación y buenos alimentos se recuperaría.

Trabajó con celeridad y junto a la compañía de Gadea que no soltó la mano del niño ni un sólo momento. Después de una intensa hora, consiguió resoplar dando por terminada la última puntada.

—Deberá permanecer en un sitio limpio y recibir buenos alimentos.

—Parece ser un abandonado —. Contestó Juana con pena.

—Lo llevaremos al beaterio. Allí las mujeres nos ayudarán con los cuidados.

—Yo cargaré con él —dijo Gonzalo tan sensibilizado con el destino del niño como las mujeres.

—Os acompañaré —. Contestó Azraq.

—Os esperaré —dijo la joven sabiendo que la noche se acercaba y no era bueno andar sola por las calles oscuras.

—Vosotras… —La voz de Gonzalo sonó más gruesa de lo normal.

—Esperaremos —dijeron las mujeres aceptando la orden implícita.

Azraq y Gonzalo marcharon con el niño mientras las mujeres se sentaron para pasar una larga espera. La llegada de Babú, el perro del nigromante, asomando el hocico y moviendo el rabo con insistencia las hizo sonreír divertidas. Por lo menos jugarían con el animal sino fuese porque…

—¿Qué lleva en la boca? —Preguntó Gadea abriendo y cerrando los ojos con incredulidad.

Hijos e hijas del demonio

El animal de largas patas, y pelaje algo estropeado, movía el rabo conforme con su captura. Saltando sin coordinación, giraba inquieto entre unas y otras buscando atención. En principio las mujeres asquearon la mirada al verle una pequeña bola de pelo negro entre los dientes.

—Una rata —. Alegría dijo con gesto de alguien que mordía manzana con gusano incluido.

El animal, contento con su presa, la depositó a los pies de su ama, y corrió hacia la habitación contigua como si la vida le fuese en la celeridad de sus patas. Blanca la morisca, se extrañó de que Babú fuese capaz de cazar ninguna rata. La verdad era que el animal mucho sabía de comer, pero poco de capturas. Más bonachón que bastantes de los energúmenos con los que trataba, el perro no poseía ninguna otra utilidad que no fuese babear de la mañana a la noche. Con el mismo asco que sus compañeras, agachó la cabeza para ver mejor a la pequeña bola de pelos que pareció moverse.

—Es un gatito —dijo Gadea arrodillándose en el suelo y anticipándose a la morisca que seguía arrugando la nariz desconfiada.

—¡No lo toquéis! ¡Bestias del dominio! —El chillido de Alegría la hizo caer de nalgas en el suelo.

—Es sólo un bebé —. Contestó Juana acercándose junto a su hermana que, ignorando las advertencias de la criada, sostuvo al pequeñín en las manos para depositarlo sobre su vestido sucio de barro.

Las jóvenes se sonrieron al ver como el animalito, abría la boca mostrando algo que parecían dientes, pero que no ganarían al más pequeño de los granos de cebada.

—¡Dejadme a mí!

La mujer se acercó con intención de arrancárselo de las manos y desterrar al maldito de la faz de la tierra pero los brazos de Gadea fueron más rápidos. Como de una madre se tratase, lo cubrió con su cuerpo, y con un hombro por delante, esquivó a la asesina.

—¡No!

—Es fruto del demonio. ¡Dejadme! Lo arrojaré desde lo más alto de la muralla. Reventará en el suelo y morirá junto con la bruja que lleva dentro.

Las jóvenes se espantaron de tal forma que no se percataron de la nueva llegada de Babú con otra pequeña bola de pelo negro entre los dientes. El perro, orgulloso, lo depositó a los pies de una Gadea que no era capaz de parpadear. Satisfecho con su hazaña, olisqueó a los pequeñines, y marchó nuevamente por donde había venido mientras Alegría se persignaba con insistencia.

—¡No podemos esperar! Las brujas copulan con ellos. Herejes disfrazados de animales para que el demonio se instale entre nosotros y nos envuelva en su infierno devorador —. Chillaba Alegría intentando sembrar algo de cordura en las muchachas.

Mirando al techo asustada con la justicia divina, y que pronto se haría presente acusándolas de ser protectoras de las criaturas del diablo, continuó persignándose con tanta velocidad que el aire a su lado se hacía viento.

—Nadie va a matar a nadie —. Contestó Blanca con los brazos en jarras y encarando a la criada de ancha cintura.

La criada quiso enfrentarse a la morisca, pero Juana, que la adoraba como a una madre, comprendió perfectamente sus temores, después de todo Alegría no era más que una mujer de campo que apenas sabía de la vida. Gadea y ella no eran mejores ni peores, pero su interés por aprender, muchas de las veces a escondidas de sus padres, las convirtieron en otro tipo de mujeres. Unas de las que no se solían encontrar por las cuestas toledanas.

—No os preocupéis, nosotras lo haremos —. La criada desconfiada arrugó la vista.

«Por las barbas de Cristo...» pensó Juana sintiéndose descubierta. Aquella mujer la conocía demasiado bien. Tragando saliva buscó en la mirada de su hermana algo de complicidad, pero la joven embarazada se encontraba embelesada, con los pequeñines. Blanca, que cada vez era más una mujer cofrade, la comprendió y salió en su rescate.

—Yo me encargaré, pero no esta noche. Los astros no nos acompañan.

Los ojos de Alegría se abrieron como platos al compás que su cuello se estiraba interesado. Sonriendo satisfecha, la curandera empleó el mejor tono de falsa astróloga.

—Desde ayer la luna pasa por Mercurio y ese no es buen augurio. Si nos deshacemos de los gatos esta noche el infierno de Marte caerá sobre nosotras. Las desgracias nos perseguirán por siglos. Debemos esperar que las estrellas nos indiquen el momento adecuado. Cuando Júpiter se nos presente será la señal de cumplir la voluntad.

La morisca alzó la barbilla, y volcando unas habas que poseía en una bolsita colgando de su cintura, las dejó caer al suelo con solemnidad. Como si de la más grande entre las grandes profetisas se tratase, miró con interés las judías asintiendo una y otra vez. Alegría, quien no era más que mujer de sencillos pensamientos, apenas respiraba. El ritual de la morisca la tenía embelesada. Los cabellos morenos de la preciosa mujer, cayéndole como cascada por la espalda, parecían reflejar la magnificencia de la noche y su poder. La luz de las velas rebotó en la femenina mirada, y expandiéndose directo en el blanco impoluto de las habas, indicaron el camino que se debía transitar.

—Vos— el dedo apuntó a una Alegría que a poco estuvo de escupir el corazón —. Aquí estáis. La fortuna lo dice —dijo señalando al cereal más regordete —. La mujer asintió asustada y esperando que lo que fuese que el destino le tuviese encomendado no fuese volver con su suegra. La vieja era una harpía de cuidado y de no ser por… — ¡No podéis fallar!

—¿Debo envenenarla? Siempre lo supe, pero claro, por mi Juan nunca quise, pero ya dije yo que la maldita hija del demonio era más mala que la tendera de la Alcana. Esa que le quitó el marido a la tonta de Teresa, que, por sentirse enamorada del Pedro, se abrió de piernas antes de lo que debiera, y ya se sabe que un hijo sin padre es como un herrero sin fuego. Ya dije yo que el bueno para nada de Ginés se daría cuenta, pero claro, la Teresa desesperada, hizo caso de su suegra, otra hija del demonio, trepadora como la hiedra y mentirosa como la suegra del boticario que…

—¡No envenenaréis! Ni a los gatos, ni a vuestra suegra, ni a la suegra de nadie —. La curandera se sostuvo la cabeza que comenzaba a dolerle ante una Gadea y Juana que se miraban sin comprender —. Os necesitamos. Lo dicen las habas y los astros —dijo intentando recuperar la compostura.

—Debéis tener valor. Nada puede fallar ¡Oh Dios! —El dramatismo de Blanca aumentaba y Alegría se arrugó las faldas entre los dedos. Las manos de la morisca le envolvieron los labios y Alegría se acercó temerosa.

—¿Debo envenenarlas a las dos?

—¿Dos? ¿qué dos?

—Mi suegra y la de Teresa, ya sabéis, la mentirosa que engañó a la mesonera para que robara a Leonor, la hija del carbonero, pero no la conoceréis con ese nombre, todos la llaman la negra porque se arrastra con cualquiera y dicen que lo tiene negro como…

—¡No! No envenenaréis ni a vuestra suegra ni a la suegra de Teresa ni a ninguna otra suegra, ¿lo comprendéis? —. Alegría afirmó una y otra vez con la cabeza, pero sin volver a decir palabra. La curandera parecía enfadada pero no comprendía muy bien el porqué. Su suegra y la de Teresa bien merecían un caldito preparado con esmero —. ¿Cumpliréis lo que los astros os encomiendan?

—Lo haré… lo haré —. Contestó a una morisca agotada.

—Subid y esperad en el portal. Cuando vuestro esposo llegue marcharéis con él. No le podéis decir nada de nada. Buscar entre sus herramientas unas tijeras, cortar con ella un ramo de salvia y otro de romero, luego quemadlos antes que el sol se encuentre en lo más alto y rezad al padre por sus palabras. Él nos guía y nos llama para que cumplamos su voluntad y su voluntad es que cuidemos de estos animales. Es lo que nuestro señor nos pide y es de buenos hijos aceptar sus infinitos designios —. Comentó como si se encontrase en algo parecido a un trance —. ¡Ahora! Subid, vuestro esposo os espera en el portal.

La mujer subió con la rapidez que pudo por las escaleras, pero sin dejar de preguntarse si la curandera habría leído bien las habas.

Gadea y Juana, que se encontraban en el suelo sin hablar, cuando confirmaron que Alegría había marchado, preguntaron curiosas.

—¿Qué acaba de pasar? —Gadea no comprendía nada de nada.

—Deseabais salvar a los pequeñines.

—Sí…

—Pues bien, está hecho.

—¿Pero y los astros? —Juana preguntó confusa.

—¿Astros en habas? —La sonrisa de Blanca era tan pura como sus intenciones.

—Habéis mentido… —. Contestó Gadea riéndose y poniéndose de pie con los gatitos dormidos entre los brazos.

—Puede que un poco.

—Pero lo de Juan, su esposo, ¿cómo sabrías que vendría? —Juana seguía sin creérselo.

Blanca se agachó para recoger las judías y volver a meterlas en su bolsita.

—No lo sabía, pero él siempre la recoge a la misma hora después de nuestras clases con las mujeres.

—Mentisteis —dijo Juana.

—Como una suegra —. Agregó Gadea provocando la risa a carcajadas de las otras dos, cuando el perro regresó, pero esta vez mojado hasta las garrapatas. Mordiendo el vestido de la curandera como si intentase decirle algo, la empujó hacia un costado para que lo siguiese.

—¡Babú, no!

El perro, sin hacer caso, ladraba, mordía y caminaba hacia la puerta, junto a los botes de hierbas.

—Parece querer que lo sigamos.

—Sí, eso parece, pero no hay nada allí. Es una puerta que no da a ninguna parte.

El perro no descansaba. Saltaba y pedía su atención mientras las llevaba nuevamente hacia la puerta.

—No perdemos nada por seguirlo —. Gadea caminó tras el animal con bastante miedo. El sótano del marqués era más una cueva que otra cosa. A decir verdad, lo era. Era una cueva que se aprovechaba como sótano. Se decía que allí se realizaban curas y aprendizaje de magia, de la que prefería no saber. De aquel hombre se decían mentiras, pero también muchas verdaderas.

Las tres entraron a la pequeña sala totalmente oscurecida. Era tan pequeña que apenas cabían las tres. Estaban tan cerca la una de la otra que debieron tener cuidado de no quemarse con sus propias velas. El perro, conforme al verse atendido, se acercó a un cofre viejo, y caminando por detrás, desapareció. Las muchachas se acercaron curiosas y observaron que la pared poseía un hueco no muy grande pero de anchura suficiente para que el animal cupiese. Los ladridos de Babú al otro lado las reclamó. Las tres se miraron confundidas, pero al minuto fue Gadea quien contestó con picardía.

—Nos dijeron que esperásemos aquí.

—Y no podemos salir de noche solas —. Contestó Juana a Blanca esperando complicidad.

—Y ¿porqué no? —. Contestó la morisca ahuecando los hombros.

Gadea abrió un cofre vacío y depositó a los pequeños felinos en él. Los envolvió con su manto y caminó tras Juana que intentaba arrastrarse por el hueco. Blanca se agachó y pasó primero, luego Juana, y detrás una Gadea que se arremangaba el vestido para seguirlas y no perderse nada de lo que allí fuese a suceder.

Tesoros

Un túnel oscuro, un tacto frío y húmedo, y un andar a lo perruno, resultaron ser lo necesario para alcanzar el otro lado. Estirándose al terminar de atravesar el pasadizo, se pusieron de pie para observar mejor en la cavernal oscuridad. Babú ladraba delante de lo que parecía ser un estrecho camino enseñándoles por donde, y aunque no consiguieron divisarlo porque las velas apenas iluminaban, anduvieron la una tras la otra por la estrechez del sendero. A menos de treinta pasos consiguieron caminar juntas gracias al ensanche del pasadizo. Algo que parecía ser agua brotaba con intensidad en un lateral de la cueva formando un pequeño arroyo. Toledo, lejos de ser tierra de humedades, no poseía muchas vertientes, por lo que seguro estaban cerca de algún riachuelo afluente del Tajo. El animal, ajeno a sus temores, se detuvo y con fuertes ladridos, mostró el sitio donde debían iluminar.

—No veo nada —dijo Blanca estrechando los ojos.

—Ni yo —. Respondió Juana.

—Sí, allí —. Gadea contestó mientras se agachaba ante un pequeño charco de agua embarrada.

Blanca se extrañó pero Juana se limitó a sonreír. Su hermana poseía los sentidos mejor entrenados de toda Castilla. Un aprendizaje que sólo alcanzaban las hermanas mayores que amaban con el corazón. Ese sentido que se aprendía cuando se necesitaba defender a la pequeña de las hermanas de un padre tirano y con grandes garras. Gadea escuchaba los pasos del progenitor antes que nadie, distinguía su voz por encima de la de cientos, y soportaba el frío de los cubos de agua educadores, mejor que ningún caballero. Todo por protegerla.

Blanca y ella sujetaron las velas acercándola al charco y comprobando que allí se encontraba un gatito con las patas enganchadas, en los restos de lo que sería un saco de cereales. Con cuidado Gadea lo liberó y se lo guardó en el bolsillo del vestido para cobijarlo. El pequeñín al instante, y junto al calor de su salvadora, se puso a ronronear en señal de agradecimiento.

—Buen chico —. Las manos de la morisca acariciaron al perro, que la lamió orgulloso, ante el cariñoso reconocimiento.

—¿Qué es eso? —Juana estiró la vela todo lo que su brazo fue capaz—. ¿Una caja?

Las tres, curiosas como siempre, se acercaron con paso lento. La madera, cubierta con polvo de siglos, apenas se veía.

—Es un cofre. ¿Cómo habrá llegado hasta aquí? — Gadea habló intrigada.

Blanca, que apuntaba con el candelabro hacia otro lado, contestó con la voz atragantada por el terror.

—Creo que han sido ellos.

Las hermanas se giraron, y apuntaron al mismo lugar que la curandera, para acto seguido ponerse a gritar a la vez, como en el mejor de los coros.

Los esqueletos, de lo que parecían ser dos hombres, se encontraban apenas a un par de metros de distancia.

—¿Qué habrá pasado? — Preguntaron cuando calmaron el griterío. Blanca, la más acostumbrada a ver huesos, contestó con seguridad.

—Los cuchillos están cerca. Parece que uno apuñaló al otro y lo mató, pero al encontrarse también con herida mortal, no llegó a moverse mucho más lejos

—dijo señalando las piernas—. Puede que muriese desangrado justo después.

—¿Pero por qué dos hombres se meterían en una cueva y luego se matarían? —Gadea no salía de su asombro.

—¿Honor? —Preguntó Juana desconfiada de su pregunta.

—No lo creo.

Gadea pensaba mientras con la mano acariciaba al gatito que no asomaba de su faltriquera, seguramente porque se encontraba profundamente dormido.

—¿Y si fuese por el cofre? —Blanca preguntó consiguiendo que las amigas se olvidasen de los esqueletos para mirar hacia la caja de madera.

No era muy grande pero tampoco demasiado pequeña. Quizás como un brazo de largo pero no más de tres palmos de alto. Una medida curiosa para esos tiempos. No servía para guardar ni ropas ni vasijas, ¿entonces? Gadea rompió parte de los bajos de su maltrecho vestido y limpió la parte superior de la madera.

—¡Hermana!

—Ya era inservible antes —. Contestó arrojando al suelo capas y capas de polvo.

—No lo digo por vuestro vestido. Puede ser peligroso.

—Una maldición —dijo la curandera solicitando la protección de los cielos.

—Es sólo un cofre. Y mirad, parece abierto.

Unas letras que no supieron reconocer aparecían talladas como por un artesano experimentado en la parte superior, pero en el lateral, un candado sin cerrar se encontraba colgando como si llevase miles de años en constante equilibrio. Sin pedir permiso, pero con más temor del que reconocería, Gadea movió lentamente un dedo para que el candado cayese al suelo. Las tres esperaron atentas que por arte de magia se abriese, pero nada pasó. La caja continuó con su tapa tal cual se la encontraron. Tragando saliva, movió la mano, y con precaución su dedo índice y pulgar alzaron la madera lentamente. No deseaba sujetarla con fuerza, no vaya a ser que algún espíritu de los infiernos saliese de dentro y la maldijese por toda la eternidad. Ella no era una campesina que creía en cualquier cosa, pero la vida era mejor andarla con precaución, que perderla por los senderos desconocidos del demonio. La tapa estaba casi a punto de abrirse en su totalidad cuando el grito de Juana la hizo lanzarla por todo lo alto y hacerla volar a unos cuantos pasos de distancia.

—¡Juana!

—Lo siento, lo siento, pero mirad dentro. Eso que brilla es…

—Oro —. Contestó la curandera alargando la primera "o" hasta el infinito.

La mujer provenía de una familia pobre cuyo trabajo siempre se dedicó a la labranza de la tierra. Aprendió, como todas las mujeres de su familia, el arte de las hierbas, pero fue la fortuna de encontrarse una mañana con el nigromante, la que la hizo despegar y ser la mejor hechicera de toda la ciudad. Las familias acudían a ella y aceptaban su sabiduría, pero nada sabía ella de oro ni de riquezas y aquel cofre poseía mucho de ambas.

—Es un tesoro —dijo Gadea al meter la mano dentro y extraer un collar de puro oro macizo.

—¿Serían las posesiones de algún rey?

La voz de Juana se perdía mientras se agachaba para ver el fulgor del precioso metal ante la llama de la vela.

—Sea de quien sea, ese hombre lleva muerto muchos años. Esos huesos llevan quizás cientos de años allí.

Gadea asintió con el rostro. El polvo, el estado del cofre, y esos huesos desintegrados casi al completo, así lo confirmaban. Ese tesoro llevaba allí demasiado tiempo. Y sin dueño.

—Nos lo llevaremos —. Juana y la morisca se miraron extrañadas.

—¿Dónde?

—¿Cómo?

Preguntaron sin comprenderla.

—Lo arrastraremos hasta el hueco y luego lo esconderemos en el beaterio.

—¿Lo llevaremos a la antigua Sinagoga? ¿Pero por qué? ¿Y si nos persiguen? —Blanca se encontraba verdaderamente asustada.

—Nadie sabe que estaba aquí por lo que nadie nos perseguirá.

—Pero ¿qué haremos con él?

—Hermana, es una señal de la virgen —Juana la miró arrugando los labios y estrechando la mirada desconfiada —. Llevamos días buscando dinero para la comida de los niños. La virgen, madre entre las madres, nos ha mostrado el camino.

—Mas bien Babú —dijo la morisca muy poco convencida con su teoría.

—Allí habrá una calzada, un camino, y será llamado Camino de Santidad; el inmundo no transitará por él, sino que será para el que ande. Isaías 35:8 ¿Osáis negar las santas escrituras?

—No, yo… —Blanca contestó con falta de valor. Gadea aseguraba sus mentiras con tanta perfección que hasta ella dudó.

—¿Decís que la virgen negó a otros el camino porque nos esperaba a nosotras? —Juana preguntó ingenua.

—¿Qué otra razón podría existir? La virgen desea que ayudemos a esas mujeres y a esos niños. Quién más que la madre de nuestro señor sería capaz de comprender el amor hacia huérfanos y mujeres desamparadas.

Juana asintió convencida y la morisca se rascó el cuello aún dubitativa. Si lo pensaba bien, ella trabajaba con los astros y los ángeles del señor para sanar, ¿por qué ellos no la guiarían en sus pasos para descubrir el tesoro sino fuese su voluntad? Quizás porque así la virgen lo deseaba.

—Vamos ayudadme... aj...

La joven se quedó encorvada al intentar arrastrar el peso del cofre y Blanca acudió con rapidez para sostenerla por la cintura.

—Respirad e intentad enderezados con cuidado. Es el bebé. Crece y ocupa espacio. No podéis levantar peso.

—Todas las mujeres lo hacen —dijo consiguiendo ponerse recta.

—Todas las que no poseen amigas —. La morisca le contestó con sincera sonrisa y Gadea lo agradeció con la mirada del corazón. Blanca la curandera, olvidaba el amor hacia su marido, para afianzar la amistad entre ambas y dicha alianza se avecinaba prometedora.

—Gracias…

Un ruido a madera arrastrándose por el suelo las hizo mirar y gritar al unísono.

—¡Juana no!

La jovencita resopló a un mechón de pelo que le caía sobre la frente, para responder con entusiasmo.

—No pesa mucho.

—Pero dos lo haremos mejor.

Blanca contestó mientras se posicionaba en el extremo contrario para empujar hasta el hueco de salida.

Después de muchos tirones y varios descansos, consiguieron que el cofre traspasara la cueva y alcanzara los bajos de la sala del marqués. Resoplando por el esfuerzo, las dos mujeres se sentaron sobre él para descansar mientras Gadea caminaba tramando un nuevo plan. La mujer hablaba de negocios pero la morisca y Juana sólo eran capaces de respirar intentando recobrar el aliento. Las tres se miraron asustadas cuando en el piso de arriba escucharon pasos.

—¿Gonzalo? —Preguntó Juana.

—¿Quizás Azraq? —dijo la morisca.

—Es Judá.

Gadea se giró para recibir a quien, a toda prisa, hacía acto de presencia.

—Esposo —. Saludó con la más falsa de las calmas ante una Juana que no cesaba de sonreír y una Blanca que no podía creer la capacidad de oído de la joven esposa.

El converso había salido desesperado en su busca al observar que la noche cerraba y que ni las mujeres ni Gonzalo aparecían. Alguien le dijo que las había visto entrar en casa del nigromante y allí se dirigió con los nervios alterados, pero no fue hasta que vio su vestido roto y cubierto de barro, que consiguió perderlos del todo.

—¿Estáis bien? —Preguntó mientras la sujetaba por los hombros intentando comprobar que se encontraba entera.

—Lo estamos. Gracias por preguntarnos —. Respondió Juana algo molesta y consiguiendo la aprobación en la mirada de la morisca.

Judá la miró, pero como si de una mosca se tratase, no le hizo ningún caso. Su única preocupación se encontraba frente a sus narices.

—Estamos bien. Las telas se rompieron al sacar al niño de debajo de aquellas maderas —. Los ojos de su esposo se abrieron asustados por lo que Gadea se apresuró a contar el total de la historia para no preocuparlo aún más.

El converso comenzó a relajarse e incluso se acarició la barba por momentos como si curiosamente la historia le interesase más de lo habitual.

—¿Y dónde decís que se encuentra ese niño?

—Gonzalo y Azraq lo llevaron a la antigua sinagoga para que las mujeres lo cuiden.

Judá asintió mientras sin preguntar abrazó a su esposa para sujetarla con fuerza sobre su pecho y hablarle al oído.

—¿Seguro que estáis bien? ¿Los dos?

—Lo estamos —contestó con mirada enamorada.

El hombre asintió y sin soltar a su esposa preguntó con interés a la morisca que se extrañó que le prestase atención.

—¿Cuáles eran las heridas exactamente que poseía el niño?

—Muñecas, tobillos y una puñalada en el costado izquierdo —. Judá maldijo, pero no contestó a las intrigas de las mujeres.

Dos voces gruesas resonaron por las escaleras y aparecieron por detrás de la pareja que continuaba abrazada.

—De Córdoba, veo que al fin aparecéis. Mi esposa se encuentra magullada... otra vez. ¿Quizás deba agradecéroslo?

La voz grave y profunda del converso lo hizo detenerse en el sitio, y a pesar de que sólo le veía la espalda, Gonzalo maldijo su maldita suerte.

—Él no tiene la culpa —. Gadea se soltó de su amarre intentando acudir al rescate de su amigo, pero el intenso maullido del gatito del bolsillo, y los otros dos que despertaban de la caja, sonaron al unísono.

—¿Esos son...? —El converso no daba crédito.

—¡No los mataremos! —Gritaron las tres pero fue su esposa quien continuó con el discurso mientras se enfrentaba con fiereza a su negra mirada.

El converso reía por dentro pero no demostraba más que furia en el exterior. Esa era la mujer de la que se encontraba malditamente enamorado.

—Son pequeñines y no son ningún demonio...

Por supuesto que no lo eran. Él puede que fuese un cristiano bautizado pero demasiado nuevo como para aceptar ciertos viejos sermones. Sus temores no se centraban en demonios convertidos en pequeños gatos sino en asesinos convertidos en diablos terrenales.

La mujer no dejaba de defender a los pequeñines y un profundo orgullo le encerró el corazón. ¿Ella defendería con la misma intensidad los hijos que él le regalase? Sí, por supuesto que lo haría. Su Gadea así lo haría.

Azraq miró interesado a las muchachas, que sentadas extendían sus vestidos sobre el cofre de madera para cubrirlo, pero fueron las palabras de la mujer de su amigo las que consiguieron distraer su atención. Gadea era pura energía, vida, valentía y amor. Un amor que él no debería admirar y mucho menos envidiar.

Gonzalo se acercó a Juana y le pidió que lo acompañase. Azraq hizo lo mismo con su hermana, dejando al matrimonio a solas. Judá les dejó claro en la intensidad de su mirada, que deseaba unos momentos a solas con su mujer y no exactamente para hablar.

Una carta, un compromiso

Los besos de Judá no conseguían despertarla y el hombre sonrió como un tonto agradecido. Con ternura acarició el abultado vientre por encima de las mantas, deseoso de verle el rostro a su hijo, y aunque fuese una niña, seguiría igual de feliz. Cierto era, que las muchachas regalaban muchos más dolores de cabeza que los niños, pero sólo pensar en los mismos cabellos y la misma tozudez que la madre, lo embargaba un cariño del que jamás se creyó merecedor. Sus labios se depositaron en la frente adormecida de la mujer amada, y allí se quedaron por un tiempo más extenso que el apropiado, pero aquello poco le importó.

Lo debido o lo indebido se borraron hacía ya tiempo, entre los cuerpos inertes de quienes tuvo que dejar atrás. Barcelona, Lleída, Martorell e incluso la misma Toledo. Todas eran ciudades marcadas con un dolor y una injusticia que se iba desvaneciendo en el polvo del olvido. Su olvido. Ella era su única vida y su único destino. En el pasado creyó ser un luchador prendado por el dolor y la venganza, pero en el presente todo aquello representaba fardos que ya no deseaba cargar. Hoy sus preocupaciones se extendían sólo hacia el posible daño de aquellos a los que amaba, los demás, podían irse al caluroso infierno de los malnacidos, que él mismo les abriría las puertas para que marchasen. Infieles o cristianos, judíos o reyes, nadie veló por su vida cuando los necesitó, y hoy no los necesitaba a ninguno. Su vida nacía y moría con ella.

Con ojos somnolientos y pesados, su esposa comenzó a despertar y tuvo que hacer un intenso acopio de fuerzas para no desvestirse y tumbarse nuevamente a su lado para amarla. No importaba cuantas veces lo hiciese, siempre eran insuficientes.

—¿Marcháis? —La desilusión fue tan patente en su fina voz que la resistencia se le ablandó y tumbándose a su lado, la abrazó cariñoso.

—Asuntos me reclaman.

—¿Asuntos peligrosos?

Judá se sonrió enamorado mientras la sujetaba entre sus brazos. Llamar amor a lo que sentía era demasiado pobre.

—¿Preocuparos por vos y por nuestro hijo que con ello ya lleváis carga suficiente? ¿Cómo os encontráis hoy?

—Los mareos cesaron hace días y Amice dice que es normal que tenga tanto sueño —. Contestó bostezando como un oso.

—Entonces será mejor que descanséis. Imagino que no tiene sentido que os pida que os quedéis en casa, ¿no es así? —Gadea escondió el rostro dentro del abrazo del hombre esperando así librarse de tener que contestar —. Al menos prometedme que actuaréis con mayor precaución de lo que solíais hacer antes de vuestro estado. Mi vida y mi cordura dependen de vos, ¿lo comprendéis?

—Eso puedo prometerlo —dijo con orgullo y algo desilusionada al escuchar la carcajada del esposo.

—Bien —. Judá se levantó de un salto ante una esposa que no dejaba de mirarlo embelesada.

Estaba segura de que ese era el hombre más hermoso del mundo. Nunca estuvo mucho más allá de Ávila, así que nunca había visto mucho mundo, pero si lo hubiese visto, seguiría afirmando lo mismo. Alto, guapo, fuerte y con honor, ese era su Judá, el más valiente entre los valientes.

—¿Entonces?

La voz gruesa, mientras se acomodaba las prendas, la distrajo de sus dulces conclusiones.

—¿Cómo decís?

—Digo que si el niño está en Santa María la Blanca.

—Sí, las mujeres lo cuidan. ¿Por qué lo preguntáis?

—Nada en especial.

Judá era un esposo enamorado, pero no por ello se convertía en un marido dispuesto a compartir el total de sus preocupaciones.

—Cuando os levantéis encontraréis una sorpresa para vos en la sala.

—¿Para mí?

Judá estuvo por burlarse de su cara de asombro, pero la entrada de María la panadera, junto a Juana, lo dejaron petrificado en el sitio. Esas mujeres, si no aprendían a llamar a la puerta, un día se llevarían una gran sorpresa.

—Señor —. Reverenció María al darse cuenta de la presencia aún del esposo en el cuarto —. Nosotras pensamos…

Judá negó con la cabeza y se acercó a un discreto Beltrán que se mantuvo en el portal sin traspasarlo, y sin mirar al lecho, en donde su mujer se cubría hasta la barbilla.

—Vamos —. El converso habló cerrando la puerta tras de si y empujando a su primo por la espalda.

—¿Y dónde? Si es que se puede saber.

—Tras una pista.

El primo se puso alerta e instintivamente acarició el puñal que llevaba escondido bajo la camisa.

—¿Sólo nosotros? —Preguntó temiendo lo peor.

—¿Tenéis miedo?

La broma de Judá lo hizo sonreír, pero con falsedad. Si el converso poseía alguna pista, por pequeña que fuese, sus mentiras no estarían muy lejos de ser descubiertas. Debería actuar pronto o su mundo se derrumbaría.

La joven, sentada junto a la chimenea, no podía creer la sorpresa dejada por Judá. El hombre había atestado la sala con un sin fin de buenas telas. Con ellas las mujeres podrían coser, bordar y luego vender para comprar alimentos. Todas se amontonaban en mitad de la sala, como una gran montaña de blancos y azules esperanzados colores.

—Cuándo las vi no fui capaz de creerle. Beltrán tuvo que decirlo tres veces hasta conseguir que le creyese —. María habló entusiasmada y distraída.

—¿Beltrán? —Las hermanas sonrieron y María enrojeció al instante.

—No tenéis que avergonzaros ante nosotras. El amor es precioso —dijo Juana sin quitarle el ojo de encima a un Gonzalo que se acercaba atravesando el patio.

María prefirió no contestar. ¿Amor era igual que compañía? No, quizás no. Contenta, agradecida, esos sí eran sentimientos que poseía hacia Beltrán, pero su corazón no estallaba al besarlo o al acariciarlo. Su mirada no brillaba como la de Gadea junto a Judá. No, lo suyo no era amor. Aceptar lo ofrecido no significaba encontrar lo tan ansiado. Las almas, cansadas de buscar ardientes hogueras, se conformaban con pequeñas llamaradas de escasa intensidad, pero quién podría culpar a quién necesitaba el calor para no morir congelado en la triste soledad.

Gonzalo entró con un paño negro cerrado entre los brazos, que no abrió hasta encontrarse frente a las mujeres y depositarlo sobre las piernas de su señora.

—Vuestro esposo me ha pedido que os los entregue en mano.

Los gatitos cayeron en su regazo, adormecidos, y con la pequeña tripa hinchada.

—La cocinera Dominga les ha dado leche y han caído desmayados.

Gonzalo se sentó junto a Gadea con el rostro algo molesto y causando la diversión de su amiga.

—¿Os ha ordenado cuidarlos?

—Lo merezco. A decir verdad, no he cuidado demasiado bien de vosotras.

—Lo hacéis perfectamente querido Gonzalo, y si no fuese por vos seguramente ni Juana ni yo continuaríamos con vida. Os debemos mucho mi querido amigo.

El joven asintió con el rostro agachado y bastante avergonzado. Él era caballero de duras destrezas y no de dulces palabras. Difícil era para él expresar lo agradecido que estaba de poseer la confianza de las Ayala.

María y Juana robaron a los pequeñines gatunos y se sentaron junto al calor de la chimenea.

—¿Gonzalo, sabéis cuáles son los asuntos de mi esposo qué tanto le urgían esta mañana?

—No, y aunque lo supiese no os lo contaría. Intento conservar la cabeza en su sitio —. Contestó sin pizca de diversión.

Ella lo acompañó con sonrisa al sentirse pillada, y esta vez fue la curiosidad de Gonzalo, quien la distrajo de sus pensamientos.

—¿Sois feliz a su lado?

—Mucho.

—¿Lo amáis?

—Gonzalo…

—No os justifiquéis ante mí, no hace falta. Yo también he aprendido a respetarlo.

Gonzalo observó a Juana acariciar a los pequeños felinos y su rostro se suavizó sin pensarlo.

—¿Y vos querido amigo? ¿qué pasa con vuestro corazón?

De Córdoba miró a Gadea con la misma sinceridad de años y contestó con la franqueza de los amigos de siempre.

—Una espada, un caballo y una armadura son todos los bienes que poseo. Dudo que mi corazón interese a nadie más que a una criada.

Gadea no contestó. Ella sufrió en sus carnes el intercambio de su propia vida como moneda de valor. Gonzalo sólo podría aspirar a una muchacha de pueblo o quizás a… ¿una muchacha olvidada por su padre? La joven se acarició el vientre con la sonrisa de lado y un brillo especial en la mirada. Quizás pronto tuviese un nuevo plan en el que pensar.

—¿Qué estáis tramando?

—No comprendo a lo que os referís.

—En estos meses habéis conseguido imitar perfectamente el brillo malvado de vuestro esposo. Gadea Ayala, no hagáis que su espada descanse en mi cuello. Llevo demasiadas vidas perdonadas y no estoy seguro de que sea capaz de conseguir una más.

—Judá jamás os haría daño. Es un ángel de honor.

Gonzalo recordó la sangre brotar por entre los dedos de su señor cuando luchaba contra los asaltantes en la antigua sinagoga, y no era exactamente la mano de un ángel, pero prefirió reservarse la información. El nuevo cristiano Alonso de la Cruz podía ser muchas cosas, pero ángel no, así no lo llamaría ni su propia madre.

—¡Pero qué! —Beatriz se persignó al entrar y ver a los gatitos tan negros como la noche y Amice se mantuvo a su lado entre asustada y precavida —. Por Cristo, son gatos. Criaturas endemoniadas. Debéis deshaceros de ellos.

—¡No! —Juana chilló en alto.

—Pero el Papa dijo…

—El Papa puede irse al…

—¡No! —Esta vez fue Gadea quien la silenció con su grito. No era ni el momento ni el lugar para que las criadas la escuchasen blasfemar contra la santa iglesia. Demasiado tenían encima con ser nuevos cristianos.

Haym apareció por la sala y tuvo que cerrar y abrir los ojos, antes de ponerse a contar sin disimulo la cantidad de invitados que se encontraban en su casa. Gadea se avergonzó al instante y quiso disculparse, pero la diversión en el rostro del hombre la detuvo.

—Traéis vida a mi casa y a la vida de mi hijo, no puedo más que daros las gracias por ello. Ahora decidme ¿cómo se encuentra mi nieto?

La mirada de Haym se detuvo en su vientre y ella sonrió de felicidad.

—Creciendo. Han tenido que ensancharme los vestidos.

—Eso está bien. Significa que será un niño fuerte.

—O niña —. Murmuró Juana pero no lo suficientemente bajo como para no ser escuchada por el inminente abuelo.

—Lleváis razón. Puede ser una niña, y esperemos que sea tan bella como su madre, y que en nada se parezca al feo de su padre o su abuelo —. El hombre guiñó el ojo a Gadea quien asintió orgullosa y feliz.

Beatriz, sin prestar atención sobre las charlas sobre tiernos bebés ni bellezas masculinas, se acercó a Juana para robarle los endemoniados felinos, pero Juana luchó mientras se negaba. Gonzalo se puso junto a la joven con las piernas abiertas y los brazos en jarra dispuesto a luchar a su lado.

—Sólo hago lo que debe ser…

Haym se acercó a la joven, y con la ternura en la voz de quienes habían vivido mucho, preguntó seguro.

—¿De qué los acusáis exactamente?

—Son hijos del demonio. Criaturas que se aprovechan para procrear seres endiablados. Las brujas los utilizan en sus plegarias y rituales infernales.

Amice y María se persignaron con rapidez, pero Haym no se asustó y continuó con sus preguntas.

—Y decidme. ¿Alguna vez habéis visto algo de lo que se les acusa? —Beatriz negó con la cabeza y el hombre continuó hablando con su sabiduría habitual —. ¿Cuántas acusaciones falsas habéis oído? ¿Cuántos inocentes juzgados por desconocimiento? Recuerdo bien que vos misma ayudasteis a mi nuera en un acto que considerasteis de total injusticia.

—Eso fue distinto. Eso fue por no comprender que tenemos derecho al error y su reparación. Cristo así lo predica.

—Y vos creéis en Cristo, su padre y su santa madre, ¿no es así?

—Por supuesto.

—Entonces sabéis que sólo ellos son capaces de juzgar y ver la verdad.

Beatriz no contestó por lo que Haym continuó.

—¿Sabíais que hasta hace poco los gatos eran amados por muchos pueblos? También los judíos fueron considerados cerdos con patas, y las mujeres enamoradas, libertinas de mala vida sin embargo nada de ello es verdad. A veces usamos la justicia divina y las clasificaciones de formas muy poco acertadas ¿no os parece?

Amice, quien no cesaba de prestar una atención especial al padre de Judá, se adelantó y acariciando el codo de Beatriz, consiguió llamar su atención.

—Beatriz, si esos gatos son capaces de ofrecer amor, no somos nosotras quienes debemos juzgarlos. Vos y yo sabemos mejor que nadie que sólo Dios es capaz de juzgar —. Beatriz asintió aceptando la reflexión.

—Mis señoras, no son de los animales de quienes debemos temer sino de aquellos hombres cuya maldad salvaje los lleva a comportarse como bestias. Criad gatitos y obtendréis cazadores de ratas, pero escuchad a hombres disfrazados de justicia, y encontraréis verdaderas carroñas.

—Vamos Beatriz. Acercaros, miradlos. Son preciosos —. Juana habló esperanzada.

Algo temerosa estiró los dedos para acariciar el suave pelaje, ante la sonrisa de Gonzalo, que se acercó a su señor para murmurarle al oído.

—Y yo que me preguntaba a quién había salido vuestro hijo.

El hombre se marchó por el pasillo sonriendo sin contestar, pero con los hombros anchos de puro orgullo.

Las muchachas distraídas jugaban con los animalitos cuando Gonzalo saltó para detener al caballero en la puerta. Gadea se acercó, al ver a lo lejos a su amigo, discutiendo con alguien, pero no fue hasta que se acercó, cuando el rostro le palideció al instante.

—Os ordeno que os marchéis si no deseáis que os mate aquí mismo.

—Vos y cuántos más.

—¡No! —Gadea detuvo con la palma de la mano a su amigo que resoplaba odio por los cuatros costados —. Marcharos de mi casa antes que mi marido os corte el cuello y juegue con vuestra cabeza.

De Córdoba se divirtió con la contestación. Gadea se había convertido en la esposa perfecta de su señor.

—No hasta que hable con vos.

—¡Fuera! —Chilló de Córdoba.

—Gadea o habláis conmigo u os juro que vuestras desgracias no serán nada comparadas con el daño que os espera.

Gonzalo rugió maldiciones y la joven se acarició el vientre antes de aceptar. Hablaría con él. Si Julián estaba allí es porque deseaba atacar. «*Ave Maria, gratia plena, Dominus tecum. Benedicta tu in mulieribus, et benedictus fructus ventris tui, Iesus. Sancta Maria, Mater Dei, ora pro nobis peccatoribus...*»

Engaño

—¿Qué pretendéis? —Gadea intentaba calmarse, a pesar de que, por dentro, un mar de sentimientos le retorcían las entrañas.

Julián fue su primer amor, y aunque no quedasen ni cenizas de aquel fuego, dolía comprobar el eterno error de los enamorados, ese que mostraba corazones celestiales en lugar de furiosas adversidades. Buscando la seguridad que no poseía escuchó atentamente a quien deseaba ver fuera de su hogar.

—Vuestro dinero —. Contestó pegando su cuerpo junto a la pared que limitaba el jardín con la casa.

Gadea se mordió la lengua para no jurar por todo lo alto. Alguna vez entregó la ingenuidad de sus sentimientos a quien buscaba posición y unas riquezas que su padre nunca poseyó. Tonta de ella por creer que el amor se escondía bajo la piel de la hiena.

—Parecéis sorprendida, pobre niña tonta —. La sonrisa de Julián no hizo más que resaltar la furia de Gonzalo, que a no más de diez pasos de distancia, los vigilaba disimulado.

Gadea respiró profundo. Si deseaba verla tambalear, ese cretino no lo conseguiría. Puede que en el pasado fuese quien le robó la inocencia, pero ya no era esa niña tonta, crédula y superficial. Era Gadea Ayala, esposa de Alonso De la Cruz, y dentro de su vientre llevaba el fruto de un gran amor. Lucharía por ellos contra Julián, sus intereses y quien cuernos intentase perjudicarles.

Buscando las fuerzas en la risa de las malvadas, estiró todo lo que pudo su espalda demostrando que sangre cristiana corría por sus venas, y sangre de luchadores por su vientre. Gonzalo, quien obedeció, pero sólo en parte, no le quitaba ojo. Si Julián movía un sólo dedo por encima de su cabeza, lanzaría su puñal directo al corazón. Ese desgraciado llevaba demasiado tiempo viviendo de prestado. Atento, pero sin poder escuchar una palabra de la conversación, no despegó sus cincos dedos del puñal. Tres serían los movimientos necesarios para dar de lleno en el pecho de aquél desgraciado, pero podría reducirlo a sólo dos, si las urgencias así lo requiriesen.

—Nunca fuisteis muy listo y parece que los años de batalla tampoco os han iluminado demasiado el cerebro. Estoy casada. Nada poseo que sea mío, y a decir verdad no os veo con el valor suficiente como para afrontaros contra mi esposo.

Caminó con paso lento por el entramado del jardín, simulando la poca importancia de la que el caballero era digna. Sus palabras sonaron convincentes, pero dudaba mucho que su rostro la acompañase. El valor no era algo enseñado sino aprendido, y aunque la vida últimamente le sonreía, no llegaban a ser los suficientes como para enfrentarse a un hombre con el odio en las venas y la furia en la mirada.

Julián la siguió furioso, pero desistió de sujetarla por el codo al sentir el carraspeo de De Córdoba que los seguía de cerca. Puede que estuviese rabioso y desesperado, pero no lo suficiente como para no reconocer las habilidades del doncel. Él luchó en muchos campos de batalla contra los moros en Granada o bien, eso fue lo que les hizo creer a todos. Casi siempre logró que su presencia fuera reclamada más veces en las tiendas de campaña que en el campo de batalla, y de aquellos sobornos, estas urgencias de monedas.

—¿Os creéis que esas ropas costosas limpian la suciedad que manchan vuestro cuerpo? ¿Qué sucede Gadea, de tanto revolcaros con vuestro puerco marido os habéis convertido en una igual? Me han dicho que lleváis su simiente en el vientre. Dios debería castigaros por vuestra deslealtad.

La joven se giró con toda la rabia que era poseedora, pero se detuvo al ver a Gonzalo. Una palabra suya bastaría para que su amigo le quitase la vida al desgraciado y no podía permitirlo. El asesinato de un noble significaría la muerte para su amigo y una mancha complicada de limpiar para su esposo.

—Marcharos de mi casa antes que pierda la razón y ordene que os desoyen vivo.

—Mujer estúpida, he venido para reclamar lo que me pertenece.

—¡Nada de aquí os pertenece!

—Vos erais mía y pido recompensa por lo perdido.

Ambos se enfrentaron con la furia en la mirada y Gadea quiso ser hombre para ella misma cortarle el pescuezo a la rata. No solía ser mujer de sangre, pero por el mismo Dios, que Julián le provocaba los peores sentimientos.

—Engañasteis a una pobre niña que creyó en vuestras promesas. A vuestro regreso utilizasteis mi entrega para perjudicar a mi marido y ahora buscáis ¿qué? ¿recompensa? Habéis perdido el juicio. Os repito no poseo nada que os interese. Nunca tuve dote ni nada parecido, y a Dios debo las gracias del aceptar de mi esposo, que a pesar de todo, quiso conservarme. Iros mientras podáis, y enredar a otra ingenua en vuestra telaraña, aquí nada os pertenece.

—Y ahí es donde os equivocáis —dijo sonriente y con malicia—puede que nada poseáis, pero vuestro esposo sí. Él y su padre son los encargados de recoger los tributos e impuestos de carniceros, panaderos y otros comerciantes. Muchos de ellos ofrecen sus dineros en importantes bolsas cargadas hasta reventar.

—¡Esos aranceles son de la corona!

—Pero él las custodia. No son entregas inmediatas —dijo convencido con su plan.

Gadea abrió los ojos estupefacta ante las insinuaciones de su ex amor y actual rata.

—Definitivamente habéis perdido el juicio —. Quiso marcharse, pero las palabras de Julián la detuvieron en el sitio y de espaldas.

—Robaréis para mí o vuestra hermana no sobrevivirá a mi dulce trato.

Gadea sintió un fuerte temblor recorriéndole el cuerpo. En un principio creyó intuir que sería miedo, pero no fue tal. La furia le embargaba hasta el último de sus cabellos. Los dedos de mujer que se le cerraron como puños dispuestos a golpear como hombre. Con el valor de las hermanas mayores, y futura madre, se giró para encararlo con el valor de cien caballeros juntos.

—Dejad a mi hermana fuera de esto. Ella nada puede ofrecer a una rata como vos.

—Pero vos sí —dijo gruñendo entre dientes y acercando la mirada.

—No robaré a Judá.

—Pero que asco dais. Hasta por el nombre de judío lo llamáis. Quién sabe cuantas perversiones de hereje os obliga a hacer.

—¡Fuera!

—No, mi señora —dijo con cierta repugnancia al pronunciar su status social —. Haréis lo que os diga porque os conozco demasiado bien como para saber que darías vuestra estúpida vida por esa loca.

—Habéis perdido el poco juicio que aún conservabais si es que alguna vez tuvisteis alguno. No haré nada de lo que pedís.

—¿Entonces soportaréis que vuestra hermana comparta lecho junto a mí? Os recuerdo que no me preocupé mucho por vos en vuestra primera vez, pero al menos no os lastimé. Algo que sí pienso hacer con a ella.

—Pero ¿qué?

La joven era incapaz de comprender. Por un momento los mareos del embarazo, junto con la repugnancia de las palabras de Julián, consiguieron desequilibrarla. Si no fuese por el olivo, que se encontraba justo a su lado, dudaba que se hubiese mantenido en pie. ¿Julián pensaba violar a su hermana? ¿Raptarla quizás? ¿de qué demonios hablaba el desgraciado?

—Veo que vais comprendiendo —contestó satisfecho—vuestra palidez enfermiza así me lo indican.

—No os atreveréis a raptarla. Mi marido no os lo permitirá.

—No será necesario. No si me caso con ella.

—¡Eso no sucederá jamás! Ninguno de nosotros lo permitirá.

—Poco me importan los permisos de una mujer y no temo a vuestro esposo. Su dinero nada podrá conseguir frente a una denuncia ante la justicia civil. Sí queridísima Gadea Ayala, o cumplís con lo que os pido o vuestra delicada hermana se convertirá en simples despojos después de su primera semana de matrimonio. Su dulce cuerpo no soportará mis atenciones, os lo prometo.

—No podéis obligarla —dijo confundida y terriblemente mareada.

—Oh, sí que puedo. ¿Acaso no os ha contado sobre las cartas de amor que a diario recibe?

Gadea esta vez se tambaleó, a tal punto de que en un abrir y cerrar de ojos, se encontraba envuelta en los brazos de su amigo De Córdoba que la sostuvo por la cintura y con ambas manos.

—¡Qué os ha dicho! —Gruñó entre dientes esperando tener una razón para arrancar la cabeza a la rata que tenía delante.

—Hacedlo y las pruebas de mi muerte no recaerán en otra persona más que en Juana.

Gonzalo soltó a Gadea, y estaba por abalanzarse sobre el hombre al escuchar el nombre de la joven, pero su amiga lo sostuvo con fuerza por el hombro.

—Gadea, marchad dentro de casa. ¡Ahora! —Gonzalo arrancó el estoque de su cintura apuntando al hombre que sonreía perverso.

—No puedo permitir que lo hagáis, aunque es mi mayor deseo —dijo con la voz cansada—. Me temo que tiene razón. Juana sería la principal sospechosa.

—¿Pero de qué habláis?

—Una semana señora. Es todo el plazo que os doy para darme lo que os pido o ya sabéis lo que reclamaré.

Julián se giró con la elegancia de los sucios caballeros. Esfumándose por la entrada demasiado acelerado, quizás debido a que temía encontrarse con el converso de frente. La muchacha por poco cayó al suelo y Gonzalo la sostuvo nuevamente evitando su desplome.

—¿Qué sucede? ¿Por qué no me permitisteis matar al desgraciado? ¿qué tiene que ver Juana en todo esto?

—Las cartas… —dijo sin explicación y causando más incertidumbre en el doncel.

—¿Cartas?

—Las cartas son suyas. Las cartas de amor.

Gonzalo de Córdoba, que, aunque fuerte combatiente, no poseía mucho dominio de las leyes, la miró como si a la joven le saliesen cuernos por encima de los ojos.

La muchacha pensó en su pobre hermana y las consecuencias de su ilusión de mujercita admirada, y las tripas se le revolvieron al punto que comenzó a vomitar junto al árbol. Gonzalo sujetó su frente hasta que se recompuso, y con cuidado la acercó junto al banco, frente del aljibe, aunque con los nervios a punto de explotarle, el fiel amigo esperó todo lo que pudo.

—Gadea, por favor… —dijo sintiéndose incapaz de controlarse mucho más. El sólo hecho de pensar que Juana se encontraba en peligro lo alteraba al punto de la desesperación. Nunca había vivido algo similar.

Los puños se le abrían y cerraban enloquecidos buscando ideas, pero la escasez de cultura le negaba a su cerebro encontrar respuestas. En momentos como este odiaba ser el segundón, un don nadie sin dinero, un pobre y maldito caballero, con las únicas posesiones de una armadura maltrecha y un caballo agotado.

—Las cartas hablan de temas íntimos que sólo a una pareja corresponde —dijo consiguiendo que la acidez de su estómago le permitiese hablar.

—Pero no son ciertas, ¿no? —Preguntó suplicando al cielo que así fuese.

—Todo lo escrito son viles mentiras —. Contestó segura a lo que Gonzalo respondió con un resoplido de alivio —. Pero eso poco importa si se presentan a la justicia civil. Julián puede demostrar promesa de casamiento y reclamar a Juana como esposa. Las cartas la condenan.

—¿Pero por qué desearía Julián comprometerse con Juana? No posee dotes ni contactos que lo beneficien para un buen matrimonio—. Gonzalo caminó intentando comprender algo de aquella locura.

—Para obligarme.

—¿Pero ya estáis casada?

—Y eso es lo que busca. El dinero de mi esposo. Si no robo los recaudos de mi marido él reclamará a Juana. Prometió que sería cruel con ella.

—Lo mataré —. Contestó seguro.

Juana se acercó al jardín con una de las pequeñas bolas de pelo en los brazos, y fue tal su extrañeza al ver a Julián, que se acercó lo más rápido que pudo junto a su hermana. El hombre marchó antes que ella llegase y Gadea apresaba con fuerza el brazo de Gonzalo mientras asentía a sus palabras. ¿Sería que el amor había renacido entre ellos? Las dudas de los celos la embargaron en un principio, pero al instante recordó el amor de Gadea por su marido, y movió la cabeza para arrancar las estúpidas dudas. Sonriente y abrazando al pequeño gatito, se acercó lentamente. Sin dar crédito, y en la distancia corta, escuchó cada una de las palabras que tanto su amor como su hermana soltaban por la boca. Aquello era una pesadilla. Una increíble y con final de muerte. Su propia muerte.

Confianza

La joven giraba arrastrando los pies, alrededor del escritorio de su marido, sin decir palabra, y no porque fuese exactamente muda. La amenaza de Julián le resultaba imposible de olvidar. Toda la noche buscó solución posible pero no existía ninguna en la cual alguien no resultase dañado. Matar a la rata sería una muy buena práctica, pero la idea carecía de sentido al pensar en Gonzalo o en su propio marido ahorcados por el asesinato de un noble. No, Julián no merecía tanta dicha, «¿pero cuál?», se preguntó una vez y otra también. «¿Cuál es la solución?»

No podía engañarle ni mucho menos robarle. Judá era su esposo, su compañero, su amante, no lo engañaría, ¿pero entonces qué sería de su hermana? Si no cumplía las órdenes Juana no sobreviviría. El cuerpo se le sobrecogió al pensar en su pequeña hermana entregada a los vicios de aquella rata apestosa.

—Lleváis desde anoche así —Judá habló preocupado poniéndose de pie junto a ella. Sus temores eran tantos que ni siquiera fue capaz de escucharlo acercarse. Con libertad se dejó acariciar y recibir el consuelo de su ardiente abrazo, pero sin responder. No podía —. Os conozco y algo sucede. Necesito que me lo contéis o no podré ayudaros. ¿Acaso no confiáis en mí?

El hombre la abrazaba, y por un momento se planteó contarle la gravedad de la situación, pero sólo pensar en la reacción de su marido… Judá buscaría a la rata y le rajaría el cuello sin medir las consecuencias. Con mayor fuerza se sujetó a la ancha cintura y aspiró el aroma de su hombre. Cuero, Almizcle y esencia de puro honor. No, no podía prescindir de Judá. Lo amaba más allá de cualquier explicación y moriría sin su presencia.

—Estáis sufriendo, ¿es por algo qué he hecho?

Las lágrimas comenzaron a brotar en absoluto silencio. ¿Su culpa? ¿Cómo podía siquiera imaginarlo? Desde que lo conoció no fueron más que problemas los que aportó al matrimonio y soluciones las que de él recibió.

—Os amo —. Contestó con apenas voz y con el rostro pegado a su torso —. Tengo miedo —dijo sin pensar y sin completar. Miedo a perderlo, miedo por su hermana, miedo a Julián, miedo a las consecuencias de lo que debería hacer.

—Yo también os amo —con ternura acarició su barbilla—y no debéis temer. He hablado con la morisca y ella misma os asistirá en el parto. Es la mejor entre todas. Todo saldrá bien. Os lo prometo.

¿El niño? ¿Pensaba que estaba atemorizada por el parto? En absoluto sentía temor por un acto divino de Dios. Traería al mundo al hijo del hombre que amaba, nada saldría mal. Muchas mujeres morían en el alumbramiento, pero muchas más eran las que se dejaban morir. Presas de malos matrimonios, se abandonaban a la rendición, antes que continuar en el lecho de aquellos que tanto las lastimaban. No, su caso no era ese. Quiso hablar, pero las lágrimas brotaron con mayor intensidad. No lo comprendía muy bien, pero a más gorda se ponía su tripa, mayor era la sensibilidad que sentía.

—¿Estaréis a mi lado? Debéis prometerlo. Prometedlo —. Los nervios le estrangulaban las entrañas al pensar en la reacción de Judá cuando descubriese su engaño.

—No me separaré de vuestro lado ¿es que aún no lo comprendéis?

La sonrisa de su marido le iluminó y ella se enamoró aún más. Con la potencia de la más experta de las amantes, se aferró a su cuello y lo besó allí donde la vena le latía con fuerza. Intentaba absorberlo. Necesitaba demostrar con hechos que lo amaba más allá de errores futuros.

La tripa no era muy voluptuosa aún, pero consiguió que sus senos hinchados como naranjas turgentes, presionasen el calor de un pecho masculino que comenzó a arder en su propio deseo.

—Cielo… —murmuró aceptando el desafío. Sus bocas lucharon la una con la otra ante un Judá que se acercaba caminando de espaldas hacia la puerta.

Si ella lo necesitaba él estaría. Sabía perfectamente que algo ocultaba, pero en esos momentos su razonamiento se encontraba en otro sitio. Quizás después de que la amase lograse que hablara, se dijo intentando justificar lo inevitable. Caminó pasos inseguros hacia atrás mientras sus bocas luchaban por tomar el control la una por encima de la otra.

El frescor de la mujer lo dominó. Sin poder pensar, estiró la mano hacia atrás buscando la maldita traba que bloquease la puerta y les proporcionase la intimidad necesaria para hacerla suya, cuando la carraspera gruesa y masculina lo hizo maldecir sobre los labios de la mujer deseada. La presencia de su primo Beltrán en el marco de la puerta y con los brazos cruzados le despertó de la ensoñación. Debería dejar la intimidad para otro momento. Con delicadeza sujetó los dedos de la joven que se aferró aún más a su cuello. Intentando apartar a la muchacha gimió de placer insatisfecho y a punto estuvo de arrojar a su primo del portal con una única patada. Por unos segundos sudorosos, decidió elevarla por encima del escritorio y hacerla suya, pero la claridad le alcanzó de repente. No podía actuar con ella como si de una criada se tratase. Aceptando sin ganas que la separase de su calor, Gadea alzó los ojos nublados por el deseo ante un Judá que suplicaba disculpas con la mirada.

—Cariño… obligaciones —. Contestó inseguro.

Su primo se sonrió divertido y sin moverse un centímetro de la puerta. El desgraciado parecía disfrutar de la incómoda escena. Fue en ese momento que la muchacha se percató de la presencia de Beltrán y se puso roja como el más maduro de los tomates. Con algo de integridad estiró el cuello y recobró la compostura. No es que Beltrán fuese ningún ingenuo ni que no supiese lo que hacían las parejas casadas cuando se encontraban a solas, pero los calores indecorosos no dejaron de subirle por el cuello hasta alcanzarle el rostro.

El grito del pequeño por los pasillos y entrando corriendo al despacho, la disculparon de tener que excusarse. El niño se aferró a sus piernas antes que Alegría se acercase agitada. La mujer, quien lo perseguía de cerca, balbuceaba órdenes incoherentes, pero fue Judá quién alzando la mano la hizo marchar.

—Veo que os ha tomado cariño —dijo al ver como el pequeño ocultaba la frente entre las faldas de su salvadora.

—Pensé que se encontraba en el beaterio junto a las mujeres —. Preguntó confusa y aceptando el tierno abrazo.

—Anoche estabais dormida cuando lo traje. Pedí a Alegría que lo asease y le diese algo de comer. Pasará una temporada con nosotros.

Gadea torció el cuello alzando la barbilla en señal de incomprensión, pero no recibió respuesta. Como buena señora obediente, no quiso apabullarlo con sus dudas habituales delante del primo, por lo que aceptó su decisión con una ligera caída de rostro causando la risa en su marido.

—¿Creéis que tiene nombre? ¿Necesito poder comunicarme con él?

—No lo sé —respondió alejando al pequeño de entre sus piernas y sosteniéndole la mano. El niño se atemorizó con la presencia de Judá y ella le sonrió mientras le murmuraba con lentitud y mirándole fijamente al rostro.

—No tenéis porqué temer —. El niño asintió, pero dudoso —. No puede hablar, pero nos comprende.

Judá asintió con el rostro fruncido como si analizase la situación.

—¿Ahora os dedicáis también a proteger niños abandonados? Primero las mujeres, luego niños y gatos, ¿quién será el siguiente? Primo me temo que no os reconozco. Puede que pronto os vea lavando vuestras propias ropas en el río.

Las palabras de Beltrán enfadaron a Gadea, pero surgieron el efecto buscado en su esposo, quien se puso rudo y a la defensiva al instante.

—Preguntadle cómo se hizo la herida.

—Esposo, no puede hablar, ¿cómo pensáis qué…?

—Hacedlo.

Mordiéndose la lengua aceptó la orden. Su marido acababa de ser herido en su masculino orgullo y no deseaba sumar leña a la hoguera avivada. ¿En qué estaría pensando Beltrán para provocar el carácter de Judá de semejante manera?

—No debéis temer, nada os sucederá mientras estéis con nosotros. Mi esposo os protegerá, pero para ello necesita saber quién os ha herido

El niño tembló al instante y con los ojos abiertos tan grandes, como el pánico que latía por sus nervios se puso a balbucear sonidos desesperados e incomprensibles.

—Sh, tranquilo, no debéis temer, mi esposo os protegerá.

Judá aprovechó la oportunidad ofrecida por las palabras de su mujer, y acercándose junto al pequeño, se puso en cuclillas. Puede que lo considerasen un hombre rudo, y puede también que la suavidad no fuese la mejor de sus cualidades, pero recordaba perfectamente lo que se sentía al estar solo e indefenso.

—Nadie va a lastimaros, os lo prometo. Os cuidaré, pero necesito saber. ¿Quién os clavó el puñal? ¿Lo habéis visto?

El niño asintió y sin mover el rostro, levantó la mirada hacia un nervioso Beltrán. El hombre en un principio pensó que el niño lo acusaría, pero al momento se tranquilizó. En su visita a la cueva, mejor dicho, en el rapto sufrido, no vio a ningún niño. Por lo menos no a ninguno que saliese de allí con vida. El pequeño seguramente huyese de un sacrificio anterior y gracias al cielo que así lo hiciese

El pequeño anduvo unos pasos y señaló con los deditos temblando el puñal de Beltrán. Este, simulando tranquilidad, desenfundó el arma para mostrársela, pero el pequeño corrió nuevamente bajo las faldas de su protectora. Judá también se acercó a su primo y extendió la palma de la mano hacia arriba esperando que se la entregase. Este lo hizo con toda la serenidad que fue capaz. Si el pequeño lo reconocía, si lo acusaba, entonces todo estaba terminado. Jamás ganó a su primo en un entrenamiento de espadas y esta no sería la primera vez.

El conversó miró el puñal extrañado y retornando a la posición de cuclillas, y con una sonrisa que asustaba más que tranquilizaba, pidió al niño que se acercase. El pequeño negó con la cabeza al punto de desencajarla del cuello.

—Vamos —dijo Gadea sosteniéndole de la mano y comprendiendo sus temores —. A mí también a veces me asusta, pero no muerde.

—¿No, esposa? —Murmuró desde el suelo y a la altura de sus rodillas. La muchacha sonrió y el niño se relajó al ver la diversión en la pareja, aunque no comprendiese la broma.

Gadea lo empujó de los hombros hacia Judá quien extendió el puñal para que el niño lo mirase de cerca. El dedito tembloroso señaló la marca del herrero y Judá aceptó su movimiento como si comprendiese el mensaje silencioso.

—Es la firma de Munio, el herrero junto a la iglesia de Santa Justa. Existen cientos de puñales como este —dijo Beltrán calmando sus propios nervios.

—Pero no si es de alguien más allá de la muralla. No le gustan los extranjeros. Sólo alguien con dinero suficiente puede pagar los precios del usurero de Munio. Su forja es la más prestigiosa de toda Toledo, sólo trabaja para nobles con bolsillos llenos y de esos no se ven muchos últimamente…

—¿Llegasteis a verle el rostro?

El niño negó con la cabeza.

—Y al otro niño que apareció muerto. El de la cueva. ¿Lo conocíais?

El niño asintió lloroso. Levantó los bracitos y mostró por la ventana tierras lejanas.

—¿Allí? —Contestó alzándolo por la cintura para acercarlo al ventanal y señalarle con el dedo. El pequeño en un principio se asustó, pero al instante los brazos fuertes de Judá lo hicieron sentirse seguro y hasta un tanto feliz. Su estatura se elevaba mucho más allá que lo normal y se sintió poderoso —. ¿Ávila?

Con grandes golpes de cabeza asintió feliz de sentirse comprendido.

—¿Tenéis familia?

El pequeño negó con la cabeza lentamente y el converso asintió comprobando sus sospechas. Niños defectuosos, frutos de un pecado que sus padres habían cometido y que el señor se cobraba con minusvalías, eran a quienes aquellos desalmados utilizaban como chivos expiatorios. Pensaba continuar con su interrogatorio cuando la fiel criada regresó nuevamente en busca del pequeño, pero esta vez él no corrió buscando refugio en su señora. Los brazos de su protector eran demasiado fuertes y se sentía poderoso en las alturas. Alzando la barbilla, y sujetándose al robusto hombro, la miró con altivez. Se encontraba en brazos del señor de la casa y eso le proporcionaba la seguridad de los escogidos. Gadea se acerco y contestó a una Alegría que frunció el ceño en señal de venganza futura.

—Alegría, es una pena, pero creo que vuestro pan recién horneado deberá esperar. Nuestro invitado no parece tener hambre.

El pequeño miró a Judá en señal de disculpas, y se lanzó al suelo para sujetar la mano de la criada, que sintió como se le esfumaba el enfado al instante. El niño era demasiado pequeño e inocente como para no ganársela en un abrir y cerrar de ojos. Ambos marcharon, y Beltrán, quien seguía pensando en sus asuntos, no se percató de la mirada intensa de la señora de la casa.

—Últimamente se os nota muy distraído, ¿enamorado quizás? —dijo con sonrisilla traviesa y dejando congelado a Beltrán que no supo que responder.

Judá se carcajeó por todo lo alto. La venganza se servía en forma de mujer esquiva, se dijo conforme con la justicia divina.

—A decir verdad, y ahora que lo comentáis, yo también os noto algo distraído.

Beltrán aceptó las bromas. Aquello era mucho mejor que el puñal de su primo cortándole el pescuezo.

—Me temo que no todos tenemos la misma suerte que vos. Habéis conquistado a la mujer más preciosa de todas. No existe muchacha capaz de encandilar como lo hace su sonrisa.

Gadea se sonrojó y Judá acabó el halago al instante. No eran momentos de alabanzas a su esposa, y mucho menos si estas provenían de otro hombre. Con mano firme recogió la capa, cerró el cofre de encima de su mesa, lo guardó tras unos libros y marchó hacia la puerta.

—Esperadme para la cena —. Comentó más como orden de un hombre celoso que como petición cariñosa.

La muchacha asintió, pero no sin agregar unas palabras que lo dejaron confundido.

—Gracias.

—¿Por qué?

—Por permitirme estar a vuestro lado en el interrogatorio.

—Confío en vos —dijo ofreciéndole un beso rápido en la frente antes de marchar.

Confío en vos… Si su marido supiese que no dejaba de pensar en el cofre que acababa de guardar tras la repisa. Si él supiese...

Los hombres salieron por la puerta y una lágrima bañó su mejilla. De forma instintiva se acarició el vientre suplicando a la virgen que le ofreciese un camino para su salvación. Si Judá aún no la había repudiado, pronto lo haría, y entonces se encontraría tan desvalida como la más pobres de las mujeres del beaterio. Su hijo quizás fuese conservado, pero ella, ella no poseería salvación alguna.

—Hermana… —Las palabras de Juana surgieron de golpe en el despacho, y aunque se apresuró a secarse las mejillas, no fue lo suficientemente rápida como para ocultar su pena.

—No debéis hacerlo. Encontraremos otra salida.

Juana lo sabía todo. Confesó haberla escuchado a ella y Gonzalo hablar. Le suplicó que no lo hiciese, pero Gadea no le prestaba atención.

—No poseo otro camino —. Contestó atragantada por el sufrimiento.

«Yo sí». Se dijo Juana cerrando los ojos y sabiendo que la decisión ya estaba tomada. No sacrificaría la vida y el amor de Gadea por su propia imprudencia. Ignorante de las leyes, contestó a las dichosas cartas, y hoy sus tontas palabras representaban su condena. Las leyes civiles eran claras. Las palabras escritas suscitaban dudas y ante la menor sospecha, era el hombre quien recibía el favor de la sentencia. Julián podía obligarla, según las leyes, a casarse y meterse en su cama, pero eso no sucedería si ella se encontraba lejos de Toledo.

Con ganas terminó el caldo algo frío cuando comprobó los ojitos cerrados de la joven.

—Mi pobre niña… quien sabe cuánto miedo has pasado.

La abuela acarició la larga melena ondulada de su nieta agradeciendo a Dios el seguir viva. Prometió a su madre cuidar de ella y llevarla con su padre y es lo que haría. Miles de peripecias tuvo que afrontar hasta llegar a Sevilla. Falsificó papeles y compró permisos todo para poder subir al barco hacia el nuevo mundo. A los nuevos cristianos no se les permitía viajar y mucho menos a unos acusados y perseguidos. Con el dolor en el alma abandonó su Toledo natal y llevándose todo lo de valor, sujetó la mano de su nieta para decir adiós a la tierra que la vio nacer. Allí se quedaban muchos recuerdos, pero ninguno con vida. Constanza lo era todo y por la promesa a su hija muerta no descansaría hasta verla segura en brazos de un padre que por amor no pudo más que dejarlas atrás.

La niña apoyaba el rostro sobre el libro que tanto amaba y ella se divirtió al imaginar el rostro de la pequeña cuando supiese que por su sangre corría el mismo valor que el de Gadea Ayala y el mismo coraje que Judá de Martorell.

Un futuro por descubrir

Sigiloso anduvo por la oscuridad de los pasillos cual espía de la corona. Tenía hambre y quería algo de pan, pero debería robarlo antes de que la regordeta de Alegría se hiciese presente en la cocina, y le arruinase los planes. Llevaba la mitad del camino andado cuando un sonido lo hizo esconderse tras la gruesa columna. Bien, puede que no fuese tan gruesa, pero para alguien de su tamaño daba la talla.

Cinco eran los años que decían que debería tener, ¿y por qué no creerles?, después de todo no recordaba el día de cuando nació. ¿Es qué los que preguntaban no sabían que era muy bebé como para recordarlo? De quién sí se acordaba era de su madre. Recordaba haber cruzado el puente romano dándole la mano. Ambos caminaron en silencio por mucho tiempo hasta que se detuvieron. La puerta de madera, tan alta como los cielos, estaba cerrada y allí se sentó a esperar. «Las monjas cuidaran de vos», dijo ella antes de marchar por ese camino del que nunca regresó.

Con su naricita respingona, asomó por un costado de la columna para ver de quién se trataba. No es que él fuese muy curioso, pero por aquellos lares escuchar a tiempo muchas veces simbolizaba salvar la vida. Si no hubiese sido porque vio como mataron a su compañero no hubiese tenido el valor de huir con medio cuerpo seco en sangre. Al salir de la cueva logró esconderse. No supo exactamente cuanto hubo marchado, hasta que agotado, se entregó a la muerte. Si no hubiese sido por su salvadora de mirada tierna, ahora se encontraría en el limbo de las almas no consagradas. No era conocedor de estar bautizado y no tenía a quien preguntarlo, pero lo que sí sabía era que los pobres no siempre iban al cielo, y a pobreza no le ganaba nadie. Su escaso cuerpo arrastraba profundos pecados, lo evidenciaba su falta de voz. Con pena se acarició la garganta intentando imaginar el mal tan grande que tuvo que infringir como para que Dios lo castigase con semejante tortura. Sabía pensar y era bastante rápido haciéndolo, pero de poco le servía si nadie lo escuchaba.

El ruido a telas rozando con las maderas del suelo le hizo arrugar la vista para observar mejor en la penumbra de la mañana. Era demasiado temprano hasta para la servidumbre. Quien quiera que fuese, no estaba allí para nada bueno. Miró con precaución y consiguió distinguir a la joven, esa que decía ser la hermana de su señora. La muchacha cargaba un pequeño saco a la espalda y caminaba en punta de pies intentando no ser descubierta. Su cuerpo se cubría con una gran capa negra que, aunque la hacía parecer un inmenso cuervo, él no era ningún tonto como para no distinguirla. Los huesos menudos y el mechón de pelo castaño escapándosele por el costado del capirote, la delataron. La continuó espiando extrañado ante la situación. Ella parecía un preso listo para escapar, pero ¿quién en su sano juicio querría escapar de una casa como aquella? La comida era abundante, las camas no tenían pulgas, la señora era dulce y el señor no los golpeaba, ¿qué otro sitio podría ser mejor que ese?

La pequeña mujer marchó rumbo a la puerta y él caminó, pero con un destino diferente al de la cocina. La actitud de la joven lo dejó extrañado y puede que incluso algo preocupado. No solía interesarse por nadie que no fuese él mismo, después de todo mantenerse vivo era trabajo más que suficiente para alguien de su estatura, pero las lágrimas que la joven secó al mirar por última vez la sala, le recordaron a la mujer de un año atrás. Una, que secando una lágrima al mirarlo, aceptó la mano del hombre que la acompañaba, y se marchó. Sentado en el portal, espero a que regresase, pero ella nunca volvió. No la odiaba, cada cual se buscaba la vida como podía. Los cereales no alcanzaban para todos y el hospicio a veces solía ser el mejor de los males. La pobre ignorante no supo informarse y lo abandonó ante la peor de las iglesias. El cura lo empujó de una patada, y la criada, de la que se decía que compartían lecho, ni siquiera se apiadó. Con un poco de aquí, y con otro poco de allí, mendigó lo suficiente como para sobrevivir. Luego, otros niños le enseñaron el oficio de la calle, y todo hubiese estado bien si no fuese por aquellos hombres grandes que los apresaron y de un golpe los llevaron hasta Toledo. Él no conocía la ciudad e ignoraba las razones por las que aquellos desgraciados mataron a su compañero, pero así era mejor. Como bien decía el Trampas: "el tiempo no se gasta en pensamientos sin caminos". Hombres perversos y aprovechados existirían siempre, niños desvalidos también. Así era la tierra del Señor y así la justicia Divina

Con cuidado y casi temblando entró al cuarto de su señora. No sabía bien porqué se metía en semejante lío, pero la mujer había sido tan buena con él, que le debía fidelidad, y aunque el honor no se considerase una condición de pobres, él sabía que lo llevaba en la sangre. «Quién sabe, quizás soy hijo bastardo de un noble caballero». Sonriente con sus pensamientos de niño tonto, se olvidó que se encontraba entrando escurridizo en el cuarto de su señora. Cuando casi chocó con la cama, sintió como una mano fuerte y de dedos anchos, lo sostuvo de la camisa y lo levantó por encima del cuerpo de la mujer.

Su señor, quien el día anterior le pareció un buen hombre, esta vez no se lo parecía tanto. La negra mirada lo interrogaba molesto mientras con el poder de una sola mano lo elevaba por los aires. Su esposa, asustada al notar el cuerpo de un pequeño flotar por encima del suyo, chilló de la impresión y fue allí cuando el sonido grave de la voz del hombre le hizo temblar hasta las uñas de los pies.

—Qué estáis haciendo aquí —. La voz fría de quien se incorporaba del lecho, pero sin soltarlo, le hizo tragar en seco la poca saliva que tenía.

—¡Esposo lo estáis asustando!

Gadea chilló ante un Judá que la miró sorprendido.

—¿Os salvo la vida y es a mi a quien recrimináis?

La joven que llevaba la fina camisa de dormir cubrió su cuerpo con la manta mientras le exigía que soltase al pequeño.

Una vez libre corrió ante su ama y protectora. No sabía bien porqué, pero el aroma de esa mujer lo tranquilizaba.

—Aquí nadie ha intentado matarme. Tranquilo pequeño, nadie te hará daño. ¿Me buscabais a mí?

Él asintió con la cabeza, pero sin dejar de mirar a su señor que continuaba con el ceño fruncido y pareciéndose más a un demonio que a un protector. Asustado, tomó su mano y estaba por guiarla hacia la puerta, cuando el sonido de sus tripas le recordaron la razón por la que se encontraba despierto. Gadea, quien también escuchó tan fuerte rugido se rio divertida.

—¿Es por eso qué me buscabais? Esposo continuad descansando, lo llevaré a la cocina y luego regresaré con vos.

—No os demoréis.

Ella asintió y tomando la pequeña manita salió por la puerta. Estaba por girar a la izquierda rumbo a la cocina cuando el niño insistió en girar hacia la derecha rumbo a las habitaciones. Extrañada consintió que la guiase. El pequeño se detuvo ante la habitación de su hermana y ella lo cuestionó.

—No necesito a Juana para daros un trozo de pan.

El niño negó e insistió, por lo que, preocupada, abrió la puerta para mirar a todos lados. Todo estaba en orden. En demasiado orden, pensó al recordar a Juana. Aquello no era normal. Entró intentando verla dormir en el lecho pero allí no había nadie. La cama parecía no haberse utilizado en toda la noche. Preocupada abrió el cofre de las ropas y fue allí que comprobó la realidad de la situación. Su hermana no estaba. Corriendo y olvidándose del pequeño fue en busca de la única persona que podría ayudarla, cuando chocó de frente con un Gonzalo, que acababa de levantarse.

—Juana…Juana… —Balbuceó intentando recuperar el aliento —. Tengo que ir a por mi esposo —. Las manos fuertes del doncel la detuvieron por los hombros.

—¿Qué sucede con Juana?

—Ha huido. Ha huido.

La voz de Gadea se perdía entre sollozos. La manita del niño la sujetó con fuerza intentando darle ánimos mientras Gonzalo maldecía entre dientes.

—Judá, debo decirle…

Gonzalo, quien no terminaba de creerse la historia, no le permitió correr a los brazos de su esposo.

—Esperad. No podéis ir con él —. La joven negó con todas sus fuerzas mientras intentaba soltarse de su fuerte agarre —. Gadea, mi señora, por favor escuchadme. Si vuestro esposo se entera que Juana ha huido querrá saber el motivo. La muchacha dejó de forcejear como si por primera vez pensase en ello —. ¿Lo comprendéis ahora? Julián estaría muerto antes del canto del gallo y vuestro esposo ahorcado al atardecer.

—Pero Juana… es mi hermana. No puede estar sola por las calles. No sobrevivirá.

Gadea temblaba de sólo pensar lo expuesta que se encontraba la joven deambulando sin rumbo.

—Por favor, Gadea, necesito que penséis ¿dónde pudo haber ido?

—No lo sé, no lo sé —. Contestó histérica.

—Vamos, pensad. Sólo vos podéis saberlo. Vamos, mi señora, ella os necesita.

Gonzalo se encontraba a punto de perder la coherencia al igual que la joven, pero necesitaba mantenerse tranquilo, de su frialdad dependía la supervivencia de Juana. La pequeña sabandija estaba sola por las calles y el miedo se le instaló en la sangre. Quería ir en su busca, encontrarla y luego matarla, pero entre sus brazos.

—Pensad, Gadea… pensad… ¿tal vez en el beaterio con las mujeres?

—No… no —dijo insegura— sabría que sería el primer sitio en donde la buscaríamos. Ella es más lista.

—¿Entonces dónde Gadea? ¿dónde iría una muchacha sin pertenencias ni dinero?

—Dinero, dinero… ¡dinero!

Gadea corrió nuevamente al cuarto de la joven para soltar una madera del suelo algo floja. El atónito Gonzalo la siguió de cerca.

—No se lo ha llevado —dijo sujetando un grueso collar de oro.

—¿De qué estáis hablando?

—Las joyas. Ha ido a por las otras.

—¡Qué joyas!

El cordobés perdió el último hilo de cordura que poseía. El tiempo pasaba y Juana se alejaba cada vez más. No sabía su destino, pero sí sabía que cada momento que perdían eran momentos de vida jugados. Vida de Juana. «Aguantad pequeña», se dijo prometiéndose que la encontraría, aunque la vida le fuese en ello. Cada mañana que amanecía la quería más, estaba seguro de ello. No podía seguir negando las evidencias del corazón. La mayor de las Ayala lo encandiló, pero la pequeña, lo poseyó hasta la última fibra de su anhelante cuerpo.

Amaba a su sabandija, adoraba su coraje, lo enloquecían sus curvas y lo atormentaba su decisión. Si eso no era amor entonces que el buen Dios lo matase porque con esa desazón no se podía continuar.

—Encontramos unas joyas en la cueva bajo la casa del marqués de Villena. Parecían llevar siglos allí y nosotras decidimos que nos las quedaríamos. Las mujeres y los niños necesitaban alimentos… No pretendíamos hacer mal a nadie.

—Pero no se llevó el collar —. La voz de Gonzalo era más insegura de lo habitual —. Ella no quiso privarles de alimentos a las mujeres.

—Puede que no, pero hay más. Muchas más simples y sencillas de vender. Las escondimos por seguridad. Debe haber ido por ellas. Estoy segura. ¡Gonzalo debéis ir a por mi hermana!

—¿Dónde, Gadea?

—Monasterio de Sorbaces.

Gonzalo asintió y salió corriendo por los pasillos mientras gritaba al mozo de cuadras que le preparasen un caballo. No tenía ni idea de cuáles eran las joyas ni porque las mujeres las escondieron, pero si Gadea pensaba que Juana iba para allí, es porque así sería.

Aquellas dos eran como gemelas. Lo que pensaba la una, la otra lo ejecutaba.

Saltó sobre el caballo y puso rumbo al monasterio. Encontraría a Juana, le gritaría furioso, luego la besaría como llevaba tiempo imaginando, y después haría lo que debió hacer desde un primer momento. Solucionarlo todo.

Acepto

El caballo andaluz corría como el viento sin importarle el polvo del camino. Necesitaba alcanzarla. No estaba seguro del destino de la pequeña sabandija, pero aferrarse a la idea de encontrarla en Santa María de Sorbaces, representaba su única razón de respirar. Se aferraría a ella como al último cereal de hambriento o moriría intentándolo. Si la predicción de Gadea fallase tendría que aceptar que la había perdido y aquello no era ni humana ni racionalmente posible. «¡Por los clavos de Cristo!» se dijo mientras presionó con fuerza los lomos del animal para que apresurase la carrera. Las espuelas marcaron el duro cuero del animal que, enfadado, esparció por los aires el árido de una Toledo reseca bajo el intenso sol primaveral.

El sudor le bañaba la piel bajo las prendas mientras las conclusiones presionaban sus pensamientos agotados. No podía perderla. No podía volver a pasar por lo mismo que cuando la creyó muerta. No lo soportaría. Aún recordaba el olor a sangre y martirio penetrarle las fosas nasales. Loco de dolor y furia corrió con el cuerpo inerte de Juna en brazos hacia la casa de su señor. Escalando las imposibles cuestas rezó incansable. Rezó igual que en estos momentos, se dijo al comprender la locura en la que lo sumían sus profundos sentimientos. De niña lo volvía loco con sus incansables persecuciones, y de mujer, de mujer lo enloquecía aún más que antes.

—Niña…

Las palabras brotaron golpeando contra el viento fresco del amanecer. ¿En qué momento había pasado de niña a mujer? No lo sabía, pero ese día había llegado, y las dudas quedarían atrás. Era de estúpidos no reconocer la intensidad de sus latidos al sentirla cerca. El deseo se despertaba con su imagen. Lujuria y posesión bullían por unas venas que temblaban necesitadas de sus caricias. No estaba seguro de si sus dudas se debían al amor trovador o al deseo carnal pero fuese lo que fuese aquello, lo estaba enloqueciendo. Él nada poseía, ella nada poseía, y esos eran motivos necesarios y suficientes como para brindarse abrigo mutuo.

Castilla no era terreno fácil pero tampoco lo eran el resto de reinos. Debían sobrevivir, y si era del Señor que sus penares se uniesen, pues que así fuese. Ya no lucharía contra aquello que era del Padre, porque sólo él conocía sus designios y sólo a él pertenecían el poder, la justicia y el corazón. Como buen nieto de templario, se santiguo al bajar del caballo, para acto seguido esconder su cruz de plata bajo la camisa.

Dos animales pastando junto a la puerta de la iglesia le dieron mal presagio. Una de las yeguas pertenecía indudablemente al converso, Alonso De la Cruz. La perfección del animal y la costosa montura lo delataban ¿pero y el otro? Eso no era un caballo ni yegua, apenas si era un burro y de los que daban más pena que gloria, de esos que peinaban canas hasta en el rabo. El bicho lo miró, y con el hueco que reemplazaba un diente, le proporcionó una sonrisa que le produjo la misma atracción que las indirectas de la vieja Dominga en las tardes de verano.

«¿Ladrones?» Con la precaución de los que ya no confiaban ni en su sombra, buscó el estoque enganchado en la montura, y lo sujeto a su mano derecha mientras que con la izquierda enredó la capa hasta la altura del codo. La antigua iglesia se encontraba muy cerca de la ciudad, pero la desesperación por encontrarla, le hicieron parecer días de cabalgata lo que apenas resultaron ser una hora.

Puede que los ladrones tuviesen a Juana retenida dentro y puede que fuesen más de uno. No estaba seguro de lo que se encontraría delante, pero sí estaba seguro de una cosa, si eran como el burro, la victoria sería suya. Demasiado tiempo le llevó comprender que esa mujer y él estaban predestinados como para ahora perderla. Audaz como halcón sobrevolando el áspero terreno, anduvo silencioso. Alcanzando la puerta de Santa María de Sorbaces entró sin hacer ni el más mínimo ruido.

«Voces», se dijo reconociendo a su mujer. El otro, claramente un hombre. Los celos al momento se apoderaron de unos nervios pendientes de muy pocos hilos. ¿Un amante? ¿Sería por eso qué abandonó el hogar? ¿Buscaría Juana un consuelo que él mismo deseaba darle?

La acritud le ascendió por la enfurecida garganta y los músculos se le tensaron al pensarla en brazos de otro. Molesto, e incoherente en pensamientos, entró dispuestos a degollar a tal vil ladrón, cuando la voz suave del hombre lo dejó pasmado. Tras una columna verificó el terreno y los ojos parpadearon hasta cuatro veces intentando comprender la escena.

La basílica, aunque así la considerase la iglesia, no dejaba de ser una construcción pequeña y prácticamente derruida. Quizás cuando los grandes Reyes Godos, esos que dieron buen rebaño y buen pastor, se la considerase un gran monasterio, pero hoy sólo existían techos abandonados refugio de andantes y maleantes.

Juana enterraba quien sabe que cosa mientras el cura asentía a sus órdenes como si de una lideresa se tratase. Al comprobar que el hombre no se trataba de otro mas que el padre Diego de Almanzón, caminó lentamente por detrás de aquellos que, compenetrados en su tarea, no se percataron de su presencia. No fue hasta que se encontraba tan cerca y que bien pudo haberlos degollado a ambos de un mismo corte, cuando los enterradores se percataron de su presencia y saltaron presurosos del sitio. Si la situación no le intrigase tanto diría que hasta se hubiese carcajeado de los ingenuos. Juana lo observaba como si de un fantasma se tratase, y el cura se revolvía nervioso como si lo hubiesen sorprendido con la túnica alzada.

—¿Qué… qué hacéis aquí?

La dura mirada la ignoró para centrarse en el párroco, que al igual que la muchacha, temblaba como una hoja. Pobre inocente, pensó Gonzalo al comprender los miedos del siervo de Dios. El sacerdote no era más mayor que él mismo pero su mirada era de las más puras en todo Toledo. Se le notaba pertenecer a ese grupo de predicadores de la fe con verdadera vocación y los cuales se encontraban en peligro de extinción. Diego aceptaba a las mujeres en su iglesia y hasta las ayudaba con la recaudación de limosnas. Rezaba por ellas, ofrecía misa para ellas y dudaba si hasta no bordaba por ellas. Ese hombre no era un hombre, era un ángel disfrazado de cordero del Señor.

—Yo sé lo que yo hago aquí, pero decidme, ¿qué hacéis vos aquí? —Gonzalo interpeló de tal forma al cura que Juana se sintió en la obligación de ponerse delante para defenderlo.

Gonzalo abrió los ojos entre extrañado y ofendido. Él jamás dañaría a un representante de Dios en la tierra o por lo menos no a uno como el padre Diego.

—No le hagáis daño —dijo por segunda vez y mirando el estoque en su mano derecha. Negando con la cabeza maldijo por todo lo alto, al percatarse de su constante recelo. Con lentitud amarró el estoque al cinturón de cuero y desenroscó su capa del brazo intentando parecer menos temible de lo que solía parecer.

—No digáis sandeces, nadie dañara a nadie. Ahora decidme, ¿qué estáis haciendo aquí? ¿Qué hace él aquí?

La mirada de Gonzalo se centró en el cura que a poco estuvo de caer desmayado. Juana no sólo no respondió, sino que se movió nerviosa. «Pequeña sabandija, ¿qué tramáis ahora», pensó divertido al reconocer que la muchacha le hacía hervir el deseo carnal a unos niveles que ni él mismo era capaz de aceptar.

—Yo se lo he pedido —. Gonzalo la observó con poca paciencia y Juana decidió que cuanto antes hablase pronto se desharía de él. El dolor de verlo era tan hondo y profundo como el saber que lo perdería —. No puedo regresar.

Su amor pareció ser sordo porque nada contestó, y ella no supo si odiarlo o amarlo aún más. Su toque de hombre insensible le ofrecía un atractivo que la enloquecía y desesperaba por igual. Decían que las mujeres eran seres irracionales y algo de ello debería ser verdad porque a más lejano lo veía más la enloquecía. Desde niña suspiró por él y los años no hicieron más que acrecentar un deseo que comenzaba a aturdirle hasta las faldas.

—¿Qué enterrabais?

—Joyas.

—Nada —dijo Juana recriminando la sinceridad del párroco que se puso rojo al instante por su indiscreción.

—¿A quién pertenecen?

—A nadie —. Respondieron los dos a la vez y Gonzalo decidió cruzar los brazos. Lo cierto es que lejos de estar enfadado comenzaba a divertirse. Ambos se explicaban a la vez como si fuesen dos chiquillos pillados en plena trastada. Juana comentó lo del encuentro en las cuevas bajo la casa del nigromante, y el cura intentaba justificar el escondite, como un designio divino para que las mujeres prosperasen. Dudaba mucho que ninguno de los dos llevase razón alguna, aunque tuvo que analizar bastante, antes de comprender esa serie de hechos inconexos y tan mal relatados.

Estaba claro que ese cofre pertenecería a alguien y que ese alguien intentaría recuperarlo. Sus dudas eran aún mayores cuando pensaba en la Virgen protegiendo al bonachón del sacerdote Diego contra el filo de un ladrón. La muchacha terminó la explicación y recogió la pequeña bolsa como si aquello hubiese finalizado, y él no pudo más que morderse la lengua para no ahorcarla allí mismo. ¿En verdad pensaba que la dejaría marchar?

—¿Dónde vais exactamente?

—Gonzalo —dijo con voz cansada y cargada de honda pena—no puedo regresar. Gadea no robará por mi culpa. Ellos se aman…

La pequeña sabandija dijo las palabras con tanto dolor que él la hubiese abrazado allí mismo y le hubiese ofrecido el cielo en sus manos, pero esa no era forma de ganar una batalla con Juana. Ella era inteligente y combativa, no cedería ante unas caricias o quizás sí pero no realizaría experimentos con el bonachón del cura delante.

—Nadie va a robar nada a nadie, y vos, no marcharéis a ningún sitio más que a vuestra casa.

—¡No me casaré con ese desgraciado!

La furia rugía en la mirada de la pequeña sabandija y la sangre comenzó a hervir en sus propias venas. Si la muchacha supiese como le aceleraba el corazón cuando se ponía combativa seguramente se sonrojaría más que las dulces manzanas.

—Y no lo haréis —. Juana abrió los ojos, y aún más enfadada que antes, combatió con las palabras.

—No lo permitiré. No os encerraran por mi culpa. No permitiré que lo matéis.

La muchacha clamaba a los cuatro vientos mientras los pensamientos de Gonzalo viajaban a un lugar muy diferente. Puede que en el pasado no sintiese nada por la joven o por lo menos eso es lo que creyó, pero en los momentos actuales, se hacía muy difícil concentrarse en su contestación. Deseaba amansar a la fiera y cuanto más pronto mejor.

—¿Qué os pasa? ¿por qué miráis así? ¡No estáis escuchando nada de lo que os digo!

—Sólo espero que terminéis con vuestras tonterías.

—¿Tonterías? ¿Tonterías? —Juana sentía que poseía las fuerzas como para escalar hasta los techos de la basílica y volver a bajar sin ayuda —. ¡Mi vida no es una tontería!

La pobrecita tuvo que respirar hondo para poder mantenerse en pie ante una garganta que se le secó por tanto grito. No es que ella fuese así siempre, pero Gonzalo actuaba de lo más extraño. Sonreía de una forma diferente y su mirada brillaba con una luminosidad desconocida. ¿Era tan tonto cómo para no comprender lo que allí estaba pasando? ¿Tan poco sentía por ella como para no preocuparse por su destino?

—¿Habéis terminado?

—Sí —dijo apesadumbrada. No tenia destino, a nadie importaba su vida. Gadea debía velar por su esposo y su hijo. Su padre la abandonó fruto de su poco valor comercial, y Gonzalo, él ni siquiera se molestaba en ocultar la sonrisa.

—Bien, ahora venid junto a mí y permaneced en silencio hasta que el padre os pregunte.

—¿Preguntar qué?

—Que aceptáis ser mi esposa.

Juana se tambaleó debido al tras pies de su tobillo izquierdo y hubiese caído de nalgas sino fuese por la pronta reacción de su futuro marido que la sujeto por el codo.

—Padre…

Gonzalo habló autoritario ante un sacerdote que continuaba, con las manos embarradas de enterrar las joyas, totalmente petrificado en el sitio.

—Gonzalo de Córdoba, no me casaré con vos —dijo la muchacha al sentirse horrible. Si era malo tener que abandonar a su hermana aún era peor rechazar la propuesta con la que soñó tantas noches —. Lo hacéis por ella…

Juana se atragantó al comprender el inmenso amor que su amado sentiría por Gadea como para casarse con la problemática sabandija.

—Padre —. Esta vez la orden del caballero sonó más fuerte.

—No puedo obligarla.

—¿Juana?

—No me casaré con vos.

—Padre permitidnos un momento.

El sacerdote se apoyó algo mareado en una columna, pero sin perderse ninguno de los movimientos de la pareja.

Gonzalo, prácticamente arrastró a la muchacha junto a la pared de la basílica para hablar con la mayor lentitud de la que fue capaz, pero no así con la dulzura esperada. Él también se encontraba nervioso. No es que esperase que Juana saltase a sus brazos, pero dado los antecedentes persecutorios de la muchacha, sí esperaba que ella se alegrase de su oferta. Maldita sea, se suponía que ella lo amaba desde siempre.

—Nos casaremos y regresaremos al hogar de los De la Cruz. Hablaré con mi señor y estoy seguro de que sabrá comprender.

—No me casaré.

—Preferís hacerlo con ese mal nacido —. Chilló ofendido.

—No me casaré ni con él ni con vos ni con nadie.

—¿Y cuál es vuestro plan Juana? Moriréis en un par de días sola en el lateral de algún camino, pero no sin antes haber sido violada hasta la saciedad por asaltantes que os descuartizarán en pequeños trozos. ¿Dónde pensáis ir sola y sin hombre que os acompañe? ¿Deseáis convertiros en la prostituta del próximo pueblo que alcancéis?

—Yo…

Juana quiso contestar, pero las fuerzas se le perdían ante una realidad inevitable y demasiado real. Gonzalo se explicaba y ella… ella moría de pena.

La boda

—Y es de Dios que améis al marido, le obedezcáis y crieis a vuestros hijos…

Juana asentía sin terminar de comprender la realidad de lo que estaba viviendo. Se encontraba en una iglesia aceptando a Gonzalo de Córdoba, su amor de niña, el sueño de todos sus sueños, ¿entonces por qué se sentía ahogada en llanto?

El hombre no cesaba de mirar por la ventana como si se encontrase aburrido con las palabras de un cura, que nervioso, oficiaba el primer matrimonio de toda su carrera parroquial. Con disimulo agachó la mirada para ver el polvo seco en gran parte de los bajos del vestido de la muchacha y que cubría totalmente sus zapatos. Las manos no estaban mucho mejor, fruto del intenso trabajo cavando con uñas como palas, se parecían más a los de una empleada de estercolero que a una doncella de bien.

La primera de lo que resultó ser un reguero de lágrimas, rodó silenciosa marcando el camino a todas las demás. Nada de aquello era como lo soñado. Los protagonistas, aunque los mismos, poseían un escenario que distaba mucho del imaginado. Su hermana no se encontraba junto a ella, Gonzalo no sonreía enamorado, y ella no suspiraba entre besos de amor. «¿Besos de amor?» Pensó derramando otro manantial.

No conocía la dureza de sus labios ni las caricias de sus manos. No sabía si cerraba los ojos al besar o si prefería observarla, ni si su lengua la acariciaría o la saborearía, porque las lenguas se rozaban en un beso, ¿no? ¡Dios! Eso nunca se le ocurrió preguntar. Otro torrente de lágrimas, algo más desesperadas, se desparramó intenso en un rostro que ya no se secaba.

—Honesta y devota en la iglesia católica, adoctrinareis en las enseñanzas del Cristo a vuestros hijos. Mantendréis limpio al marido y a los hijos…

«¿Y él?» Se preguntó dolida al comprender que Gonzalo nada hacía por ella y todo por su hermana. Estaba claro. No soportando el sufrimiento de Gadea, el doncel se sacrificaba para ayudar a la oveja negra del rebaño. La pequeña comadreja que no provocaba más que desgracias. Esa que no valía ni para un matrimonio de intereses. Esa, que como estúpida ilusa, creyó en un supuesto enamorado respondiendo a unas cartas, que no eran más que una trampa.

Julián la engañó y todo por Gadea, pero claro, ¿quién no amaría a Gadea? En días como ese deseaba que su hermana no fuese tan perfecta. Junto a ella sus defectos se potenciaban. Sus debilidades eran tantas que se encontraba aceptando un matrimonio donde el novio ni siquiera la deseaba. Unas cuantas frases más, la señal de la cruz y estaban casados.

Dispuesta a desaparecer de allí cuanto antes, quiso correr, gritar, escapar y quien sabe cuántas cosas más, pero las piernas no se movieron. Estaban congeladas al mismo nivel que su entristecido corazón. «Quizás hubiese sido mejor aceptar a Julián», se dijo comprendiendo que era mucho peor amar y no ser amada que soñar con corazones jamás conquistados.

Juana lloraba por el sentir ingrato, por los sueños rotos y por los deberes cumplidos. Lloraba por lo perdido y por lo sufrido. Por las ilusiones desvanecidas y los desafíos atrevidos. Por las sonrisas no obtenidas y por los sentimientos desaparecidos. Por las esperanzas derrotadas y por el dolor de quien siente que ha perdido.

Gonzalo, envuelto en sus propios deseos, no podía esperar, necesitaba que marchasen lo más pronto posible o pasarían la noche en el bosque y no deseaba arriesgar la vida de su reciente esposa. «Esposa…» murmuró con el pecho amplio de orgullo.

Juana era algo más que una simple belleza femenina. Era valiente, luchadora, inteligente y de buen corazón. Pocas mujeres contaban siquiera con la mitad de sus virtudes. Esperanzado en su matrimonio esperó ansioso el final del discurso del cura para por fin sujetarla de la cintura y regalarle el beso que le quemaba por entregar.

Como caballero sediento ante el más refrescante manantial, se abalanzó hacia la tierna boca esperando el más dulce de los labios pero allí nada resultó dulce. Lamiéndose a si mismo notó algo más bien salado. El salado de lágrimas, unas que no presagiaban un buen augurio.

Extrañado abrió los ojos para comprobar la humedad en el rostro de la joven. Los pies retrocedieron para mirarla mejor e intentar comprender el motivo de semejante desconsuelo. No podía decir que él fuese el mejor de los candidatos y mucho menos el más adinerado, ¿pero de Juana? De ella hubiese esperado una reacción más agradecida e incluso quién sabe, ¿enamorada? La muchacha siempre demostró sentir algo especial. ¿Sería que ya no era así? ¿cuánto tiempo tardaban los sentimientos en evaporarse de los corazones femeninos? Sintiéndose molesto y rechazado, agravó la voz para ordenar cual caballero de la más estricta orden de Calatrava.

—Nos vamos.

Juana asintió sin contestar y eso le enfureció aún más. Él no era hombre de muchas libertades, pero tampoco deseaba a su lado una mujer mueble.

—Yo he de quedarme. Mi burro debe descansar todo un día o se desmaya —. Gonzalo abrió los ojos desconcertado ante un cura que elevó los hombros al no poseer mayor explicación.

Juana se abrazó al sacerdote agradeciéndole por todo ante un recién estrenado marido que comenzaba a molestarse en exceso. «¿Gracias?» ¿Y qué pasaba con él? Casi murió al saber que había huido. Cabalgó como los vientos rezando a Dios para que la protegiese e incluso se casó para salvarla del desgraciado de Julián, ¿y las gracias se las llevaba el cura?

En completo silencio se acercó a los caballos y aunque Juana se negó, la ayudó a montar a la bestia. La yegua era una pura sangre, y aunque las Ayala aprendieron de niñas a montar, la bestia no dejaba de ser todo un desafío para un cuerpo tan delicado como el de Juana. Atragantado por desear hablar, pero sin saber cómo hacerlo, emprendió el trote lento esperando que ella lo siguiese. Juana no lo desilusionó, cabalgó a la par como un buen jinete, quizás mucho mejor que muchos de los que él conocía. Cuando Santa María de Sorbaces resultó ser un recuerdo del camino, y el sol primaveral comenzó a esconderse, decidió que lo mejor era adentrarse entre los árboles y buscar refugio. Estaban cerca, pero llevar a una mujer por aquellos oscuros senderos más que un riesgo era un suicidio. A primera hora volverían a tomar rumbo hacia Toledo y allí todo sería diferente o por lo menos eso es lo que esperaba.

Ella le ofreció algo de pan y él un poco de vino. Los dos masticaron sin decir palabra hasta que ya no pudo soportarlo más. Necesitaba saber qué era lo que la hacía tan desgraciada.

—Hablad conmigo —dijo sin darse cuenta de que lo estaba suplicando.

La joven alzó la mirada con unos ojos tan rojos e hinchados por las lágrimas que ya no lo soportó. Molesto se levantó de la manta en la que se encontraban sentados y caminó unos pasos en silencio, hasta que la rabia le brotó con excesiva fluidez.

—No os creía de esas. Comprendo que no soy el mejor de los candidatos, pero no pasaréis hambre ni os faltará hogar ni protección, puede que para vos no sea mucho, pero es más de lo que muchas encontrarán jamás. No poseo riquezas, es cierto, no soy un noble, pero prometo respetaros y cuidar de nuestros hijos. Os protegeré con mi vida y que Dios me castigue si no lo cumplo.

Juana derrotada y dolida se puso en pie y se acercó al amigo al que amó siempre. Gonzalo era un hombre de honor, y lo sabía, pero sus razones estaban confundidas.

—No es vuestro dinero ni vuestra hidalguía lo que me entristece.

—¿Entonces que os sucede?

Las palabras sentidas se atragantaron en el corazón de Juana. Acercándose apoyó la delicada mano en el corazón ardiente del hombre que tembló ante su contacto.

—No deseaba esto. Nunca fue mi deseo obligaros a casaros conmigo. Comprendo vuestras razones y os lo agradezco, pero vuestra vida vale mucho más que la mía. Nunca fue vuestro sacrificio el interés de mis deseos.

—Pequeña… nadie me ha obligado jamás a nada y no empezaré hoy. Os he pedido en matrimonio porque así lo he querido.

—Y estoy segura de ello. «Pero es vuestro amor por Gadea el que os inspira, y no el mío».

—Entonces dejad de pensar en pesares que no existen. Estamos casados y ya nadie os podrá lastimar, no si no desea morir desangrado bajo mi puñal.

Gonzalo sonrió al decir las palabras intentando buscar su complicidad y lo logró. Mirarlo a la cara y no sentirse enamorada era algo imposible de contener. Lo amó durante tanto tiempo, que era imposible no sentirse derretir cuando sus cuerpos casi se tocaban. Lo amó siempre y lo amaría eternamente, ese no era el problema, el problema era soportar sentirlo tan cerca sabiendo que sus caricias en sueños no eran a ella a quien buscaran.

Quiso decirle que no debía preocuparse, que aceptaría su indiferencia, y que se resignaría a vivir un matrimonio de mentiras, cuando las fuertes manos de Gonzalo la envolvieron para arrastrarla hasta pegarla a su torso. Ambos, entre el calor de dos cuerpos que, aunque cubiertos de ropas, sintieron sus almas arder en sintonía. Sus miradas se encontraron pero el sentido le abandonó la razón cuando los labios duros se pegaron a los suyos. Esta vez fue algo muy diferente a lo ocurrido en Sorbaces. Allí las lágrimas bañaban su rostro, y la pena le impidió sentir, pero ahora nada de aquello ocurría. La pena se alejaba como si se tratase de una inconsciente que no debía estar. El calor de los labios lo embargaron todo. Gonzalo provocó con la punta de la lengua una reacción a la que dudosa su boca accedió. La abrió intentando saber si aquello era lo buscado y al parecer sí lo era porque el hombre se apoderó de ella como único dueño y señor.

Si la razón la acompañase le hubiese preguntado si lo estaba haciendo bien, pero la lengua de su esposo fue aún más rápida que sus perezosas palabras. Ambos bocas chocaron y creyó oír un pequeño gruñido áspero, pero se encontraba demasiado envuelta en su propio mar de sensaciones como para no pensar más allá de lo que ella misma estaba sintiendo.

Gonzalo, loco ante la ardiente reacción de su pequeña esposa, se pegó aún más, y extendiendo las palmas de sus anchas manos tras la suave espalda, la mantuvo totalmente pegada a su cuerpo necesitado. La sensación de tener a Juana de aquella manera lo despertaba de una forma no muy conocida. Sabía de los placeres del lecho, y conocía perfectamente los escondrijos de alcoba, pero esto era una realidad muy diferente. Cada movimiento de su esposa, cada roce de su tímida lengua a la suya lo enloquecía como el más experimentado de los besos. Ninguna caricia de las mujeres de la mancebía le provocaron ni la mitad de lo que el inocente beso de Juana le provocaba.

Con la locura de quien poseía el deseo y los derechos, tomó a su mujer en brazos y la depositó sobre la manta, pero sin separarse de su boca ni por un momento. Sus labios eran ambrosía pura. Miel de la mejor. Las manos se acercaron al delicado cuello y con delicadeza acarició su escote buscando ese pequeño contacto de piel con piel. Estaba decidido a poseerla y convertir en aquella la primera de sus muchas noches de placer, cuando el temblar de Juana bajo sus caricias lo llevaron a detenerse. Obnubilado por el deseo, intentó fijar su mirada en la de ella y comprender sus miedos, pero nuevamente las dichosas lágrimas acompañaron el delicado reflejo de su mirada.

—No os haré daño —dijo acariciándole la mejilla.

—Lo sé.

—¿Entonces?

El ruido de unos caballos cerca lo llevaron a taparle los labios con la mano para que no respondiese. No era bueno encontrarse con nadie a esas horas de la noche y mucho menos con la compañía de una joven inocente.

Juana, que no era ninguna tonta, se calló al instante esperando bajo el calor del cuerpo de su marido. Este, se puso de pie y alerta ante cualquier peligro. Caminó a su alrededor y después de un largo silencio caminó unos cuantos pasos escrudiñando hacia el sendero y verificando que no los esperaban ladrones de caminos dispuestos a robarles o algo peor.

El sonido de los jinetes se alejó, pero no fue hasta que Gonzalo comprobó varias veces que estaban totalmente solos, hasta que consiguió relajarse y regresar junto a su joven esposa. Dispuesto a terminar con lo comenzado, la buscó en la oscuridad de la noche, pero sus esperanzas se disolvieron al comprobar el sonido de una mujercita totalmente dormida.

Sonriente y bastante frustrado la cubrió con una manta y se colocó a su lado para descansar. Deseaba tomar a Juana más que nada en el mundo, pero un rayo de cordura lo iluminó por primera vez ante tanta locura. Ella era inocente e inexperta y se merecía mucho más que una noche de bodas en el borde de un frío camino. La pobre muchacha aceptó casarse en la soledad de su familia y amigas por lo que le ofrecería una primera noche con el tratamiento de algo más que un simple revolcón.

Suspirando y calmando una hombría dispuesta a no entrar en razones, la abrazó e intentó descansar por unas pocas horas antes de partir. El cuerpo le dolía por el deseo no satisfecho pero el corazón le sonreía ridículamente. ¿Sería esto parte de sentirse enamorado? ¿Era esta la sonrisa de tonto que se le ponía a su señor al ver a su esposa? ¿Era el temor por perderla el miedo cantado por los trovadores? Esperaba que no, porque si así era, si el amor comenzaba a correr por sus venas, una vida llena de desesperación lo esperaba. Muchas fueron las veces que vio en el rostro del converso, signos de un hombre agonizando por amor, y no era su intención imitarlo.

Amor a medias

Gonzalo se acercó al caballo de una silenciosa Juana y cabalgó a su lado mientras cruzaban el puente de San Martín. Cruzaron la ciudad y sumido en sus propios temores, a punto estuvo de atropellar al viejo Simón, también llamado "el cuenta tumbas". El judío doblaba unos papeles y los guardaba con esmero en el bolsillo de su desgastada túnica. Hablando solo, y sin importarle si le escuchaban o no caminaba, ajeno a los transeúntes:

—Nos echarán. Llegará el día que nos expulsen y no sepamos donde yacen nuestros muertos... Nos echarán, ya veréis. Expulsados por designios de aquél que posee la autoridad —. Repetía mientras se perdía rumbo a la calle de los Alatares.

El pobre loco se perdió calle abajo, ante un Gonzalo que la maldecía por todo lo alto por no caminar con cuidado. Cuando su caballo alzó las patas delanteras evitando la mayor de las desgracias, lo dejó sin respiración. Intentando calmar unos nervios que a punto se encontraban del quiebre, continuaron la silenciosa marcha. El silencio le penetraba en el cuerpo tanto como un pincho ardiendo. No soportaba el desgraciado silencio. La mujer parecía más una sentenciada a degüello que la joven enamorada de siempre. Las manos se le agarrotaron apresando las riendas del caballo. Era eso o bajar a Juana del animal y obligarla a hablar, aunque más no fuese para insultarlo.

Llegaron a la casa de su señor y la ayudó a descender de la montura, pero sin decirse ni una sola palabra. «Era de esperar», se dijo pensando hasta donde llegaría su paciencia. No, él no era el mejor de los candidatos para un matrimonio, pero parecía que esa endemoniada mujer no veía más que lo superficial.

Su honor superaba con creces a muchos nobles de impolutas cunas. Con paso seguro y molesto sacudió la cabeza para olvidarse de Juana y enfrentarse a un problema mayor. Su señor se encontraba de pie, y con los brazos en los costados junto a la chimenea, mientras su esposa, jugaba con los tres pequeños felinos tumbada sobre la alfombra. Sus miradas chocaron, pero él nada dijo. Gadea, al presenciar la llegada de su hermana, se levantó y corrió a su encuentro. Ambas se unieron en un abrazo tierno y eterno ante un converso que no cesaba de mirarlo fijo y con esa negra mirada, que ponía nervioso hasta al más calmo de los combatientes. Sabiendo que el temor no era bueno, en momentos como aquél, se dispuso a estirar el torso con falsa seguridad.

—Señor.

—De Córdoba.

Ninguno dijo mucho más. Ambos centraron la mirada en Gadea que chillaba ansiosa y feliz junto a su hermana. Gonzalo sabía que Judá se contenía de no matarlo allí mismo, y la razón era la presencia de su esposa en la sala. Seguramente el converso ya encontraría la forma de desangrarlo cuando se encontrasen a solas.

—La habéis encontrado. La habéis traído nuevamente con nosotros. Gonzalo os debo la vida.

El Converso se tensionaba con cada frase de su esposa y el doncel habría deseado callarla allí mismo. Cada palabra emitida lo sentenciaba a una muerte segura. A más sabía el Converso más delataba su marcha sin permiso.

—Gadea... —Juana habló por primera vez con apenas un hilo de voz.

—Estoy tan feliz.

—Hermana...

—Lo solucionaremos todo.

—Hermana...

—No debéis temer —Gadea hablaba sin cesar y sin dejar de moverse entre Juana y Gonzalo.

—Estoy casada... —La ansiedad de Gadea era tan grande que no la escuchó, por lo que no fue hasta el tercer grito, cuando consiguió captar su interés —. ¡Estoy casada!

Gadea la miró con ojos tan grandes como luceros y fue allí cuando Gonzalo habló.

—Lo estamos.

—¿Lo estáis? —La joven se acercó a su esposo que cruzaba los brazos marcando cada uno de sus tensados músculos. El converso arrugó la mirada y Gonzalo habló como si él fuese la única persona a la que debiese una explicación.

—Nos casamos en Santa María de Sorbaces. El padre Diego de Almanzón nos bendijo en el santo sacramento.

Gadea asentía como autómata. Era incapaz de comprender nada. No fue hasta que su marido le susurró unas palabras al oído que consiguió reaccionar.

—Hermana, Gonzalo, no sabéis lo feliz que estoy por vosotros. Vamos hermana, estoy segura de que deseáis asearos y cenar algo.

—No deseamos molestar —. El recién estrenado marido se acercó a su joven esposa deteniéndola en la marcha.

—Esta es vuestra casa... por ahora —. No fue hasta que Judá sentenció con voz gruesa, cuando el doncel asintió y soltando a Juana de su amarre, le permitió marchar.

—De Córdoba, comenzad.

—¿Qué sabéis exactamente?

Gadea se detuvo a mitad de camino para responder ante un Judá que cada vez contenía más su mal humor.

—Todo. Cuando os fuisteis tuve miedo y acudí a mi esposo. Él me pidió que esperásemos estos dos días y entonces yo…

—Esposa… Llevad a vuestra hermana y dejadme con De Córdoba a solas. Por favor.

Gadea asintió mientras se mordía la lengua. Sabía que no debía interrumpir al marido y mucho menos justificarlo, pero su indómito carácter pudo más que su correcto deber. Agachando la cabeza intentó parecer la esposa perfecta y silenciosa mientras pensaba como aún no la había ahorcado. Esta noche rezaría doble a la virgen por la paciencia de su marido.

Las hermanas salieron juntas de la sala, pero Juana pareció arrepentirse y a medio camino se giró para mirar a los ojos a un Gonzalo que le sonrió y agachó la cabeza en señal de aprobación. Juana respiró profundo y desapareció de la sala junto a una correcta señora de la casa. No fue hasta que las vio desaparecer por el pasillo, y sabiendo que no era escuchado, hasta que el converso habló con la más grave de las voces.

—Decidme por qué no debo degollaros aquí mismo.

—¿Por qué somos familia?

—Maldito bastardo…

El converso pareció esbozar algo parecido a una sonrisa y Gonzalo se relajó al verlo caminar hacia la mesa y servir dos copas de vino.

—Hablad —dijo mientras le ofreció la segunda copa.

—Poseía la solución.

—Ya veo… ¿cuñado? —Judá bebió un trago largo y sin respirar.

—Ese desgraciado pensaba obligarlas.

—¡Y por eso debisteis avisarme! —Alzó la voz golpeando la copa sobre la mesa y derramando parte del líquido de la jarra con el vaivén.

—Vuestros problemas son demasiados. Podía resolver este.

—Si volvéis a decir por mí, no lo contaréis. Nadie toca ni defiende lo mío, ¿lo comprendéis?

Gonzalo asintió mientras bebió un trago igual de largo que el de su señor.

—¿Aún sigue vivo?

—Sí, esperaba vuestra llegada con Juana para cobrarme venganza.

—Lo imaginé. ¿Cómo lo haréis?

—Aún no estoy seguro pero ese desgraciado no volverá a acercarse a mi esposa. Eso os lo prometo.

—Estáis en vuestro derecho.

—Lo estoy.

Los hombres siguieron hablando largo y tendido hasta que Gonzalo sintió que debía explicar su situación.

—Sólo nos quedaremos un tiempo hasta que pueda encontrar un sitio donde vivir. No pretendo abusar de vuestra generosidad.

—Os quedaréis en mi casa y no hay más que hablar —. Gonzalo respiró profundo reconociendo que su señor era aún más testarudo que su esposa —. No me miréis así, no confío en nadie y no puedo permitirme perderos.

Gonzalo se acercó junto a su señor, que se calentaba las mano junto a la chimenea, para preguntar interesado.

—¿Es por los niños muertos?

—Sí, libelos de sangre los llaman. Ya no quedan judíos interesantes a los que culpar y los nuevos cristianos somos el foco de sus pervertidas intrigas.

—¿Ninguna pista todavía?

—No, el niño mudo no sabe mucho, y las calles se silencian ante el miedo.

—Quizás antiguos enemigos…

Judá asintió bebiendo otro trago y reflejando el fulgor del fuego en su negra mirada. Muchas eran las preguntas, pero ninguna obtenía la respuesta correcta. Sus enemigos conspiraban contra él y no era capaz de verlos.

—Lo mataré —dijo recordando nuevamente al desgraciado antiguo pretendiente de su esposa. Sólo pensar en ese mal nacido y se le revolvían las entrañas. Aún no comprendía como fue capaz de no ir a su casa y arrastrarlo hasta la calle para matarlo en plena plaza de Zocodover. Las lágrimas de Gadea y sus arcadas por el embarazo fueron lo único que consiguieron detenerlo aquella mañana.

Había pasado sólo una noche, pero no podía dejar de revivir sus lágrimas al contarle las amenazas de aquel hijo de perra. Su furia lo cegó al momento, y a punto estuvo de pasar por encima de su mujer que, arrodillada en el suelo, le suplicó para que no marchase. Si Gadea no hubiese mencionado a su hijo, y no hubiese enfermado en ese momento, seguramente ahora se encontraría tras las rejas de una fría celda de la justicia civil, pero con la felicidad de quien sabía de otro tipo de justicia.

Julián formaba parte de su lista de pendientes, pero no uno cualquiera. El caballero se ubicaba en el primer puesto junto al maldito cura sodomita. Ambos intentaron dañarlo con aquello que más amaba y no estaba dispuesto a permitirles más intentos. Ni Gadea ni el fruto de su vientre serían jamás amenazados sin recibir el castigo de quien no estaba dispuesto a ofrecer la segunda mejilla. En su vida llevaba un gran número de pérdidas y no permitiría que Adonay le arrebatase ninguna otra. Puede que Dios decidiese esperar en los cielos para sentenciar justicia, pero él no. Si la vida de su mujer dependía de su estoque entonces él entregaría su filo con el mayor de los placeres. No le gustaba matar, la sangre de la venganza corría desmesurada por las calles de Toledo, pero nadie tocaba lo que era suyo.

La judería se despoblaba, las sinagogas les eran arrebatadas a los fieles, los moros cultivaban pequeños terrenos cargados de impuestos, y los embrujos de oscura magia recorrían la ciudad atrayendo visitas de lo más desagradables, no, no deseaba más problemas, pero si lo provocaban entonces se defendería. De Córdoba consiguió curar las fiebres, pero el veneno con nombre seguía circulando por las calles de Toledo, y se llamaba Julián.

—Id a descansar. Mañana os necesitaré.

Gonzalo asintió y encaminó rumbo a la habitación de Juana, rogando que por fin la muchacha comenzase a hablar. Era irónico pensar la de veces que quiso ahorcarla por parlanchina y ahora sólo buscaba verla sonreír.

—Estáis casada… ¡Y con Gonzalo!

Juana, quien se encontraba empapada y envuelta en las suaves telas de algodón, se abalanzó a los brazos de su hermana buscando refugio y consuelo. Gadea la sostuvo con fuerza, pero sin comprender su reacción. Por un momento una idea desgraciada se le pasó por la cabeza, y aunque intentó borrarla, no pudo.

—Él os ha… es decir, ¿ha sido brusco?

Juana negó con la cabeza húmeda contra su pecho y ella respiró aliviada. Creía en Gonzalo y en su honorabilidad, pero muchas eran las mujeres que se encontraban con un hombre muy diferente tras las puertas de su cuarto. Corrección marital lo llamaban, pero ellas lo llamaban desgraciados maritales.

—No debéis temer, Gonzalo es un buen hombre y sabrá haceros feliz.

Juana asentía, pero siempre con el rostro pegado a su torso y aferrándose a su cintura cual madre con su hija.

—Mi niña, sois muy afortunada. Sois la esposa del amor de vuestra vida. No tenéis porqué llorar.

—¿Y él, hermana? —Juana se soltó un poco de su abrazo para mirarla con el rostro humedecido por las lágrimas—. ¿Qué he hecho? Mis errores lo han obligado a casarse con quien no ama. ¿Cómo podré soportar ese peso el resto de mis días?

Gadea se acercó a una de las sillas que tenía junto a las aguas y la hizo sentarse. Ambas se encontraban solas en los bajos de la casa, en lo que su marido llamaba los baños. Aprovechando esa soledad, hablaron con tranquilidad.

—No creo que Gonzalo actuase por obligación. Él no es hombre de dejarse llevar.

—Pero no me ama.

—Puede que sí o puede que no, eso no podemos saberlo, pero decidme ¿quién se casa enamorado? ¿No son los intereses quienes gobiernan nuestras vidas? No nacimos libres y no tomamos nuestras propias decisiones.

—Sólo las criadas lo hacen —. Contestó secando sus lágrimas.

—Ni siquiera ellas. Cada una de nosotras nace con sus propias desgracias. Puede que penséis que Gonzalo no os ama, pero yo no lo juraría. Hemos crecido juntos y él siempre nos ha sentido como parte de su familia. Sois su esposa y será vuestro trabajo demostrarle que el amor puede unir vuestro matrimonio. Querida Juana, el amor se cultiva, y como todo cultivo, se cuida y protege para que crezca lozano y duradero.

—Él siempre os amó a vos… —dijo sincerándose con timidez.

—Eso fue hace mucho tiempo —contestó sonriente y secándole la larga melena con una gruesa tela —. No busquéis trabas que no existen. Vuestro esposo es el amor de vuestra vida y estoy segura de que conseguiréis que él os ame de la forma en que deseáis. Vuestra belleza es un cristal digno de admirar.

—¿Cómo hacerlo?

—Siendo vos misma. No conozco mujer que merezca el amor más que vos. Los hombres enloquecen por unas buenas curvas, pero sólo un buen corazón les enamora.

—¿Sois feliz?

—¿Por qué lo preguntáis?

—Porque si vos habéis sido capaz de enamorar al diablo oscuro de vuestro esposo, entonces creo que todo es posible.

Gadea no pudo más que reír divertida al contestar.

—Lo soy hermana, lo soy. Ahora vamos a terminar de prepararos y comenzar a enloquecer a ese hombre. Os prometo que Gonzalo de Córdoba suspirará por vuestros huesos.

Juana asintió, pero con el temblor en el cuerpo. Gadea era la hermana altiva y valiente, ella simplemente la rebelde que no encajaba en los sitios. Tan sólo tres días atrás no pensaba más que en hacer trastadas y ahora su hermana la preparaba para conquistar al amor de su vida.

La entrega

Gonzalo caminó por el pasillo nervioso cual principiante ante su primera vez. Puede que su juventud y su falta de oportunidades no le ofreciesen la más activa de las vidas pero no por ello carecía del suficiente conocimiento práctico. Desde sus primeros inicios el interés nunca le falló. Las jóvenes solían sentirse atraídas por hechos que no dejaban de carecer de sentido para alguien como él. Músculos fuertes, susurraban ellas al acariciarlo antes del acoplamiento. Muchas fueron las veces que negó con la cabeza antes de volcarse de lleno al acto sin prestar atención a sandeces como aquellas. ¿Torso firme? ¿Brazos robustos? ¿Y de qué otra forma iban a ser después de horas de entrenamiento y de lucha? Mujeres, decía antes de penetrarlas dejándose llevar por la necesidad del momento.

Con nerviosismo y acariciándose la barbilla más del tiempo necesario, se detuvo ante una puerta totalmente cerrada. En una semana su vida había virado cual barco a la deriva, pero se encontraba en puerto seguro, y ¡qué demonios! Un puerto maravilloso al que jamás creyó pertenecer. Juana era su esposa, estaba casado con la mujer con la que no cesaba de pensar desde que amanecía hasta que se dormía. Alterado y feliz abrió la puerta. Ella lo esperaba sentada junto al fuego de la chimenea, parecía haber tomado un baño lo que lo hizo dudar de su apariencia. Él llevaba polvo del camino pegado en las botas. Por primera vez en toda su vida esperó que lo que dijesen aquellas, a las que una vez conquistó, fuese verdad. Deseaba verse bien, deseaba ser aquél, que, aunque no el mejor de los candidatos, lo fuese al menos para ella.

Con rapidez y en absoluto silencio, se acercó a la tinaja para lavarse y adecentar al menos un poco la estropeada apariencia. Quitándose la camisa con premura, se humedeció el torso e incluso parte de los cabellos que chorrearon todo el suelo al no secarlos.

La pequeña sabandija, como siempre, decidió que no sería una tímida jovencita más y eso le hizo agradecer al cielo por tamaña recompensa. No la merecía, pero la tenía, era suya ante los ojos de Dios y lo sería por cada centímetro de su deliciosa piel.

Juana, de pie y cual valiente soldado, lo miraba con la frente en alto. Si él fuese cualquier hombre hubiese creído en su coraje, pero la conocía demasiado bien como para no sentir el miedo en las palmas temblorosas. Puede que su pequeña esposa ya no llorase, pero sus temores no estaban disueltos del todo, no aún. Con la paciencia de un buen soldado se aproximó, pero con la mayor de las lentitudes. Las horas de cacería, si algo le enseñaron, fue que a la presa se la encandilaba hasta que fuese demasiado tarde para huir.

Pensar en Juana apresada contra su cuerpo lo puso tenso y necesitado. A sólo un paso de distancia, esperó permitiéndole que lo observase. Ella miraba su torso desnudo cual obra del mejor artista y el ancho de su pecho se extendió como toda Castilla. Ella lo admiraba y él lo disfrutaba. Su cuerpo marcado por las cicatrices mostraba señales de duros combates pero ninguna de las conquistas le pareció más placentera que la mirada de enamorada en Juana. Allí estaban. Los ojitos que de niña lo adoraron. «Al fin…» pensó al sentir que verdaderamente los necesitaba. Juana enamorada le resultó una necesidad imperiosa. Los matrimonios nada tenían que ver con amoríos ni pasiones, pero allí estaba, con el pecho henchido de satisfacción al sentirla palpitar por él.

Con lentitud y en el más absoluto silencio estiró la mano hasta casi tocarla esperando su entrega. Una por propia voluntad. Ella supo lo que él buscaba. La manita fría le tembló apenas rozarle y él quiso abalanzarse y abrazarla para decirle que no le temiese, que todo estaría bien, que construirían un futuro juntos, pero su disciplina entrenada lo hizo esperar. Aún no era el momento. Por segunda vez ella volvió a acariciar su palma abierta en señal de invitación, pero no fue hasta la cuarta, y en la que Juana encerró los dedos con los suyos, que tiró de su delicado cuerpo para pegarlo contra el suyo. Ella aceptó el abrazo y un poder sobrenatural y protector se adueño de su alma de caballero. Que Dios lo perdonase, pero la deseaba al punto de brindarle su alma y corazón. Todo por sentirse una pequeña parte de su vida.

La cabellera sedosa y algo húmeda le acarició la barba y su instinto masculino lo hizo olisquear a quien a pesar de no haber consumado ya la consideraba su hembra.

—Juana… —susurró besándole la coronilla por encima de la larga melena.

El corazón le latía tan fuerte que tuvo que pedir al cielo que lo ayudase. El calor tibio de la muchacha, junto al aroma femenino de su piel, lo estaban alterando más de lo permitido. Deseaba sujetarla por la cintura, arrojarla en el lecho e introducirse en su cuerpo cual conquistador, pero eso no era posible. Ella necesitaba algo más. Era su primera vez y la paciencia de la que carecía resultaba fundamental.

Decidido a conquistar a la mujer, le sujetó la barbilla para besarla y hacerla sentir como debió ser la pasada primera vez pero que las urgencias impidieron ser. Los labios, apenas se acariciaron, cuando guiados por la necesidad, ambos se dejaron llevar. las lenguas lucharon por conquistarse la una a la otra en una desesperación casi irreal. Él la absorbía con cada inspiración, pero ella no cedía. No sabía lo que había pasado exactamente ni lo que hablara con su hermana, pero bendita Gadea que había conseguido retornar a Juana a su espíritu de valiente luchadora.

Las manos delicadas e indecisas ascendieron acariciándole los hombros y se enroscaron tras su cuello haciéndole gemir de satisfacción mientras las bocas luchaban conquistadoras e incansables. El pecho de la joven subía y bajaba mientras de forma inconsciente el pequeño cuerpo se restregaba contra el suyo demasiado consciente de su necesidad. La entrepierna le dolía por cumplir con su labor y explorar nuevos territorios. Los brazos, con decisión propia, la sujetaron por la cintura para elevarla por encima del suelo y arrastrarla hasta la cama.

«Debo ser gentil», se repetía intentando controlar un cuerpo con decisión propia. Con la furia del latir ardiéndole dentro del cuerpo, la miró comprobando que su valiente Juana seguía allí. Como si supiese lo que él necesitaba, comenzó a acariciarse el hombro derecho, hasta dejar caer a un lado la camisola blanca e impoluta.

El tirante cayó mucho más de lo decente y el sonrojo avergonzado asomaron por el cuello de la muchacha, pero ello no le impidió realizar el mismo acto con el segundo tirante que, cayendo hasta la cintura, dejaron a su vista los más deliciosos pechos que hubiese visto jamás. La piel blanca como perla venida de oriente, brillaba en una habitación iluminada por la ardiente llama de la chimenea. Juana lo miraba con coraje sin quitarle ojo de encima, decidida, altanera, lo que no hizo más que hacerlo arder hasta la quema. La sonrisa de combatiente caballero le iluminó el rostro antes de quitarse las botas y los pantalones. Mostrándole la totalidad de su cuerpo, se le presentó desnudo y atrevido.

La mirada de Juana se detuvo asombrada al ver esa parte de su cuerpo que dura e hiniesta se presentaba altiva y feroz. Como cualquier hombre se acercó tenso por la necesidad pero seguro de una posición dominante que utilizaría con todo su ser. Las manos ásperas y con callosidades, acariciaron los delicados pechos con la mayor de las suavidades. «Paciencia…» se repitió sabiéndose carente de toda ella. Los dedos firmes se cerraron en los pezones duros y se detuvieron en dulces caricias hasta que los gemidos ahogados de su esposa lo hicieron perder el control. Excitado hasta el dolor la empujó con delicadeza por los hombros, pero con decisión, hasta tumbarla en el lecho. Una de sus manos elevó las telas de la camisa hasta amontonarla toda en la cintura en un informe enredo. No podía esperar a desnudarla, necesitaba poseerla ya, ahora. Los tiempos se habían acabado.

El cuerpo desnudo se posicionó encima mientras ella se restregaba necesitada ante cada uno de sus besos que, descontrolados, viajaron por todo el cuello mordiéndole suavemente la delicada piel. La joven no se quejó y él quiso aullar de placer. No se podía poseer mejor mujer. Las piernas se colocaron en posición y pudo sentir como la crema de su cuerpo le humedecía la piel. Sin contenerse un segundo más se instaló en la entrada y empujó. La dulce piel ardiente y húmeda lo recibió envolviéndole como un guante, y aunque muy ajustada, ella no se quejó. Los brazos se le aferraron a la espalda mientras él le suplicó con voz entrecortada y al oído, que hiciese lo mismo con las piernas. Juana obedeció al instante y su erección la penetró en profundidad hasta conseguir alcanzar su inocencia y romperla. La agitación le bullía por moverse sin parar, pero no fue hasta comprobar que ella no sufría dolor que consiguió moverse a voluntad. Juana, envuelta en sus propias sensaciones, se entregó con confianza y sin recelo, y él se entregó a las necesidades de un cuerpo que lo dominaba.

El placer se adueñó de los dos, porque si él era imparable en movimientos, Juana no por inocente, resultó menos audaz. Sus piernas lo rodearon y al tercer empuje las delicadas caderas se elevaron buscando mayor penetración. Al cabo de unos segundos los cuerpos chocaron insistentes el uno contra el otro, acompasados por las llamas de la chimenea, que rugían ardientes, con la misma intensidad que el golpeteo de sus cuerpos.

La mano callosa se hizo lugar entre los cuerpos para acariciar esa pequeña entrada, que inflamada, saltó de placer. Desesperado por hacerla explotar, movió los dedos que, ardientes, la hicieron gritar más allá de lo decente. Su erección incontrolada, y bañado en completa esencia femenina, se introdujo hasta el interior más profundo de su pequeño cuerpo conquistando lo que ya era suyo. Con un aullido más de animal que de hombre, dejó libre una simiente que la llenó completamente.

Intentando recuperar la respiración, en el delicado hueco entre el cuello y el hombro de su adorada esposa, respiró feliz. Juana, era suya, totalmente suya.

Justicia

—A benditas horas que aparecéis, De Córdoba.

La voz de Judá resonó grave en la sala dejando a un Gonzalo que no supo si debía sonreír o pedir disculpas. Su señor, que sentado junto a la mesa se rascaba la barba en apariencia muy enfadado, no daba muchos indicios, y él no estaba para justificar su tardanza después de su primer noche marital.

Azraq el azul, se sentó junto a su amigo y se divirtió ante el espectáculo. La cara del caballero no podía estar más desencajada e imaginó que las bromas hubiesen pasado a mayores si no fuese por la repentina llegada de la señora de la casa, cargando una cesta repleta de frutas, que depositó en la mesa, junto a su marido. La muchacha comenzaba a tener la cintura redondeada y las curvas de su embarazo se dejaban notar por debajo de las telas de la túnica. El rostro le resplandecía como la más fresca de las mañanas y la sonrisa parecía eterna en sus labios. La muchacha estaba feliz, seguramente al saber a su hermana a salvo, pero no podía negar que se le ponía un brillo especial cada vez que miraba a Judá. Ambos estaban enamorados, era innegable. Intentando no pensar en quien no debía, Azraq carraspeó, y acariciando el cuchillo de su cintura, esperó que las bromas acabasen.

—Yo… vuestra merced debe… —Gonzalo no atinaba con las palabras.

—¡Judá! —Gadea lo golpeó en el brazo y él sonrió divertido, ahora sin disimular. Con un carácter demasiado bueno y nada habitual en él, sostuvo a su esposa por la cintura pegándola a su cuerpo mientras se divertía del sonrojado y recién estrenado esposo.

—Os estaba esperando. Tenemos asuntos que creo que os atañen, pero claro está, siempre que conservéis fuerzas suficientes.

—Me encuentro perfectamente satisfecho y en excelente estado —. Esta vez fue Gonzalo, quien, recuperado de su sorpresa inicial, contestó descarado.

Tomando un gran trozo de pan mientras recogía su capa se preparó para acompañarlos. Azraq, se levantó rápidamente para marchar junto a ellos, cuando la sonrisa de Gadea, lo alcanzó de lleno.

—Probadlas, son de mi jardín.

La muchacha le acercó una manzana roja y madura, pero no fue la fruta lo que le dejó sin habla. Ella era tan natural, tan sincera, tan única...

Fueron los momentos en los que tardó en reaccionar los que su amigo aprovechó para quitarle la fruta de la mano y darle un mordisco. La diversión del gesto de Judá le permitió negar con la cabeza ahorrando una contestación que lo eximiese de los sentimientos que le llenaban el cuerpo. Gadea le regañó, pero éste, sin hacerle el más mínimo de los casos, la sujetó y la besó con fuerza y decisión. Un beso corto, profundo, de esos que entregan sólo aquellos que aman de verdad.

Azraq se petrificó en el sitio, Gonzalo se sonrió, frente a un Haym que, entrando en la sala, comentó con tono severo, a pesar de su extensa sonrisa.

—Nuevos cristianos irrespetuosos.

Gadea quiso soltarse del amarre de su marido, pero este no se lo permitió. Los ojos negros brillantes como la más peligrosa de las noches prometían un encuentro futuro mucho más interesante.

—Parecéis feliz. ¿Debo preocuparme? —Judá sonrió a la pregunta de su padre, pero su risa no poseía ninguno de los encantos ofrecidos a su esposa hacía tan sólo unos segundos.

—No —contestó.

Haym asintió y sin preguntar, se sentó para comer algo de lo que había en la mesa. Con Judá muchas veces era mejor no saber.

Después de pocas palabras y escasas justificaciones, los tres hombres marcharon con prisa y Haym pensó arrepentido que quizás sí debió preguntar.

La llegada de un niño corriendo tras un gatito, lo hizo sonreír y agradecer al cielo por la vida que aquella muchacha trajo al hogar.

—No sé quién eres, pero bienvenido a mi hogar.

El pequeño asintió realizando una gran reverencia que por poco lo sienta de nalgas en el suelo. Haym hubiese reído a carcajadas, sin embargo, aceptó el saludo en señal de respecto.

—¿Cómo os llamáis?

—No tiene nombre.—. Gadea contestó presurosa y temerosa al no estar segura de la reacción de su suegro. Los niños con minusvalías eran el fruto de un pecado y su mal formaba parte del castigo divino. Muchos preferían empujarlos a la calle a aceptarlos —. No habla… Es mudo.

—Y como no imaginarlo, con vos en mi casa…—dijo con una diversión de la que Gadea no se percató. La voz del hombre fue en un tono tan bajo, que Gadea se apresuró en contestar para intentar convencerlo de no echar al pequeño, pero el hombre la detuvo con la palma de la mano en alto.

—Deberemos llamarlo de alguna forma si vamos a tenerlo en esta casa, ¿no lo creéis?

—Gracias. Gracias —. La joven, feliz de sentir en su suegro más cariño de lo que nunca recibió de su padre, saltó a sus brazos para regalarle un sonoro beso en la mejilla. Al darse cuenta de su impertinencia se alejó rápidamente y marchó llevándose al pequeño y al gato ante un atónito Haym, que después de unos cuantos minutos, lanzó una carcajada por todo lo alto, compadeciendo al fiero de su hijo.

No muy lejos de allí, en el hogar del antiguo novio...

—Creí que habíais dicho que lo destruiríais.

—¡Creí oír lo mismo de vos!

El sacerdote y Julián se recriminaban el uno al otro ante un Beltrán que se asqueaba con sólo verlos. El jorobado se rascaba la cabeza y con la punta de sus uñas tironeaba de sus cabellos un piojo, que miró con atención, antes de apretarlo entre los dedos.

Quiso mandarlos al cuerno y salir de aquel lugar y pasar la mañana junto a María, pero no podía, su padre le confió la tarea de organizar la estrategia final. No tenía ni idea de lo que aquellos cerdos planeaban y necesitaba escucharlos. Con el estómago revuelto pensó en los planes de traición a su primo, y la cicatriz se le tensó al sentirse el más ruin. En un principio la justicia sentenciaba los actos de su padre, pero ahora, los planes navegaban por aguas demasiado cambiantes. Su padre culpaba a Haym por robar parte de una herencia propia y de adueñarse de un comercio de telas que siempre creyó suyo, pero la realidad era otra. Los buenos eran lo suficientemente buenos delante de unos malos asquerosamente malos.

Nunca deseó más que recobrar lo que a ojos de su familia aquello que les pertenecía. Un dinero y posición injustamente obsequiada por su abuelo a Haym. La traición podía ser justiciera o vengativa, dependiendo del punto de vista del que se juzgase, pero las cosas se complicaron hasta llegar a lo que hoy ni siquiera él mismo comprendía. Su padre pedía la cabeza de Judá como si se tratase del hijo pródigo no perdonado, y él, él ya no sabía ni a quien seguir. Su padre era su sangre, Judá su hermano, y sus negocios, un futuro incierto del que ya no deseaba ni oír.

Aquellas dos ratas de alcantarilla planeaban venganza y muerte mientras él los miraba con atención. «Inmundos buscando poder sin importarles las consecuencias. Inmundos… cómo yo».

—Debéis esperar a que reciba mi dinero antes de inculparlo.

—¿Y cuándo será eso? Dios no quiera que vuelva a librarse de la justicia divina. El diablo lo ampara, es la única respuesta.

El jorobado asintió ante las palabras de su señor.

—¡Me importa muy poco si el mismo demonio es su padre! Esperaréis. Una vez que posea mi dinero entonces podréis quemarlo vivo.

La idea de quemar al converso pareció agradar al cura. Su fiel perro sonrió a su lado contagiado por la ardiente algarabía. Beltrán, que presenciaba la escena, se asqueó aún más.

—¿Cómo pensáis detenerlo? —Preguntó inquieto. Esos imbéciles hablaban de todo, pero de nada.

—¿Por qué os lo diría a vos? Sois su primo —. La voz del sacerdote escupió asqueada y Beltrán se acercó furioso. Enfrentándolo al punto de casi chocar sus cuerpos, contestó con igual repugnancia.

—Es el dinero de mi padre quién os mantiene vuestras perversiones, no lo olvidéis.

—Nada tiene que ver él, es en vos en quien no confío.

Beltrán apresó el estoque con fuerza entre los puños, y el jorobado, se estiró todo lo que pudo para poder abalanzarse ante el más mínimo ataque a su amo.

—Vuestras mercedes, detened esos ímpetus para otro momento. Ahora debemos permanecer unidos. En unos días el converso será despojado de sus pertenencias, yo seré rico y vos y vuestro padre seréis dueños del comercio de las telas, en cuanto a vos mi querido sacerdote, hallaréis en la quema el reencuentro con vuestro honor.

El sacerdote asintió conforme con las palabras del noble ante un Beltrán que no cesaba de apresar con fuerza el pomo de su estoque. Las voces de fuera lo hicieron ponerse alerta, pero fue el sonido grave de su primo llamando a Julián, quien le advirtió que era mejor salir de allí cuanto antes. Con dos pasos en retirada se perdió tras una columna para escapar por los pasillos rumbo a la cocina. El sacerdote empujó a su perro fiel para que lo defendiese mientras el dueño de casa gritaba a voz en grito.

—¡Qué se supone que es este atropello!

Judá entró a la sala con la sonrisa de los malvados dibujada en el rostro y custodiado por dos de los hombres más fieros de toda Toledo. Gonzalo se plantó a su lado izquierdo y Azraq a su lado derecho. El moro miró al jorobado con el azul más frío de los hielos ordenándole sin palabras que se estuviera quieto. El perro fiel dejó caer el puñal sin siquiera intentarlo. Los dos metros de hombre eran suficientes como para convencer a cualquiera.

—¡Qué hacéis en mi casa! Marcharos ante que os mande apresar.

—Mirad que bien, justamente es lo que vengo a presenciar.

El sacerdote movía la cabeza de un lado a otro buscando una explicación ante un Julián que intentaba parecer relajado.

—Estáis delirando. Sois tan estúpido como mal nacido.

—Puede que sí pero no permito que nadie toque lo que es mío. Habéis amenazado a quien me pertenece y lo pagaréis.

Julián se atragantó ante la mirada penetrante del converso. Parecía el demonio hecho carne y por un momento se pensó si las palabras del cura sobre el origen del converso no eran ciertas. Quizás sí fuese hijo del mismo Satanás.

—No sé a lo que os referís —dijo con algo de nervios en la voz. Jamás creyó que Gadea le contara sus amenazas. Aquella estúpida habría corrido a su marido para que la salvase. Mujer idiota.

—Veo que vuestra esposa os ha contado unas cuantas mentiras ¿será tal vez que no os ha contado las verdades? ¿Os ha comentado de nuestros encuentros que tanto placer le ofrecen?

Judá respiró profundo ante un Gonzalo que caminó dos pasos para detenerlo, pero la voz del converso sonó grave y dura.

—No os daré el beneplácito de morir con honor bajo mi puñal. Prefiero veros sufrir.

Julián estaba por contestar cuando tres guardias de la justicia civil se hicieron presentes en la sala de la casa reclamando su presencia.

—Podéis llevároslo —dijo Judá asqueado ante la presencia del noble menos noble de toda Toledo.

—Estáis loco. ¡De qué se me acusa!

El más alto y ancho de los guardias, se acercó para aclarar con muy malos modales.

—Señor, se le acusa de estar casado en tres ciudades distintas, con tres mujeres distintas. Se os acusa de bigamia, pasaréis cinco años en destierro.

—¡Mentira!

—Tenemos las pruebas. Las cartas os han delatado.

Julián luchaba con desesperación ante unos guardias dispuestos a llevarlo a la fuerza y un Judá que le habló con la mayor de las calmas y mostrándole los colmillos.

—Vuestra afición a la escritura os ha jugado una mala pasada.

—¡Cerdo asqueroso! Me la pagaréis. ¡Os mataré!

—Os estaré esperando.

Los guardias se llevaron a un Julián que intentaba soltarse de forma desesperada y que no cesaba de gritar al cura para que hiciese algo. El sacerdote, que no daba crédito a lo que acaba de presenciar, cerró los puños con furia, pero sin moverse del sitio al escuchar el susurro del converso.

—Vos seréis el siguiente…

Gonzalo, Judá y Azraq marcharon por la puerta principal ante la atenta mirada de Beltrán, que escondido tras una puerta, no sabía si debía sonreír o maldecir por todo lo alto. Maldito Judá y maldito su cerebro veloz, pensó entre sonrisas silenciosas.

—¡A la taberna de la Malaguita! Nos merecemos unas copas —Judá golpeó con fuerza la espalda de Gonzalo—. Todavía no hemos brindado por vuestra boda, mi querido cuñado…

El cordobés asintió con la misma sonrisa de felicidad que el converso, él también deseaba ver a Julián pagar por sus amenazas. La pobre Juana había sufrido demasiado por culpa de aquél mal nacido.

Desearle la muerte bajo el duro yugo del destierro era lo menos que le podía desear.

—Habéis sido muy hábil.

—De Córdoba, nadie se mete con los míos. No sin sufrirme.

Gonzalo asintió comprendiéndole perfectamente. Él ya no se encontraba solo, ahora poseía una esposa y la protegería frente a todos y de todo.

No todo lo que brilla...

Beltrán despertó junto a María, y acariciando su rostro, soñó con un mundo mejor a su lado.

Gonzalo despertó junto a Juana, y acariciando su rostro, reconoció que su mundo era mucho mejor a su lado.

Judá despertó junto a Gadea, y acariciando su rostro, aceptó que su mundo no existiría sin ella a su lado.

Gadea se movió incómoda en la cama y preocupado intentó abrigarla con la manta. Su embarazo se encontraba adelantado o por lo menos eso parecía. La barriga, abultada más de lo normal, se movía causándole verdadera impresión. Con algo de temor apoyó la palma sobre un vientre que pareció tranquilizarse ante su contacto. La monja y la morisca le prohibieron en este último mes dormir juntos, pero se negó en rotundo. No satisfaría sus necesidades de hombre, no era un salvaje, pero eso no significaba que dormiría en otra alcoba. Aunque la tentación de amarla era grande, ni por todas las tentaciones del mundo la dañaría a ella o a su hijo. Amaba a la mujer y al fruto de su vientre, estaría con ella en todo momento y sobrellevaría sus deseos el tiempo que hiciese falta.

La preocupación lo alcanzó como era habitual en el último mes, y sin poder evitarlo acarició el cuerpo que dormitaba inquieto. Muchas eran las cruces que cargaban con nombres de parturientas agotadas por el esfuerzo. Mujeres que desaparecían en la penumbra de gritos de dolor. Con el miedo natural de un esposo enamorado, la recubrió aún mejor mientras rezaba a Dios para que los protegiese. Amaba al pequeño que llegaría a su hogar, pero más amaba a su mujer. Que Adonay lo perdonase pero sin Gadea no existía vida por vivir. Esa mujer completaba huecos demasiados oscuros en su vida y él era incapaz de sobrellevarlos sin su presencia. Con amor silencioso, la besó en la frente prometiendo que no amaría jamás a nadie como a ella. Un pequeño crujido en la puerta y el rechinar de un tablón de madera suelta lo hizo sonreír. No necesitó alzar el rostro para saber quien entraba sigilosamente en la alcoba. No importaba las veces que lo echaba de su lado, él se negaba a separarse.

—Pasad —dijo con voz grave —. Duerme y no podemos despertarla. El bebé no le ha permitido descansar, ¿lo comprendéis?

El pequeño entró despacio y moviendo la cabeza aceptó sus palabras. Con suma delicadeza, pero sin confiar en las palabras de su señor, se acercó hasta el lecho para comprobar que su protectora se encontraba bien. Preocupado, al ver que la mujer no se movía, se puso de puntillas para verla mejor cuando Judá lo sujetó por la cintura para elevarlo y poder mostrar a la dueña de sus corazones.

—Está dormida, ¿me creéis ahora?

El niño asintió, conforme al verla con sus propios ojos, y Judá lo elevó un poco más para cargarlo cual saco de patatas. El pequeño rio con el silencio de los mudos y ambos se marcharon del cuarto dejando que la embarazada descansase. Una vez fuera, su señor lo depositó en el suelo para mirarlo con una seriedad que lo hizo temblar. Confiaba en el dueño de casa, pero su negra melena y su altura de gigante, lo intimidaba en más de una ocasión.

—¿Amáis a vuestra señora?

El niño no supo que contestar. Todos sabían del amor profundo del converso para con su esposa. ¿Estaría celoso? Atragantado se lo pensó muy bien antes de contestar. Su señora era la madre cariñosa de la que la mayoría de niños como él no poseían, ¿sería que su señor no deseaba compartirla y pensaba deshacerse de él? Asustado pensó y pensó pero al recordar el cariño de su señora, las caricias injustificadas, y las sonrisas tiernas, le hicieron cobrar el valor necesario como para reconocer ante su señor, y el mismo infierno, que lo daría todo por ella. Su cabeza se movió segura y decidida. Si pensaban matarlo por amar a su señora, que así fuese. Adoraba a la madre que había encontrado, y agradecía a Dios haberla disfrutado, aunque más no fuese un tiempo demasiado corto.

—Bien, entonces creo que ha llegado el momento de comenzar a prepararos.

El niño lo miró con ojos tan grandes, como platos de vajilla costosa.

—Hoy comenzaremos vuestro entrenamiento. Si deseáis permanecer a su lado deberéis aprender a defenderla cuando yo no esté. Seréis su escudero.

El niño sintió que el corazón por poco se le sale por la boca. Un escudero, ¿él? ¡él! ¿Un niño de la calle? ¿Uno que meses antes estuvo a punto de ser sacrificado en una lúgubre cueva? Sería entrenado para ser un caballero, uno digno de su señora… de su ama… de su madre…

—¿Qué contestáis?

Su cabeza se movía tan rápido y con tanta fuerza que Judá tuvo que sujetarlo por los hombros para que no se hiciese daño.

—Bien, entonces empezaremos… Un momento, ¿aún no tenéis nombre?

El niño le hubiese querido contar que su señora muchas veces le comentó que deseaba ponerle un nombre pero que nunca encontró el adecuado, pero claro no podía hablar. Aquel pensamiento era demasiado extenso para expresarlo por lo que alzó los hombros y negó con la cabeza sin más.

—Entonces a partir de hoy os llamaré… Salvador, seréis Salvador, ¿qué os parece? ¿os gusta?

El asintió sonriente. Salvador era un nombre como otro, pero cuando no se posee ninguno, es un comienzo magnífico. En una misma mañana se convertía en escudero y poseía nombre. Su día no podía haber comenzado mejor. Gonzalo apareció por la sala en el momento justo, en el que Judá, le hacía hincar una rodilla al suelo.

—Salvador De la Cruz, ¿juráis ante Dios y ante mí, proteger a vuestra señora con vuestra propia vida?

El niño asintió solemne ante un Gonzalo que se apoyó sobre la pared para contemplar la imagen.

Después de unas cuantas palabras, el pequeño se puso en pie, y esperó petrificado en el sitio a su señor. Él se acercó a un cofre y sacó de allí un puñal. Con paso solemne se acercó nuevamente a su lado y extendió con ambas manos el arma del más exquisito material. La empuñadura de cuero y plata llevaba incrustado el sello de los De la Cruz en el mango. Las lágrimas le saltaron de los ojos, pero se las secó rápidamente. Con la misma seriedad de su señor, aceptó el regalo, y se lo introdujo en el cinturón de cuero. El arma era casi tan grande como todo el ancho de su cintura, pero no le importó. Estaba demasiado orgulloso.

—Gonzalo, os presento a un nuevo De la Cruz. Salvador De la Cruz, escudero de nuestra señora e hijo adoptivo de Alonso De la Cruz, alias el converso.

Su señor lo miraba con seriedad mientras él intentaba detener el acelerado corazón. No sólo poseía un nombre, sino que era un hijo adoptivo del Gran Converso. Por un momento rezó a Dios para no desmayarse.

—Vuestra merced… —De Córdoba le hizo una reverencia de lo más pronunciada ante un niño que no podía creer lo que veían sus ojos. Alonso de la Cruz y Gonzalo de Córdoba, dos de los hombres más importantes de su vida, lo saludaban como a un caballero.

Respiró profundo y respondió con educación, esa que la señora se molestaba siempre en inculcarle, y que no encontró sentido hasta ese momento. Con los nervios de quien siente que se le han abierto los cielos, acarició su puñal y en el silencio eterno de los mudos, juró que daría su vida por su señora y por Alonso de la Cruz. Hoy y por siempre, sus padres.

Una lágrima y otra comenzaron a escapársele nuevamente, pero los brazos de su señor, como era habitual, lo alzaron por todo lo alto mientras gritaba a su cuñado.

—De Córdoba, este doncel necesita entrenamiento y vos seréis el encargado de prepararlo.

Gonzalo caminó junto a Judá y un niño que no cesaba de sonreír por los aires.

Las mujeres, en Santa María la Blanca, cosían las telas para luego venderlas en el mercado. Gadea cada vez caminaba más incómoda y Juana cada día sonreía más. Podía decirse que desde el destierro de Julián la ciudad se encontraba en completa paz.

Judá se dedicaba a sus trabajos en el comercio. Alguna vez que otra tuvo que ausentarse para viajar al mercado de Medina, pero casi siempre los rechazó enviando a otros. No deseaba separarse del lado de su esposa y ella lo agradeció. El tamaño de su vientre no podría crecer mucho más sin que explotase, por lo que estaba segura, que no faltaba mucho para el gran día. Sin saber muy bien como sentarse se acomodó varias veces hasta conseguir una posición algo cómoda junto a la chimenea.

—Si no paráis quieta os caeréis del asiento —. Juana dijo sonriente mientras hilaba en el telar.

Gadea no contestó porque si lo hubiese hecho la hubiesen acusado nuevamente de mal humor, y es que, aunque le costase reconocerlo, lo poseía y mucho, pero claro, qué sabían ellos de llevar ese peso tan inmenso en el vientre o lo fea que se veía al verse tan gorda como la más vieja y gorda de las vacas. Le extrañaba que su marido aún no la hubiese abandonado por otra.

—Dejad de fruncir el ceño, os saldrán cientos de arrugas.

—Lo que me faltaba... —murmuró furiosa y causando la sonrisa de su hermana tras el telar.

Amice y Beatriz entraron por la puerta y se preguntó si aquellas dos serían hermanas gemelas o algo parecido porque ninguna iba a un lado sin la otra. Puede que, si fuese celosa, tuviese algo de celos, después de todo Beatriz y ella eran las mejores amigas, y puede que pensase que ya no la quería ni que deseaba seguir siendo su amiga, puede incluso que se lo quisiese recriminar, pero claro, ¡cómo todos decían que estaba de un humor de perros! Se callaría y listo.

—¿Cómo van las ventas de las mujeres en la Alcaicería? —dijo intentando no parecer de mal humor hasta cuando preguntaba.

—Bien, pero no son suficientes —. Contestó Beatriz preocupada.

Amice se acercó para consolarla y la joven sonrió como si estuviese feliz, ¿qué estaba sucediendo? Al instante Gadea se lamentó de su falta de sensibilidad. Julián había sido desterrado por su culpa y ella no se había molestado siquiera en explicarse.

Los últimos meses el niño le daba tan malas noches y mañanas, que apenas si era una mujer consciente. Dispuesta a subsanar sus errores se puso en pie, como pudo, para acercase junto a su amiga.

—Beatriz, si vuestra pena es por Julián, quiero que sepáis que lo lamento mucho.

—¿Lamentarlo? Mi hermano se merecía algo mucho peor. Vuestro esposo fue generoso en dejarlo permanecer con vida. El destierro sin posesiones es un sitio demasiado bueno para alguien como él.

—¿Entonces por qué…?

Beatriz se quedó en silencio ante una Amice que se apresuró a contestar por ella.

—Las mujeres… le preocupan las mujeres que…

—Sí, a mi también me preocupan ellas. No hay suficiente dinero para alimentarlas a todas. Son demasiadas y también está el problema de los niños. Creo que ha llegado el momento de contarle la verdad de las joyas a mi esposo. Llevo días pensándolo —dijo mientras sacaba un precioso collar del bolsillo.

—El podría ayudarnos —. Contestó una Juana que cada día confiaba más en su cuñado.

—¿Y si nos las quita? —Dijo Beatriz preocupada.

—Es un comerciante muy hábil, podría quedárselas para hacer sus propios negocios —. Contestó la monja igual de preocupada que su amiga.

—Mi esposo jamás haría eso —. Contestó seria e indignada.

—¿Y qué es lo que yo no haría exactamente?

Gonzalo acompañaba a su señor a la sala de las mujeres y miró al cielo pidiendo clemencia al ver el collar en manos de Gadea. La tormenta llegaría pronto y estaba seguro de que los truenos del converso les alcanzarían a todos. Azraq lo miró divertido y agradeciendo estar soltero o por lo menos no casado con ninguna de esas mujeres llamadas cofrades. Las muchachas representaban un peligro para Castilla al completo.

—¿Esposa?

—Bien, bueno…

—¡Somos inocentes! —Chilló Juana conociendo perfectamente el delicado temperamento de su cuñado.

—Lo dudo —. Judá contestó serio mientras continuaba observando expectante a su bien amada esposa.

La mano de Gadea se estiró por encima de su cintura para acercarle el precioso collar de oro macizo.

Judá abrió los ojos un par de veces para comprobar que aquello era real. Con delicadeza tomó la pieza entre sus manos. El oro era cien por ciento legítimo.

—Parece muy antiguo… podría asegurar sin equivocarme que es una posesión de reyes — La observó con detenimiento y aunque tenía importantes dudas sobre el origen, prefirió callar. Si sus sospechas eran ciertas el peligro para los que lo supieran sería muy, pero muy alto —. ¿De dónde lo habéis sacado?

Gadea contó la historia al completo, pero obviando decir la fecha del gran hallazgo. Si su esposo se enteraba que llevaban meses escondiendo el tesoro seguro se enfadaría y mucho.

—¿Alguien además de vosotras ha visto las joyas?

—No —. Respondieron presurosas.

—Sí —. Contestó Juana no tan de prisa.

—Por los clavos de Cristo —. Maldijo de Córdoba demasiado alto y asustando a una Juana que comenzó a escupir todo lo que llevaba dentro, y que sólo ella sabía.

—Puede que lo llevase al prestamista, Juan de Dios, el que está en Alcana la vieja, pero sólo el collar, os lo juro.

Judá no maldecía por lo alto como el Cordobés pero no por ello se encontraba más calmado. Su esposa necesitaba un ambiente tranquilo y despreocupado, le dijo Blanca la curandera, pero se lo ponían muy difícil.

—¿Cuánto hace exactamente que habéis ido a ver al judío? —Dijo atragantado por la furia que se le atravesaba en la garganta y que retenía por amor a su esposa y futuro hijo.

—Una semana.

Judá cerró los puños hasta hacerse daño, Gonzalo volvió a maldecir y Azraq repetía, tabán, tabán aunque, a decir verdad, las mujeres se miraron extrañadas. Sólo Juana tuvo el valor de decir en apenas un murmullo.

—Tampoco hemos hecho tanto…

No muy lejos de allí

—¿Y decís que esas mujeres poseen las joyas?

El prestamista asintió mientras comprobaba el total de monedas de la roja bolsa. El sacerdote sonrió al despedirlo ante un entusiasta jorobado que disfrutaba de la alegría de su amo.

—Os tengo —Exclamó con una carcajada que resonó en toda la Primada.

Enamorado

Beltrán la observó embelesado. Ella se convertía en algo imprescindible para la vida de un solitario como él. Con restos de harina en las mejillas, y parte de la camisa, María avivaba el fuego de una chimenea demasiado humilde, pero a la que ella idolatraba como la mejor de las construcciones, después de todo el horno lo era. Abandonada por su esposo, no poseyó recursos más allá del propio cuerpo hasta que el avejentado horno volvió a cocinar.

Sus amigas le brindaron una profesión más allá de los abusos masculinos y ella lo aceptó como hambriento acepta un trozo de pan duro. Hoy la veía más allá de la vista, María era más que el cuerpo que en un principio lo enloqueció. La joven comerciaba como el mejor de los judíos, poseía unos sentimientos tan leales como el mejor de los caballeros, y brindaba con un honor que competiría con la sangre más pura de reyes.

Apoyado en la puerta dejó volar los pensamientos. Muchos eran los remordimientos que lo perturbaban hasta la locura. Recuerdos del pasado se hacían presentes amargando su realidad. Recuerdos de un joven que luchaba por intereses por encima de la moralidad, un joven que hoy combatía con sus propios demonios. Infiernos con rostro que lo atormentaban. Infiernos y demonios con la mirada de su primo Judá.

Durante las últimas semanas no se sucedieron incidentes. El sacerdote, tras el destierro de Julián, pareció calmo, y aunque no se fiaba ni medio pelo, la realidad así lo contaba. No se vieron más muertes de niños inocentes por las calles. Quiso pensar que todo aquello podría significar algo, pero bien sabía que la neblina de primavera no siempre auguraba una tarde soleada.

Su padre jamás cesaría en su sed de venganza. Odiaba a quienes consideraba arrebatadores de lo propio mientras que él, él apenas si sentía. Si el tiempo marchase hacia atrás, y la experiencia fuese un conocimiento retrospectivo, entonces jamás se uniría a quienes mataban en nombre de la justicia y utilizaban a niños para inculpar a inocentes. Pero sus cartas estaban echadas hacía ya demasiado tiempo atrás. El pasado marcaba su destino y las lágrimas ya regaban tierras estériles.

Arrodillada junto a los leños y el pequeño fuego, ella se giró y le sonrió ofreciéndole una cordial bienvenida. Necesitado de eso que llamaban cariño la aceptó como si de amor se tratase. Ella no lo amaba, lo sabía, siempre lo supo. Puede que lo quisiese, que agradeciese su protección, pero su femenina piel no ardía enamorada cuando él la acariciaba. El amor era mucho más que la mera penetración. Amor es quien te devora la razón. Es la locura que busca comprensión. Amor es sentirse encarcelado sin rejas. Es llorar reclamando a los cielos compasión y maldiciendo a gritos por tanto dolor. Amor es sentirse el más sucio de los lodos y limpiarse con el más humilde de sus besos. Él sí la amaba. Con locura, con desesperación, con el ardor de quien nunca sintió algo igual. Ella se ofrecía y él la aceptaba. La amaba y ella lo recibía. Un trato silencioso en donde ambos se beneficiaban. ¿Qué más podría pedir una rata traidora como él?

Con la decisión de quién sabía perfectamente la razón de su visita, se quitó el puñal de la cintura y lo apoyó sobre la mesa coja. Al arma le siguieron el cinturón, la capa y la camisa.

María se puso en pie y lo esperó sonriente. Beltrán era su remanso de paz. Su presencia le alegraba el día. El cariño se presentaba como una realidad y el amor como la esperanza de quien debería llegar pronto. Tantas fueron sus luchas que bien sabía que se merecía un poco de consuelo. El hombre la trataba con respeto, su cuerpo era algo más que el depósito de descargas impacientes y eso era mucho recibir para mujeres con su historia. Puede que sus sentimientos no fuesen como los soñados. Pero ¿quién sabía exactamente lo que sólo a Dios correspondía? Su alma se regocijaba con las tiernas caricias y ella era pecadora buscando un poco de amorosa redención.

Sonriente y entusiasmada, estiró los brazos en alto para enredarlos en su fuerte cuello y perderse en el calor masculino. No pedía mucho más que aquello que poseía en esos momentos. Un cariño, un hogar, un trabajo y un trozo de pan con el que alimentarse. Esas eran sus necesidades, esos sus deseos y esa sus razones.

El hombre la sujetó por la cintura y la besó como solía hacerlo. Con sabor, con dedicación, con ardor y ese toque de idolatría que elevó su espíritu femenino hacia las alturas. Un hombre como aquél moría por sus caricias y ella moría por ser importante para alguien.

Decidida lo aceptó y lo acunó entre su cuerpo. Ambos se recostaron en el lecho besándose como dos almas unidas por la necesidad. Sus manos se acariciaron, sus lenguas se saborearon y sus cuerpos se acariciaron en una música perfecta y armoniosa. Ninguno habló, pero sus miradas gritaron cientos de palabras, que sólo los corazones esperanzados eran capaces de aclamar. Brazos y piernas enredados en una caricia eterna junto al calor de la sangre alborotada por la pasión. Amor, querer, necesidad, placer, que importan las definiciones cuando dos almas se encuentran buscando el consuelo que la vida les negó.

Beltrán cayó sobre el lecho dejándose hacer y ella lo reclamó. Los labios llenos de agradecimiento recorrieron la piel dura y las manos inquietas peinaron el rizado bello del marcado torso. Los besos lo bañaron al completo hasta detenerse junto a la cicatriz, que al igual que el resto de su cuerpo, se tensaba ansiosa por sentir.

Lo besó como ninguna lo habría hecho jamás. Navegó por encima de su ser y como la más experta de las mujeres saboreó la esencia de su amor. El hombre tembló ante su contacto y victoriosa se alzó para ocupar la posición de las líderes. Aceptando su derrota, Beltrán espero anhelante a quien, con piernas abiertas, le introdujo en el cáliz de la más bendita de las pasiones. La boca la buscó mientras su cuerpo se tenso bajo su dueña y señora. Deseaba ofrecerle eso que ella buscaba. Desea ser por y para ella.

La joven se movió segura provocándole una necesidad en donde ya ninguna razón lo acompañó. Los movimientos, aunque intensos, le resultaron insuficientes. Con la fuerza del macho que ya no soportaba tanta agonía la hizo girar para reclamar la posición que algunos considerarían normal. Como hombre necesitado, y así como fue enseñado, sobre ella empujó con fuerza y sin piedad. La mujer se retorció bajo sus embistes y él estiró el cuello hacia el cielo para gritar como animal en luna llena. Ambos contrajeron sus cuerpos y los espasmos los embargó al unísono tocando la última nota de una canción que no volvería a sonar.

En casa del nigromante...

Blanca no cesaba de llamar a Babú, pero nada, el dichoso perro no aparecía. Decidida bajó por las escaleras hacia el sótano rezando para que el animal apareciese o su maestro la mataría. Ese perro era su bien más preciado y se lo encomendó especialmente. El marqués de Villena solía viajar en busca de hierbas exóticas, y ella como toda aprendiz, se quedaba a cargo de casa y demás posesiones.

Todos los experimentos de magia, todos sin excepción, quedaban bajo su custodia. Agradecía la confianza, pero muchas veces la abrumaba semejante encomienda. El sótano se hallaba cubierto de frascos con ensayos alquimistas que muchos envidiosos ansiaban poseer. La ciudad se atestaba de magos principiantes buscando su tutela, y de desesperados buscando salud, de hecho esa misma mañana, tuvo que echar a dos que, como simples viajeros y atravesando la muralla por la puerta del Cambrón, la bordearon sigilosos hasta alcanzar la puerta trasera de la casa. Si no fuese por Azraq, aquellos desgraciados habrían robado el gran libro de la magia. Se decía que en él se encontraba el conjuro para la vida eterna pero ella nunca lo leyó y ciertas cosas eran mejor no saberlas, por lo menos si se deseaba conservar la cabeza pegada al cuello.

—Bendito perro…

El grandullón había rascado el hueco cubierto y se había vuelto a escapar por los estrechos pasadizos hacia las cuevas. Arrugando la nariz por el intenso olor a humedad se puso de rodillas y se dispuso a ir en su busca. Si el animal no encontraba el camino y se perdía no sería el único que perdería la vida. Con cuidado de no romperse la túnica, caminó agachada hasta gatear los pasos suficientes y encontrar la altura de la cueva como para ponerse en pie. No tuvo miedo, conocía el camino. El perro las había guiado hasta los gatitos y seguramente volviese al sitio para verificar si los pequeñines seguían allí.

—Animal tonto… —murmuró al recordar que los pequeños felinos se encontrarían en casa de Gadea felices y ante la chimenea mientras ella caminaba por pasadizos oscuros y mal olientes.

Anduvo bastantes pasos más de lo que conocía buscando, pero nada, Babú no aparecía.

Cuando pensó que debía desistir, las luces en el fondo de uno de los cinco pasadizos, la hizo estrechar la mirada. El camino era un túnel muy largo, pero juraría que al final se oían voces humanas. Curiosa como era y fruto de su experiencia en alquimia, elevó la nariz intentando identificar el aroma. ¿Sebo? Velas, eran velas, ¿pero que hacían aquellos hombres escondidos en una cueva de la que prácticamente nadie conocía su existencia? Intrigada, caminó con cuidado de no pisar nada que pudiese hacer ruido y delatar su presencia. Anduvo más de cuarenta pasos hasta que la luz al final se hizo intensa y las voces más potentes. Con la sagacidad de aquellas mujeres que sabían sobrevivir solas, pegó su oreja a la fría pared para escuchar lo que aquellos decían.

Los hombres discutían y las voces comenzaban a elevarse cada vez más. Hubiese sido interesante comprender algo de lo que aquellos decían, pero nada poseía sentido. Sus voces parecían las de hombres cultos, nobles quizás, pero ninguna otra cosa por destacar. Molesta con su falta de comprensión pensó en marcharse cuando a lo lejos vio una imagen que le heló la sangre. Una cruz de madera, alta, fuerte y grande, demasiado grande.

—Madre santísima protégenos de todo mal —. Se dijo girando y corriendo por el estrecho túnel de regreso a la casa.

Con las piernas trabadas por los nervios tuvo que levantarse las faldas para no caerse mientras en la oscuridad completa de la cueva, rogó al altísimo no matarse de un golpe.

Corrió con tal desespero que se golpeó de lleno con la pared que la encontró a ella primero. Maldiciendo en silencio se acarició la frente y se agachó por el pequeño hueco hecho por Babú para arrastrarse y poder llegar al sótano del nigromante. La respiración se le agitaba fruto de los nervios y del temor. Si esos hombres la descubriesen ella sería la primera en visitar al creador. Rezando a Santa Marta y a la virgen María, suplicó hasta que consiguió ver luz al final del pasadizo. Satisfecha y algo más relajada al sentirse en la seguridad del hogar corrió escaleras arriba gritando enloquecida.

—¡Azraq! ¡Azraq! —Por los clavos de Cristo y nunca mejor pensado, ¿dónde se encontraba?

Nerviosa recordó que esa noche su hermano no la pasaría con ella. Con temblores en las manos abrió la puerta y miró a los lados de la calle. Hacia arriba estaba la casa de Judá. Él sabría que hacer. Estuvo a punto de extender un pie, pero el temor la hizo cerrar la puerta nuevamente. Las voces de unos que parecían borrachos se escucharon detrás de la puerta. Después de mucho pensárselo y acariciando su roja pulsera, la volvió a abrir. La oscuridad nocturna inundaba las calles y maldijo por lo bajo para volver a cerrar la inmensa puerta. Las noches eran sinónimo de ladrones, violaciones y un sinfín de desgracias para toda aquella mujer que saliese sin protección y ella no la tenía. Bueno sí la tenía, su pulsera roja de seda trenzada contra todo mal, pero le pareció que no sería suficiente para una noche tan cerrada como aquella. Moviendo las piernas sin parar se sentó en una silla junto a la puerta esperando el amanecer.

—Dios bendito… no permitas que nada suceda hasta que pueda dar aviso.

Blanca la morisca rezaba rogando a Dios y a la virgen para que ningún sacrificio se produjese aquella noche antes que ella pudiese dar aviso de semejante aberración. Ella misma vio el cadáver de los niños y supo reconocer la recreación de la crucifixión del Cristo en el cuerpo de los pequeños. En aquella cueva había una cruz, cuerdas, lanzas y hombres discutiendo, ¿qué otra cosa podía ser mas que aquellos que utilizaban a los pequeños como herramienta de su venganza?

Las horas pasaron y el sueño la alcanzó en la silla dura. La mañana apenas comenzaba a clarear cuando el ruido de unos pasos que supo reconocer la despertaron al instante. Desesperada destrabó la inmensa puerta de madera y se abalanzó en brazos de Azraq el azul, que tuvo que sujetarla para que no cayese.

—Blanca, hermana, ¿qué ha sucedido?—Preguntó preocupado mientras miraba sus vestimentas buscando rasgos de alguna agresión.

—Vamos, vamos…—contestó mientras lo empujaba nuevamente hacia la calle.

—¿Pero qué diantres? Astagfirullah, no pienso moverme hasta que no me expliquéis.

—Sí, sí, por el amor de Dios, ya conozco vuestros insultos, pero no creo que nuestro señor desee tanto mal a los niños.

—¿Qué niños?

—Piensan crucificar a otro niño.

—¿Quiénes? ¿Dónde? —Contestó dispuesto a enfrentarse a todo el que se interpusiese en su camino. Todo lo que su hermano tenía de fiero lo tenía de buen hombre.

Blanca le pudo decir que en las cuevas no muy lejos de la casa, pero temió por el Azul. Su hermano lo era todo para ella y aunque muy fiero no podría contra tantos.

—Judá, debo hablar con él. ¡Vamos!

Sin esperarlo corrió calle arriba y su hermano la alcanzó en sólo dos zancadas. Ambos atravesaron a toda marcha las calles de tiendas aún cerradas mientras la joven rogaba a la virgen para que los protegiese a todos.

Calumnias

Blanca y Azraq interrumpieron en la sala de Judá como caballos desbocados. Ambos lucían como si hubiesen subidos las empinadas cuestas perseguidos por el mismo Lucifer. La mujer apenas si respiraba ante un fuerte y agotado moro que estiraba el total de su ancha espalda para comenzar a hablar.

—Tenemos novedades.

Judá, al encontrarse en presencia de su tío y de su padre intentó buscar una salida para hablar a solas con sus amigos, pero la intervención de Haym se lo impidió.

—Estamos en familia, podéis hablar.

Molesto lo increpó con la mirada. ¿Familia? Su padre sabía perfectamente de cual pie cojeaba el bastardo de su tío. Su padre no era ningún idiota, ¿pero entonces que planeaba?

Azraq, aunque respetuoso de la autoridad del dueño de casa, esperó la señal de aprobación de su amigo para comenzar. Este pestañeó una única vez, pero fue suficiente mensaje como para que comenzase a relatar la información.

—Blanca ha descubierto algo sospechoso en las cuevas. Creo que pueden ser ellos.

—¿Cuevas? —Haym no comprendió.

—¿Ellos? —Preguntó curioso el padre de Beltrán.

Mirando a su hermano para pedir permiso antes de hablar en presencia de los hombres, Blanca esperó la señal y asintió presurosa al sentirse libre de opinión.

—Los vi. Eran muchos hombres, unos diez. Todos formaban un círculo y hablaban, pero no pude comprender mucho. Mencionaron a los herejes y su exceso de poder. Dijeron que todo se hacía en nombre de la justicia divina y que era el mismo Dios quien los guiaba.

—¿Pudisteis ver quienes eran? —Santa María habló interesado.

—No, sólo escuché voces. Parecían hombres cultos, con fluidez de palabras.

El tío sonrió malicioso para luego alzar la mano como si espantase una mosca molesta.

—El testimonio de una mujer que ni siquiera es capaz de reconocer a las personas que dice ver, por amor al cielo, perdéis el tiempo.

La morisca deseó propinarle un reverendo puntapié en las espinillas al cerdo desgraciado, pero se mantuvo en su postura sabiéndose el eslabón más débil de la cadena o por lo menos de esa cadena. Respirando con profundidad habló nuevamente como si no hubiese sido interrumpida por aquél bellaco, ese que se creía superior, pero al que todos reconocían como el inútil de la familia. Si no fuese por el padre de Judá aquél descerebrado sería uno de los tantos nuevos cristianos navegando por las aguas de la pobreza, comentario que por supuesto Blanca decidió obviar.

—Como os he dicho, estaba muy lejos para ver sus rostros, pero sí pude ver la cruz que se clavaba ante ellos y en posición invertida.

—¿Cruz? —La pregunta surgió interesada de labios de Judá.

Gadea, que en aquellos momentos hizo su aparición en la sala, tuvo que sentarse al instante debido al inmenso peso de su tripa. Intentando simular una sonrisa que no consiguió engañar a nadie, se dispuso a escuchar como una participante más. Las mujeres no solían participar de las decisiones de los hombres, pero si Blanca la morisca se encontraba en la sala, ella también lo haría. No es que no terminase de fiarse de la curandera ni de su marido, pero una mujer siempre debía cuidar su hogar de los posibles acechos. "Las serpientes siempre anidan escondidas bajo las propias mantas", decía su madre, y aunque nunca le diese consejos demasiado buenos, mejor era prevenir que curar.

Judá se acercó a su lado y le sujetó la mano mientras escuchaba a la joven y eso le proporcionó un poco más de seguridad, pero sólo un poco. Se sentía gorda como un buey, fea como una gallina vieja y, además, unos pinchazos le atravesaban el vientre como puñales.

El rostro de su esposo decía que algo serio se estaba cociendo y ella permanecería a su lado.

Azraq y Gonzalo De Córdoba tampoco parecían más amables. Algo no iba demasiado bien en esa sala. El pequeño Salvador entró corriendo al salón como si llegase tarde a una cita. Al verla sentada se sentó a sus pies cual perro de caza. La dura aprobación de su marido hizo que el pequeño se hinchase de orgullo mientras vigilaba a cada uno de los asistentes como el más experto de los vigías.

—Sí, una cruz lo suficientemente grande como para sujetar a una persona.

Judá no esperó ni un momento más. Hablaba con premura mientras fijaba su estoque al cinturón de cuero. De uno de los bolsillos de su pantalón sacó una cinta de cuero negra y se recogió la cabellera en una coleta ante el cierre de párpados de su esposa. Ese gesto lo había visto demasiadas veces en su marido como para saber que se preparaba para un combate. Los hombres luchaban y las mujeres esperaban, pensó impotente al sujetarse la tripa que se tensaba dolorosamente cada vez más. Por un momento se mordió la mano para no gritar de dolor. Judá lo que menos necesitaba era una mujer débil y llorona a su lado. Con la entereza de la que fue capaz, se levantó con valor y lo más recta que pudo.

—¡De Córdoba!

—Sea —. Contestó ajustando sus puñales a la cintura y comprendiendo el mensaje del señor.

—¿Azraq?

—Contad conmigo. Llevo una mañana de lo más aburrida —. La mirada lobuna del azul helaría al más valiente de los nobles. Judá asintió y se acercó a su mujer para besarla en la frente.

—Id con Dios, marchad con mi bendición y que el señor os traiga junto a mí.

El joven asintió mientras la besaba casi en el aire y marchaba corriendo a toda prisa rumbo a las caballerizas. De Córdoba miró a Gadea y esta le contestó con rotundidad.

—Yo informaré a Juana. Id con Dios.

Gonzalo asintió para correr tras su señor y Azraq el azul. Blanca la morisca pensó seguirlos, pero la mano fuerte de Gadea, y parte de sus uñas, se le clavaron en el brazo. Algo dolorida la increpó, pero al mirar y ver su rostro desfigurado por el dolor maldijo en silencio. La joven movió las piernas para mostrar el charco de agua que se extendía justo debajo de sus faldas.

—Tranquila, tranquila… es normal —. Gadea asintió, pero sin voz al sentir como otro calambre insoportable le atravesaba el vientre —. ¡Ayuda! Debemos llevarla a su cuarto.

Haym, que se entretuvo viendo a su hijo marchar, no fue hasta el chillido de la curandera y el de su nuera, que comprobó la situación. Sin esperar un minuto corrió junto a la joven y la sujetó por debajo de las rodillas para elevarla en brazos. Gadea agradeció el acto justo antes que otro dolor le volviese a travesar el centro de las entrañas. Al momento un segundo dolor se detuvo y sonrió agotada a un suegro que la transportaba a toda prisa.

—Parece que vuestro nieto desea venir a la vida.

—Eso parece muchacha, eso parece —dijo preocupado al depositarla en el lecho y ver como el dolor se hacía presente otra vez.

Con la garganta seca recordó el día que su ángel después de intensas horas de sacrificio le ofreció el mejor regalo que un hombre podía tener. A su hijo Judá. Nervioso de pensar los cientos de desgracias que se sucedían en un parto, rezó a Dios para que su nieto naciese sano y su nuera viviese para enseñárselo.

—¡Agua y un caldero! ¡Paños! —Chilló la morisca.

—¡Agua y paños limpios! —Repitió por los pasillos ante una Alegría que se detuvo estupefacta.

—Señor, mi niña... —dijo la sirvienta al pensar en Gadea, esa pequeña que crio como si fuese su propia hija.

—Sí, nuestro nieto viene en camino —respondió provocando la sonrisa en la mujer—. Alegría, paños limpios y agua.

La rolliza señora asintió mientras hizo bambolear las anchas caderas por el extenso pasillo.

Haym sonrió, pero sólo un momento. Los gritos tras la puerta de la alcoba le helaron la sangre. Maldito fuese el destino, Judá llevaba días sin moverse de casa esperando la llegada de su hijo, y justamente ahora lo encontraba peleando por su honor y el de su familia.

Con los nervios a flor de piel se dirigió a la sala y se sirvió una copa repleta de vino. Las horas se le antojaba que correrían muy lentas. Su nieto deseaba venir a la vida y su hijo luchaba por conservarla. De un trago bebió hasta ver el fondo y se sirvió una segunda hasta casi rebosar al escuchar el segundo grito de la muchacha.

—Adonay, protegedla... protegedlos... por favor... Os llevasteis a mi ángel y aún ruego por ese día en que nos volváis a unir. No os llevéis a nadie más antes de que yo parta.

Ante el barullo de los acontecimientos nadie se percató que, un hombre, presuroso ante las noticias, corrió atravesando el jardín para huir cuesta abajo directo hacia la Primada. Dejando atrás la calle de la zapatería y atravesando la de las carnicerías llegó sudando gotones. Este era el momento justo que llevaba planeando. Bien, puede que no exactamente como lo estuvo planeando, pero las circunstancias no podían ser mejores. Judá se adentraba directo a la boca del lobo y sin que ellos hubiesen tenido que hacer nada. Aquella mujer idiota fue el instrumento perfecto para que la justicia divina cumpliese con los designios de Dios y de paso con los suyos propios. Si todo salía según lo planeado, su sobrino sería el primer converso en pagar por las calumnias de sangre. Lo quemarían y su padre iría detrás como cómplice. El comercio con Flandes le pertenecería totalmente a él. Ya no sería el segundón. Su familia sería la primera en la ciudad de Toledo y su hijo su fiel sucesor. Ambos dominarían gran parte de las decisiones de la ciudad gracias al poder económico que se centraría en ellos y sólo en ellos. Los prestamos del reino, los intereses de los desgraciados, los usufructos de los mercados, todo sería suyo. Feliz de conseguir lo que los años le hubieron negado, entró a gritos en la gran catedral.

Con la voz agitada y seca narró todo lo sucedido a un sacerdote que brillaba con malvada satisfacción.

—Apresurémonos, Dios desea que hoy cumplamos con su voluntad y desterremos de este mundo al peor de los herejes de nuestra ciudad. ¡Sancho! Ya sabéis lo que debéis hacer.

El jorobado asintió mostrando la mitad de sus podridos dientes mientras caminó lo más rápido que pudo.

—Muerte al hereje —. Chillaba el encorvado entusiasmado al marchar provocando la sonrisa de satisfacción en el cura y en Santa María que se apresuraron a ir detrás.

Culpable

La verdad es que Judá esperaba encontrar mucho más de lo que se encontró. Ni rastro de presencia humana. La cueva se encontraba vacía de personas. Velas inmensas como cirios, un altar y muchos más elementos que pronosticaban una ceremonia religiosa, pero por alguna razón no se había llevado a cabo.

Caminó el primero y seguido de cerca por Gonzalo de Córdoba y Azraq el azul que no dejaban de observar espantados la escena. Allí se preparaba un sacrificio humano como si el paganismo se uniese al sacrificio del Cristo. Una piedra improvisada como mesa, elementos de tortura y un asfixiante aroma a incienso y sebo barato, completaban la lúgubre cueva. El penetrante olor se mezclaba con la intensidad del encierro y la frialdad de una piedra húmeda que, cual sarcófago, los envolvía hasta enclaustrarlos a todos dentro. De Córdoba rascó el filo de su puñal contra la pared provocando una chispa lo suficientemente potente como para encender uno de los cientos de cirios que se encontraban desperdigados. La luz, aunque escasa, fue suficiente para que Judá observase el fondo de la cueva y maldijese por todo lo alto antes de correr hacia la cruz. Las maldiciones también se produjeron en los otros dos hombres que corrieron para ayudar a Judá, que desesperado, intentaba comprobar si el niño atado y herido, aún continuaba con vida.

—¡Respira! —Chilló como si necesitase gritar para reafirmar la respiración del pequeño.

Con cuidado lo desató de la cruz y los sujetó entre sus brazos. Esperanzado al ver que se encontraba desmayado, pero sin ninguna punzada de muerte, se puso en pie.

—A tiempo —dijo Azraq igual de esperanzado.

—A tiempo hemos llegado nosotros. ¡Guardias!

El cura con la túnica tan negra como el más negro de los cuervos, acusaba sin respirar a un Judá que estrechaba el ceño rogando a Dios, que le ofreciese vida suficiente para asesinar a semejante bastardo.

—¡Qué carajo está sucediendo! —De Córdoba gritó con furia mientras junto con Azraq entorpecían el camino hacia Judá. El converso, con el cuerpo del niño en brazos, se encontraba en desventaja de defensa.

—¡Pretendías sacrificarlo! Lo sabía. Cerdos disfrazados con ropas costosas. Herejes hijos del mismo demonio. Falsos cristianos simulando un pecado que les rebosa por todo el cuerpo. Puercos malnacidos que buscáis en la imitación de un sacrificio la calumnia hacia nuestro señor.

—Os reís de quienes en verdad abrazamos la fe —. La voz de Santa María y padre de Beltrán, se abrió paso ante unos hombres que comenzaban a aparecer como si alguien los hubiese convocado.

—Una trampa… —Murmuró entre dientes un converso que no podía contener la furia que le embargaba. Con cuidado depositó el pequeño cuerpo desmayado en el suelo.

De Córdoba y Azraq, al escuchar su murmullo de los nuevos invitados, maldijeron y poniéndose en posición de ataque, se prepararon para luchar. De esa no saldrían vivos, pero se llevarían a unos cuantos con ellos antes de abrazar al creador.

—No poseéis pruebas —. Judá se hizo un sitio entre los dos amigos para enfrentarse cara a cara con su tío. El cura era un ser despreciable que sabía que tarde o temprano debería encarar ¿pero el padre de

Beltrán? Ese ya era harina de otro costal. Ese inútil inservible mostraba la verdadera cara. Ya no se ocultaba —. ¿Cómo os atrevéis a enfrentarme? ¿Sabéis? Estáis muerto.

Judá centró el total de su furia en el traidor. En aquél en quien nunca confió pero que jamás creyó llegar tan lejos. Su tío, a medio camino de la obesidad y la calvicie, sonrió satisfecho. No era ningún valiente, nunca lo fue, pero enfrentarse a Judá bajo el respaldo de la justicia civil, le ofrecían una interesante tranquilidad.

—¡Os hemos encontrado a punto de cometer vuestra atrocidad! Vos y vuestros cómplices —dijo feliz sabiendo que no sólo se desharía del feroz de su sobrino sino también de los dos caballeros que seguramente vengarían su muerte. Asquerosos caballeros con honra, pensó al mirarlos con fijeza, como si la honra diese un lugar y una posición ventajosa en algún lugar del reino. Contento como quien consigue el total de sus objetivos, se enfrentó muy, pero muy valiente a la mirada asesina de su sobrino.

—Estáis muerto... —Judá lo repitió como sentencia mientras se aferraba fuertemente a la empuñadura de su arma.

—Sólo vos resultaréis muerto. Es de Dios que exista justicia y es de Dios que hoy las llamas de la hoguera se deshagan de vos. Que el demonio se lleve vuestra alma al sitio más oscuro del infierno.

El sacerdote festejó las palabras de Santa María con inmensa satisfacción. Al fin el creador demostraba su vara de medir de forma justa. La muerte se llevaría a quien lo humilló hasta más allá de las murallas. Ese converso probaría, en el calor del fuego, la verdadera venganza. Sus pecados pueden que fuesen muchos y sus actos de sodomía no del todo aceptables, pero el converso los utilizó para obligarlo a liberar a la prostituta de su mujer, y hoy ese acto comenzaba a resarcirse. Primero él, luego la meretriz de su esposa y por supuesto la vida de su mismo hijo que no nacería con vida. No si Dios se lo permitía.

—¡Guardias, apresadlo! Todas las pruebas que necesitamos se encuentran ante nuestros ojos. No necesito ver más para comprobar que un cerdo siempre es un cerdo y un judío un judío. Hoy morirá un hereje hijo del demonio porque a Dios lo que es de Dios y al infierno lo que del infierno proviene.

Los guardias, que sumaban cinco, sonrieron ante el botín que pronto recibirían. Sus órdenes fueron claras, ver lo justo, apresar al hereje, y repartir la pesada bolsa con monedas.

Dispuestos a cumplir con su deber desenfundaron los estoques. Aquellos desgraciados pensaban luchar y ellos sólo pensaban en cobrar. Judá se puso recto dispuesto a morir. De Cordoba y Azraq hicieron lo mismo cuando una fuerte voz se escuchó al fondo, y cual las aguas del Sinaí, los pocos hombres y que parecían ser nobles interesados en verlo morir, dejaron paso a Beltrán De Santa María. Furioso como uno más de los amigos, frunció el ceño resaltando la cicatriz intensa que le recorría el rostro. No era muy de él mostrar esa imagen, pero cuando lo hacía, se parecía demasiado a su primo. Orgulloso como si de un hermano pequeño se tratase, Judá aceptó su llegada. Una nueva espada para luchar no sería mal recibida, y mucho menos cuando las cuentas le señalaban como perdedor.

—¡Padre!

—¡Beltrán, marcharos!

La orden del hombre sonó a ultimátum, pero su hijo no lo escuchó. Por primera vez, y decidiendo que era el momento de tomar una decisión, se enfrentó a él para increparlo con toda la furia de sus palabras.

—Detened esta locura. No razonáis.

Ofuscado por sus palabras, el viejo se acercó tanto, que hasta sus respiraciones se enfrentaron en un duelo a muerte.

—Marcharos si no queréis correr la misma suerte que el desgraciado de vuestro primo.

—Sabéis que no lo puedo permitir.

El padre enrojeció de furia ante un cura que gritaba ofuscado.

—Os lo dije. ¡Maldito traidor!

—No os atreváis a enfrentarme porque…

—¿Estarías dispuesto a deshaceros de vuestro propio hijo?

—Si os unís a ese maldito bastardo no poseeré hijo alguno.

Beltrán asintió aceptando que su momento había llegado. El momento de ser un hombre de verdad, el primo y hermano del único que siempre lo protegió. Alonso de la Cruz para el mundo, Judá de Martorell para sus íntimos, hermano para él.

—Sea —. Contestó antes de elevar la voz—. ¡Escuchadme todos! Yo soy el único responsable de las muertes de los niños. Yo he sido quien los ha asesinado.

—¡No! —Su padre gritó más furioso que preocupado.

—¡Beltrán! —La voz gruesa de Judá se hizo potente y superior a las demás.

—Yo los he matado —confirmó por si alguien no le hubiese escuchado —. Yo he cometido las calumnias de sangre.

—Callad —. Judá lo increpó con la autoridad de todo un hermano mayor —. No tenéis que hacer esto. ¡Llevadme! Es a mi a quién buscáis —. Contestó intentando salvarle.

—Tengo que hacerlo. Soy el responsable de estas muertes y de muchas otras. Lo sería de la quema de vuestra esposa si no fuese porque vos interferiste.

Judá se echó hacia atrás descolocado. La confusión lo dominó. Aquello no era posible, Beltrán era su sangre... su primo... hermano...

—Soy el responsable de la mayoría de vuestras últimas desgracias. Todo lo que ha sucedido me lo debéis a mí.

—Maldito desgraciado —Azraq se acercó deseando rebanarle el pescuezo, pero Judá lo detuvo con la mano en alto y la confusión en la mirada.

—Explicaros.

—Yo he sido quien lo planeó todo. Las tramas de Julián, la hoguera de Gadea, todo...

Las fosas nasales de Judá se abrieron y el corazón se le aceleró frente a la comprobación de aquello que nunca pensó. Beltrán era su hermano. Él siempre lo protegió. Ambos lucharon juntos ante las injusticias. Confiaba en él.

—Bastardo traidor —. Las palabras de Judá sonaron como puñales en un Beltrán que se supo merecedor del ataque.

Aceptando la furia de su primo, esperó el estoque en el corazón fruto de una muerte con honor, pero él no se la proporcionó. Judá simplemente lo observaba como si ninguna pieza le encajase, o tal vez quien sabe, igual comenzaban a encajarle todas. Ahora ya nada importaba.

—¡Dejad esta estupidez de una vez! Os quemarán vivo.

Las palabras de Santa María sonaron más como advertencia que como preocupación y Beltrán supo que había escogido el bando correcto. Su padre ni lo quería ni nunca lo quiso. Buscaba un heredero, un cómplice, un secuaz digno, pero no un hijo al que respetar.

—¡Soy el responsable!

Muchas de las culpas le correspondían, y aunque las de libelo de sangre no, su primo no moriría acusado injustamente. No si él podía detenerlos. Mucho hizo para perjudicarlo y hoy, esa mañana, en la cueva, expiaría el total de sus culpas.

Los guardias desorientados se miraron entre ellos. No es que les interesase mucho la justicia, después de todo unos pobres niños de la calle no eran más que escoria digna de limpiar ¿pero entonces qué sucedería con su bolsa cargada de maravedíes? Preocupados buscaron en la mirada del cura alguna respuesta, pero este se limitaba a mirar con rabia extrema al de la cicatriz, que deseoso de ser inculpado, no cesaba de testificar sus culpas.

—Jodeos todos —dijo el jefe de la guardia al sujetar a Beltrán por la fuerza y sabiendo que su bolsa de satisfacción se desvanecía en sus propias narices.

Desgraciados nobles, desgraciados burgueses, desgraciados judíos y desgraciados cristianos que no cesaban en sus mal nacidas luchas de poder. Yo sólo deseaba un buen disfrute, pensó el guardia al ver que su visita a la mancebía y sus días de levantamientos de faldas, quedaban reducidas a cenizas. Sin dinero, las putas no se entregaban y el pan no se compraba.

—Bastardos… —refunfuñó ante un Beltrán que se dejó apresar ——. Mañana por la mañana seréis quemado.

El resto de nobles miraban atónitos sin dar crédito. No ere ese el espectáculo prometido por el cura.

—Vuestra merced, es vuestro hijo... —dijo uno de ellos al ver marchar a Beltrán custodiado por unos guardias que nadie intentó detener.

—Yo no poseo hijo alguno.

La contestación no inmutó en forma alguna a un Beltrán que continuó caminando como si nada hubiese escuchado. Muchas fueron las veces que intentó ser aquél que su progenitor deseaba y nunca lo consiguió, ahora, poco le importaba el más lastimoso de sus desaires. Su mayor pena era la negra mirada de arrepentimiento fijada en su primo. Arrepentimiento de haberlo protegido, arrepentimiento de haberlo cuidado, arrepentimiento de haberlo querido. Los sentimientos del converso nunca le fueron ocultados a él, después de todo eran casi hermanos. Ver su sufrimiento e indignación, le lastimó más que los cientos de insultos que su padre no cesaba de chillar, al ver como se alejaba arrestado.

—Vuestra merced, ¿pensáis permitir que lo quemen? —Gonzalo preguntó al oído de Judá que no respondió, pero no porque no lo escuchase, sino porque era incapaz de salir de su estado de rigidez.

«¿Por qué?» La pregunta le llegaba una vez y otra. Su primo, aquél a quien siempre amó. Su sangre, ese al que siempre protegió, ¿prefirió venderlo ante un padre que nunca lo quiso? ¿por qué? ¿Tan poderoso caballero era el dinero?

Él no era ningún santo, sabía sumar y ganar más que cualquier otro, pero nunca se vendió. El comercio no se le resistía y las negociaciones formaban parte de su ser, pero jamás negó a Beltrán la mejor de las posiciones a su lado. Nunca puso los intereses por encima de su hermandad. ¡Nunca!

La indignación mezclada con el dolor le estallaban en el cerebro. ¿Y Gadea? ¿qué le había hecho ella para formar parte de su plan de venganza y posesión? A las intrigas normales se le sumaron la furia de saber que su amada se encontró en peligro por culpa de su propia sangre. Maldito fuese…

—Para lo bueno o lo malo es vuestro primo. ¿Qué haréis? —Esta vez fue la voz grave de Azraq quien lo extrajo de sus pensamientos. Quiso decir que no sabía, que la confusión lo dominaba. ¿Se podía sentir amor y odio a la vez, y en grados tan intensos?

Salvador, sudado hasta los huesos, llegó agitado mientras se sujetaba de sus propias rodillas para no caerse. El niño se alzó rápidamente y entregó una nota, que Judá apenas leyó antes de arrugarla en un puño y salir disparado. Con la velocidad de los vientos se puso en marcha. Olvidándose de su primo, corrió por la estrechez de los pasillos de la cueva para saltar sobre su yegua rumbo a la casa. Si su padre lo mandaba buscar era porque algo no iba bien. Desesperado se afirmó en la montura obligando, con la fuerza de sus piernas, a que el animal volase contra el viento seco de la ardiente primavera Toledana.

Hijo

La ciudad le chocó en plena actividad por lo que decidió abandonar el caballo y continuar con sus propias piernas. Rogaba al cielo que no fuese nada malo pero la lógica se lo negó. Con el desespero en las piernas corrió cuesta arriba sin importarle los resbalones que por poco le rompieron las rodillas. Necesitaba llegar hasta su casa. Corrió tan rápido que una mujer lo increpó por su falta de decoro y un hombre lo amenazó de muerte al arrojar la jaula de las gallinas al suelo. Todos lo insultaban a medida que los dejaba atrás, pero ellos no le importaban en lo más mínimo. Ella lo necesitaba y ese era el único pensamiento que lo embargaba. Con la fuerza de un huracán abrió la puerta de un solo golpe y corrió escaleras arriba para encontrarse con el cuerpo de su padre que le interrumpió el paso.

—Dejadme —. Su voz sonó tan amenazadora como el sudor frío que le recorría la frente.

—Esperad —. Haym no se amedrentó ante la imagen feroz de su hijo. Lo conocía demasiado bien como para saber el infierno que lo estaba consumiendo.

Estaba dispuesto a saltar por encima de su padre cuando el llanto de un bebé y los brazos de una llorosa Juana, desviaron su atención y lo confundieron aún más. La joven, aunque intentaba contenerse, no cesaba de llorar como manantial fuera de cause.

—Pero ¿qué? —Si el niño se encontraba allí, ¿entonces? —¡No!

Haym se volvió a interponer entre la puerta y su hijo y Judá estuvo a punto de empujarlo a un lado cuando este lo detuvo con toda la autoridad de un padre.

—Ella vive, pero…

Un grito desgarrador de su mujer lo hizo pasar por encima de Haym y abrir la puerta de forma brutal. Allí Blanca secaba la frente de su esposa al momento que ella caía con todo el peso de su espalda en el lecho totalmente agotada.

—¡Gadea!

De dos zancadas alcanzó la cabecera de la cama y se arrodilló junto al cuerpo de su mujer que se retorcía sin fuerzas.

—¡Qué sucede! —Chilló a Blanca de forma amenazante mientras apretaba con fuerzas las manos de su esposa indicándole que él se encontraba a su lado.

—Es el niño.

—No comprendo —. Judá se soltaba el cabello como si el cordón de cuero le impidiese pensar —. Juana, ella lo tiene.

—Hay otro bebé —. Blanca hablaba aturdida por la pena —pero su postura… no es posible —dijo como si estas palabras fuesen lo suficientemente claras como para ser comprendidas—Yo…no…

—El niño no puede salir y ya no poseo fuerzas —. Gadea susurró entre lágrimas como si pidiese disculpas por ser culpable de un error—. Lo siento…

Judá se puso de pie de un salto intentando aclarar su aturdido espíritu. No era posible, ese niño no podría llevársela, tenía que existir alguna solución.

—Vos podéis. ¡Ayudadla!

Blanca tembló ante la voz de su antiguo amor que más que pedir, sentenciaba. Su mirada era amenazante, y aunque el temor de perder su propia vida la atravesó, se puso a su lado enfrentándole con el poder de la realidad.

—No existe nada que pueda hacer. Es de Dios que el niño no nazca.

Blanca tembló al hablar, pero su miedo fue aún mayor al ver como el hombre se le abalanzó y sujetándola por los hombros la miró con el negro de la muerte vibrándole en la mirada.

—Ayudadla —. Los dientes chocaban entre ellos y la morisca no tuvo el valor suficiente. Las lágrimas comenzaron a brotarle tanto de miedo como de impotencia.

—Lo siento… no sé como… nadie lo sabe.

Gadea volvió a gritar con fuerza y Judá soltó a la curandera con tanta fuerza que la hizo caer al suelo de nalgas.

Con la locura de quien ama y no se encuentra en posición de perder, buscaba desesperado alguna solución, pero nada. Su mente se encontraba vacía. Con furia golpeó la mesa hasta quebrar una de las maderas y tuvo que detenerse apoyado sobre la pared intentando recobrar el aliento. Su rostro miraba la piedra mientras suplicaba al señor un milagro.

—Judá… amor… —las palabras apenas sonaron de su esposa. Se giró y se acercó a su lado. Las lágrimas le recorrían el duro rostro al mirarla, pero no se las secó. Los hombres no lloraban, pero él sin ella no era hombre ni era nada.

—No vais a dejarme, no lo haréis…

—Ya no posee fuerzas.

—Luchad, por favor, hacedlo por mi. Luchad. No me hagáis esto.

La morisca al ver la escena se secó el rostro sintiéndose la peor de las curanderas, pero así eran los partos. Los bebes se llevaban a sus madres en más de una ocasión, y esta vez parecía que la virgen reclamaba a Gadea. Con la convicción del poder de Santa Marta, le suplicó por el alma del niño y de la madre, cuando la puerta se abrió sin preguntar y dando paso a una Amice que se arrancaba el velo arrojándolo por los aires. Al encontrarse sola se volvió sobre sus pasos para empujar a un granjero tan embarrado como los años que cargaba a las espaldas.

—Señor. ¡Señor! ¡Judá!

La monja chilló a voz en jarro para llamar la atención de un Judá que no era capaz siquiera de reconocerla. Con la decisión que la caracterizaba golpeó su espalda y habló con seguridad.

—Yo puedo salvarla. Permitidme que lo intente.

El converso se puso en pie y la miró por detrás de las lágrimas que le bañaban el rostro y sorprendiendo a la monja que nunca pensó que vería acto semejante. El converso era un joven duro, hecho a si mismo, y culpable de las inmensas maldiciones de los avaros comerciantes poco deseosos de abonar. Hombres como él no sentían y mucho menos lloraban. Verlo allí, en semejante estado, le hizo pensar que era uno más entre tantos. Un hombre de carne y hueso sufriendo por el amor de su vida.

—Yo puedo o eso creo —dijo al ver como las esperanzas renacían en el alma del joven.

—¿Cómo? —Preguntó impaciente al escuchar un nuevo grito de dolor de su esposa —. Hacedlo. ¡Ya!

Amice asintió y empujó al hombre para que terminase de entrar. El converso miró sus pintas y retornó la mirada a la monja.

—¿Qué hace él aquí?

Blanca escuchaba las explicaciones de la monja como si de ella saliesen plenas tonterías. Al principio cuando la vio huir de la habitación, pensó que era por temor, jamás creyó que era para ir en busca de un criador de cerdos.

—Eso es imposible —. Contestó algo enfadada.

—Yo lo he visto, os lo juro. En el convento ayudó a la yegua. En su criadero, hubo una cerda que hubiese muerto ya dos veces sin su ayuda.

Judá creyó que el aire no le entraba en los pulmones. La monja pensaba que un granjero sucio y criador de puercos podría ayudar a Gadea y salvarle la vida, y él se hubiese negado, si no fuese porque estaba tan desesperado que asintió sin saber si hacía bien o mal.

—Estáis loco —. Blanca la morisca se hizo a un lado sumamente ofendida.

El hombre, que aparentaba más años que canas tenía, tragó saliva al ver el cuerpo del señor de la casa. El joven parecía fuerte y capaz de matarlo de un solo tajo en el cuello. Sus cabellos eran tan oscuros como su mirada y en ese momento maldijo por lo bajo. La joven monja había entrado en su chiquero y lo había sacado a rastras, casi sin explicarse, pero ahora que escuchaba toda la historia, hasta él dudaba de la coherencia de la religiosa.

—Sólo lo he hecho con cerdos y una vez con una yegua, yo no creo que…

Un nuevo grito de la señora y el temblor del cuerpo del señor de la casa lo hicieron recapacitar. La muchacha moriría de todas las formas. Lo sabía porque su única hija murió de forma similar. Resignado suspiró y se dejó convencer.

—Lo haré, pero debéis ayudarme. Mis manos son muy grandes —dijo mostrando sus uñas sucias y las palmas callosas.

Amice asintió y esperó que Judá le ofreciese el permiso necesario para comenzar. Un nuevo grito de Gadea y el converso asintió en silencio.

Con rapidez se arremangó la túnica y se arrodilló entre las piernas de su amiga esperando las indicaciones. Hubiese querido rezar unos cuantos ave marías antes de comenzar pero apenas fue capaz de pedir ayuda a la virgen antes de comenzar su labor frente a los imparables gritos de dolor de Gadea.

—Ella debe ayudarnos —. El granjero habló al esposo y este se acercó al lecho y con ternura acarició el rostro de su esposa llamando su atención. Gadea lo miró con amor y un toque de despedida pero él negó con la mirada.

—No digáis nada. Vuestra amiga os ayudará, pero necesito que nos ayudéis. Amor mío, por favor... Ayudadme a mí y a nuestro hijo. Él os necesita para nacer...

Las lágrimas brotaron nuevamente de la oscura mirada y la joven le dijo que sí mientras con la mano temblorosa buscó su mano para tironear la tira de cuero con la que su esposo solía sujetarse el cabello. Judá ni siquiera recordaba que se la había quitado y que la apretaba con furia en el puño. Con todo el amor del que fue capaz se la acercó a la boca y ella la mordió mientras asentía ofreciéndoles el permiso que necesitaba. Con el corazón en un puño le besó la frente antes de hablar.

—Estamos listos.

El granjero comenzó a indicar a la monja como introducir los dedos hasta conseguir acariciar la espalda del pequeño. Las nalgas del bebé tapaban toda la salida y presionaban con fuerza. La muchacha tembló de miedo, pero continuó haciendo lo que se le pedía.

—No puedo. El bebé empuja—. dijo sintiéndose impotente ante semejante tarea.

—Es normal, aferrad vuestra mano con fuerza y empujar la espalda hacia arriba.

Amice asintió y suplicando a la virgen, lo intentó pero el temblor de los dedos le hicieron resbalar la mano. Gadea protestó entre dientes y ella le pidió disculpas entre llantos.

—No puedo… no puedo…

—Podéis —. El granjero acarició su espalda—. Volved a intentarlo, pero ahora con seguridad. La monja dijo que sí y volvió a intentarlo —. Mi señora, cuando os diga que empuje, debéis hacerlo con todas vuestras fuerzas —dijo el criador de cerdos a una Gadea que asintió tras el cordón de cuero que mordía con fuerzas.

—Con fuerza. Hacia arriba. ¡Ahora!

La monja introdujo nuevamente los dedos y pidiendo perdón a Dios por semejante intromisión empujó con fuerza al bebé que salió disparado hacia un lado para luego girarse de forma casi milagrosa. Apenas fue capaz de sacar la mano cuando la cabecita de negros cabellos asomaban con ganas de salir.

—¡Empujad! —El granjero gritó con fuerzas al ver como el vientre se ponía duro como una piedra —. ¡Ahora!

Gadea mordió la cinta de cuero mientras clavaba las uñas en los brazos de su esposo hasta hacerlo sangrar, pero él no se inmutó. Haría lo que fuese por ella.

El bebé presionó para salir. Apenas asomaron los hombros, la monja lo extrajo con rapidez. Gadea cayó sin fuerzas sobre el lecho y la cinta se quedó humedecida y caída entre sus pechos.

—¡Es una niña! Es una niña…

La monja la envolvió con una tela limpia. Las sonrisas y la alegría parecían inundarlos a todos cuando el desgarrador aullido del señor les congeló los huesos.

—¡No! No. Por favor no. ¡Gadea!

Ella escuchaba los gritos pero no llegaba a comprenderlo. Tenían un hijo y una hija. Ellos habían nacido bien, sólo necesitaba descansar un poco, sólo un poco…

Él le suplicaba, le ordenaba y le reclamaba, pero seguía sin comprenderlo. Claro que lo amaba y claro que se quedaría a su lado, sólo necesitaba descansar, se dijo por última vez al sentir la oscuridad de un cuerpo que ya no podía esperar.

La fatiga lo dominaba. Más de una vez cerró los ojos casi vencido por el agotamiento, pero al instante los volvía a abrir para comprobar que ella continuaba respirando. A pesar de haber transcurrido sólo la mitad de la noche, se acercó a la jarra de agua y se sirvió una copa a rebosar, antes de volver a sentarse a su lado y recostar la cabeza sobre su pecho. Esa era la única forma que poseía de saber que ella seguía viviendo. Si el corazón de Gadea latía, el suyo también lo haría.

La morisca le dijo que su mujer no sangraba más de lo normal y que seguramente despertaría pronto, pero él no le creyó, después de todo casi la pierde en sus supuestos brazos de experta. Confundido y enfadado con todos sólo era capaz de pensar en Gadea y en que deseaba tenerla nuevamente con él. Vivaz, alegre, parlanchina y un poco desastrosa, pensó con sonrisa amargada. Como fuese, pero a su lado.

Le acarició el rostro acomodándole un mechón de cabello rebelde suplicando a los ángeles por ella, por ellos. Esa mujercita lo traía de cabeza. Con ella nada resultaba ser lo esperado y quizás eso fuese lo que lo mantenía en una tensión de enamorado constante. Quizás ese toque de rebeldía que la hacía enfrentarse una vez y otra también a cada una de sus decisiones lo volvían de cabeza, pero ya no era dueño de sus reacciones ni de sus sentimientos. Sea lo que fuese la amaba con el alma. Por ella renunció a la venganza, por ella abrazó los sentimientos y por ella hasta aprendió la compasión.

Agotado, y frente a sus propios temores, no pudo dejar de pensar en su primo Beltrán. Él le aseguró que estuvo detrás de cada una de sus desgracias, y a pesar de que en un principio se desorientó, ahora, frente a la vida y la muerte de Gadea, las cosas le resultaban un tanto diferentes. Beltrán buscaba el reconocimiento de su padre. Después de todo, ellos nunca supieron más que odio. Ambos se criaron en una ciudad que los aceptaba o rechazaba según la autoridad del momento. Para algunos seguían siendo asquerosos judíos, para otros traicioneros nuevos cristianos, para otros usureros, para otros herejes y para otros... quién sabe lo que eran, lo importante es que las frases amables nunca llegaban. El odio los marcó y el odio resultó su único camino. Puede que otros en su lugar no pensasen de la misma forma, pero esta era su vida. Venganzas, odios y discriminación no terminaban nunca bien, y su primo pagaba por la suerte que le tocó vivir. Una suerte que él mismo podría estar viviendo si no la hubiese conocido a ella.

—Gracias.

La voz del converso acarició su delicado rostro ante uno de los miles de suaves besos que le llevaba dando desde el momento en el que la joven perdió el conocimiento.

Con voluntad, y un suspiro de pena, se puso a rezar como llevaba tiempo sin hacer. Repitió una y otra vez las palabras hasta que una mano acarició sus cabellos. El contacto fue tan leve que creyó que se trataba de alguna mosca, pero al alzar el rostro y verla despierta, sintió que la gratitud era un simple sentimiento para expresarle a Adonay lo que en verdad sentía.

—Hola… necesitaba dormir.

Judá no contestó, no podía, las lágrimas atravesadas en su garganta se mezclaban con las gracias al creador.

—Decidme ¿cómo están nuestros hijos? ¿Los habéis visto? Son dos —dijo orgullosa.

—Son dos.

Hubiese querido decirle tantas cosas, pero sus labios no cesaban de sujetarle con fuerza la mano y besarla con ferviente amor.

Gadea, de lado, no cesaba de mirarlo con el rostro de las dulces amantes y él no era capaz de creer que su fortuna hubiese cambiado tanto. Poseía una familia y amaba a una mujer que lo amaba a él, ¿se podía ser más dichoso? La joven se dejó acariciar hasta que su garganta seca rompió el hechizo.

—¿Me ofrecerías un poco de vuestra copa?

Sintiéndose un idiota corrió a llenarla y con la mayor de las atenciones se la acercó a los labios. Con las fuerzas algo recobradas intentó incorporarse, pero el dolor la dominó y su esposo la regañó con ganas, lo que la hizo sonreír divertida.

—¿Ni cuando os doy dos hijos a la vez sois capaz de no regañarme?

Las palabras de la joven sonaron graciosas y provocaron la sonrisa relajada de un hombre que la besó con ternura y un toque ligero de pasión.

—Soy el hombre más feliz del reino, pero no por los dos hermosos hijos que me habéis dado sino porque permanecéis a mi lado.

—Os amo.

—Y yo os amo a vos. Una vez os prometí que sería vuestro en este mundo y en el más allá pero hoy comprendo que os he mentido —. Gadea lo miró frunciendo el ceño y Judá le respondió con los labios pegados sobre los suyos —. Os amé siempre, aún cuando no os conocía. Dibujé vuestro retrato en mis sueños y os supliqué en mis pesadillas. Hoy que os tengo conmigo, es cuando comprendo que la eternidad es poco tiempo para permanecer a vuestro lado.

La muchacha se dejó besar, pero un pequeño bostezo hizo que su esposo se apartase, y cubriéndola con la manta como si de una niña pequeña se tratase, la cobijó y veló por sus sueños. Ella había despertado, pero él no se movería de su lado. Sentado en una dura silla de madera, apoyó el rostro nuevamente junto a su pecho y se quedó relajado, intensamente feliz y profundamente dormido.

La tenue luz del amanecer, junto al crujido de la puerta lo despertaron. Como pudo se puso en pie intentando estirar el cuerpo entumecido. Apenas había descansado un par de horas y la ropa arrugada se le pegó a la musculatura, pero qué importaba, ella lo amaba y vivía a su lado. Los temores se marchaban y los miedos se convertían en dicha.

La cabeza de quien ya se esperaba asomó por la puerta, pero esta vez acompañado. El pequeño Salvador se acercó con uno de los bebés en brazos y envolviéndolo con fuerza. La mirada recriminatoria de una curandera que le suplicaba que le devolviese a la niña, hizo sonreír al padre. El niño no sólo se negó, sino que se acercó junto a su señor para preguntar por señas preocupado por su madre adoptiva.

—Se pondrá bien. Sólo está descansando.

Judá no sólo contestó para Salvador sino para Blanca, Amice y Juana, que se acercaron igual de dudosas e interesadas.

El pequeño Salvador sonrió de oreja a oreja mientras mostraba la pequeña a su padre, quien no hizo el intento de quitársela. El pequeño parecía embobado con la niña. Como deseando mostrarle su hermosura la acercó aún más y Judá se deshizo en el mismo momento en el que la vio. Su naricita respingona, su cabellera negra como la noche y su piel tan blanca como el manto de la más sagrada de las vírgenes, lo enternecieron al punto que tuvo que esconder la mirada para no ponerse a llorar como un niño. Juana al verlo tan emocionado se acercó con el segundo bebé para enseñárselo también. Judá, hasta el momento no se había preocupado siquiera en visitarlos, pero ella lo comprendió.

—Vuestro hijo —. Comentó emocionada.

Judá asintió con un nudo en la garganta. Al saber que su esposa podía morir, que Dios lo perdonase, pero no quiso ver a nadie.

—Yo... —Quiso decir muchas cosas, pero ninguna salió. Sus manos sólo eran capaces de acariciar el tierno rostro en brazos de su hermana. Con mirada culpable la miró arrepentido, pero Juana le contestó con comprensión.

—Anoche todos tuvimos miedo. No debéis aclarar nada.

Agradecido por ahorrarle las explicaciones, miró como asomaban por la puerta, su padre con sonrisa plena, junto a Gonzalo de Córdoba y Azraq, que lo felicitaban en silencio.

Las mujeres comenzaron a chillar al notar que su esposa despertaba y no pudo más que mirarlas en la distancia sonriendo con alegría mientras acercaban a los pequeños para que su madre pudiese verlos.

Amice estuvo a punto de acercarse al lecho cuando fue detenida por la fuerte mano que la sujetó por el codo. Asombrada, se giró para comprender el porqué se le negaba acercarse a su amiga.

—Vuestra merced, yo quisiera verla—dijo dudosa y con un poco de temor. Todas lo tenían cuando el hombre las miraba con esa fijeza.

—Os debo una compensación.

—Ah eso, no es necesario, todo lo hice por ella. Vuestra esposa es mi amiga, todas somos cofrades.

La monja contestó de forma tan efusiva antes de correr junto al lecho que el hombre no supo si reír o llorar. Desde la puerta, y abriéndose paso por entre los hombres, Beatriz empujó hasta conseguir entrar y correr hacia el lecho junto a Gadea y las demás. Los gritos de todas resultaron ser tan altos y efusivos que aceptó la seria invitación de su padre para salir de la alcoba cuanto antes.

Los rostros serios de los hombres, al cerrar la puerta, le recordaron que no todo lo malo estaba acabado. Beltrán se hallaba bajo rejas y lo pasarían bajo fuego a la mañana siguiente si él no hacía algo.

—Me he enterado de todo. ¿Qué haréis? —Haym preguntó interesado mientras en mitad de la sala y en presencia de Gonzalo y Azraq, le sirvió una copa de vino.

Judá la aceptó mientras, sin responderle, lo examinaba. Su padre era un sabio, uno de esos que hablaban poco, pero cuya inteligencia les libró a ambos más de una vez de grandes problemas.

—¿Qué es lo que opináis?

Su padre sonrió de lado como su hijo solía hacer cuando la picardía le asomaba. «Pero un poco menos aterrador», pensó Haym al reconocer que de tal piedra tal castillo.

—Es vuestra decisión al completo. Vuestra vida y la de vuestra esposa son las que han estado en juego. Cualquier decisión que toméis será lógica.

—Pero vos poseéis vuestra opinión...

Haym asintió y él lo comprendió, por algo eran padre e hijo. Si ayudaba a Beltrán, este sería un puñal que siempre poseería tras su espalda. Ya no confiaba en él. Lo había defraudado, había manchado con sangre a su propia sangre, pero, por otro lado, desde su niñez no tuvo más familia que a ese desgraciado. Desleal, mal nacido y mentiroso, pero su primo era su único hermano. ¿Cómo permitir que un miembro de su propia sangre fuese acusado y quemado injustamente?

Beltrán reconoció errores por los cuales deseaba rebanarle el pescuezo, pero la muerte de los niños no eran una de ellas. Beltrán jamás participaría en semejante acto, estaba seguro de ello. Además, ¿no fue esa vez que corrieron en busca de los culpables que su primo acudió con ellos? Imposible estar en dos lugares a la vez.

Beltrán se inculpó o bien para salvarlo o bien para redimirse, fuese lo que fuese estaba encerrado en la Catedral y por la mañana de la mañana siguiente sería llevado en procesión hasta ser asado en el Quemadero de la Vega, si él no hacía algo. Y maldita fuese, lo haría. Ya vería que sucedería en el futuro con él, pero primero lo sacaría de aquél apestoso lugar y entregaría a los verdaderos culpables a la justicia civil.

Buscaban un culpable dentro de los nuevos cristianos, pero él les ofrecería un culpable verdadero. Decidido, apoyó la copa sobre la mesa mientras gritaba para que le trajesen su estoque y capa. El pequeño Salvador apareció con todo los enseres sobre el hombro pero sin soltar a la bebé que llevaba en brazos.

—¿Las mujeres aún no os la han quitado? —Judá preguntó gracioso mientras se acomodaba las armas a la cintura.

Lo han intentado, pero he sido más rápido, le hubiese querido contestar, pero se limitó a alzar los hombros. El pequeño Salvador sonrió y Judá pudo apreciar la pérdida de uno de sus dientes de leche. Contento con su fiel vasallo se la pidió. Por primera vez el padre la tomó en brazos y la besó en la frente con el mayor de los cuidados. El aroma dulce a bebé lo embargó a tal punto que las emociones se le amontonaron presionándole como garras el corazón. Desorientado se la regresó con premura a un Salvador que la volvió a recibir agradecido, mientras la cubría con la manta.

—Seréis su fiel caballero y la cuidaréis tan bien como lo hicisteis con su madre. ¿Lo habéis comprendido? Con vuestra vida —. La voz grave de su señor lo hizo ponerse firme y abrazar más fuerte a la pequeña mientras respondía con toda la seguridad de la que podía contar un niño de no más de cinco años.

—Sea.

Judá asintió mientras se acercó a su cuñado para hablarle.

—Si no me acompañáis lo comprenderé.

De Córdoba se sonrió como si le estuviese pidiendo la estupidez más estúpida. ¿No participar de una buena pelea?

—Vuestra merced, lamento informaros que somos familia, para lo bueno y lo malo. Vuestros problemas son los míos. Con un golpe en el hombro de su cuñado, Judá agradeció la contestación.

—Azraq.

—A mi no me preguntéis. Me conocéis demasiado bien como para saber lo mucho que disfruto cuando me gritan moro bastardo —. La sonrisa del Azul le recordó cuántas veces algunos imbéciles fueron las últimas palabras que emitieron de sus ensangrentadas gargantas antes de ir en busca del creador —. ¿Cómo lo haremos?

—Aún no lo sé. Quizás si regresamos a la cueva encontremos algo.

Los otros dos aceptaron la propuesta ante un Judá que esperaba la aceptación de su padre. En estos momentos necesitaba su aprobación. Beltrán también era su familia.

—Hacéis lo correcto.

Los tres marcharon intentando planear algo por el camino ante un Haym que los observó perderse calle abajo. Una vez que los hombres desaparecieron tras el tumulto de la plaza, miró a sus rodillas para hablar con más algarabía que con firmeza.

—¿Me dejaréis a mi nieta?

El pequeño Salvador se la entregó a regañadientes y Haym tuvo que morderse la lengua para no lanzar una carcajada.

El final

María se acomodó el escote. Odiaba tener que utilizar antiguas artes para poder conseguir algo, pero seducir a aquel guardia fue la única manera que supo utilizar para conseguir verlo. Con las piernas temblando de frío y miedo, bajó por las resbaladizas escaleras de piedra hasta la lúgubre mazmorra. Con cuidado se movió por el estrecho pasillo. Dos celdas estaban abiertas y una cerrada. El olor a humedad y hongos podridos llenaban el sitio. Un musgo verde y pegajoso, se le impregnaron en las botas, junto a algo blanduzco que inmediatamente la hicieron recordar a aquellos roedores que tanto asco le daban.

Con el corazón latiéndole a mil por hora movió las llaves conseguidas gracias a sus femeninas artimañas. Los dedos le temblaron, pero continuó. Estrechando los ojos y apuntando con la vela cuya llama también temblaba, consiguió verlo. Beltrán se encontraba recostado en algo parecido a un banco de madera desgastado y cubierto por su capa totalmente embarrada. El rostro apenas se le veía, pero las manchas de sangre reseca indicaban lo mucho que lo habían golpeado. Presurosa por llegar hasta él equivocó el hueco de la cerradura y las llaves cayeron resonando en las duras piedras.

María apoyó la vela en una saliente de la humedecida pared y recogiendo las llaves del suelo, esta vez sí consiguió abrir las oxidadas rejas. La estropeada puerta de metal se atascó con la mugre del suelo obligándola a empujar con todas sus fuerzas para conseguir abrirla. Un hueco pequeño fue suficiente para que su entallada figura pudiera adentrarse dentro de la pequeña celda. Desesperada se abalanzó en brazos del hombre que despierto y de pie la esperaba ansioso. Ambos se abrazaron y besaron con desespero entre las dulces caricias de Beltrán y el continuo llanto silencioso de María.

—Os sacarán de aquí. Debéis confiar.

La mujer hablaba sin cesar de unas esperanzas que él no poseía. Sin contestar a ninguna de sus palabras, le acarició el rostro e inhaló el dulce aroma a leño, pan recién horneado y dulce mujer. Su dulce María. Esa, que la primera vez que la vio intentó utilizar, pero cuyo cuerpo y corazón terminaron por conquistarlo.

—Vuestro primo está en ello, ya lo veréis, él os salvará —la miró con intriga y la mujer continuó hablando con fervor—. Yo misma lo he visto. Desde ayer no vuelve al hogar. Él, junto a De Córdoba y el moro, se han reunido con los nobles más importantes de la ciudad. Me lo ha contado la lavandera de los Medina, ella misma los escuchó discutir con su señor. Veréis como él lo consigue. Dicen que es el mejor negociador de la ciudad. Nadie se niega ni a su dialéctica ni a su espada.

Beltrán sonrió mientras, cubriéndola con sus brazos, apoyaba el rostro sobre la cabecita ilusionada de su dulce panadera. María hablaba de su primo como si él fuese un hombre con esperanzas, pero no las tenía. En pocas horas moriría en la hoguera. Lo sabía muy bien.

Judá, el bueno de su primo. Ni la peor de las traiciones le impedían intentarlo, pero su suerte estaba echada. Aquellos hombres eran nobles de títulos, pero innobles de honor y no desaprovecharían la oportunidad de inculpar a uno de los nuevos cristianos. Cualquiera que pudiese hacer peligrar sus derechos e intereses, formaban parte de su lista de enemigos y esta vez le había tocado a él. Primero judíos, luego conversos, después nuevos cristianos, ¿mañana?, quién sabe. Fuese quien fuese, él ya no lo vería.

La joven panadera alzó la vista sin soltarse de su abrazo y su almendrada mirada le pareció más bella que nunca. Se enamoró de ella desde un comienzo, y hoy, al sentir que la abandonaba, el corazón se le partía más que nunca.

—Prometedme que os cuidaréis.

—No, no, vos os quedaréis conmigo. Saldremos de esta. De la Cruz lo conseguirá.

—Judá no podrá hacer nada y debéis estar preparada para continuar sola. Prometedme que continuaréis con el horno. Sois una panadera estupenda y podréis sacar adelante a vuestro hijo.

Beltrán intentó halagarla y provocarle la sonrisa, pero la mujer no cesaba de derramar lágrimas mientras negaba con rotundidad.

—Vendréis conmigo, ya lo veréis.

—María…

—¡No! No puedo perderos. Sois lo único que poseo. Nadie más que vos me ha querido… yo os amo.

Beltrán la ajustó aún más fuerte en su abrazo. Días atrás hubiese dado la vida por escucharla decir esas palabras, pero hoy sonaban como meras ilusiones. María lo quería, le agradecía y lo apreciaba, pero no lo amaba. Amor era lo el que él sentía por ella. Amor era sufrir más por perderla a ella más que a la propia vida.

—Confiad, vuestro primo os salvará. Si me amáis, confiad como yo lo hago.

—Os amo.

Beltrán contestó con la seguridad de sus sentimientos, pero no en la confianza de Judá. Dispuesto a no perder un minuto más en palabras innecesarias acarició su pequeña barbilla y la elevó para regalarle el más hondo y amoroso de los besos. Sus lenguas se acariciaron y la pasión explotó tan rápido como los calores del verano. Entre lágrimas y el deseo de sentir que aún seguía con vida, la empujó contra la fría pared, para, con locura del mayor de los necesitados, elevarle las faldas con premura. La mujer lo besaba, limpiándole con caricias la sangre reseca mientras elevaba una de las piernas dispuesta a ofrecerle el consuelo buscado.

—María...

La humedad en la delicada entrepierna lo hizo olvidar todos sus temores. Se sabía muerto y aunque intentó descartar esa imagen de su cabeza no pudo. Con la más agria de las penas se bajó los pantalones y empujó con fuerza en la estrechez de su amada. Ella lo recibió con un pequeño quejido de pasión y esperanza.

—Mi dulce María —decía mientras besándola con pasión se entregaba a lo que sabía perfectamente sería el último encuentro de su vida.

Con la mejilla apoyada en la de ella y la respiración humedeciendo aún más la piedra de la pared, embistió con toda la energía de la que fue capaz. Deseaba marcarla a fuego, necesitaba saber que siempre lo recordaría. Puede que la historia lo llamase traidor, pero con ella nunca fingió. Nunca.

—Mi dulce María —Pronunció antes de sentir como la matriz desesperada por conservarlo lo estrujo al punto del dolor.

Un nuevo espasmo de la joven y su cuerpo estalló en el más absoluto de los silencios, pero con la más agitada de las respiraciones. Una lágrima de arrepentimiento le recorrió la cicatriz pensando lo diferente que pudo ser todo, lo diferente que pudo ser él, pero como todo en esta vida, los caminos siempre se dividían en dos, el bueno y el malo, y él nunca fue bueno para los juegos de azar.

Aspiró con fuerza para detener cualquier resto de pena y hablarle con el corazón.

—Recordad que hubo un hombre que os amó. Buscad la felicidad. La merecéis.

Las palabras resonaron teniendo su cuerpo enclavado aún en el de la muchacha. Era imposible salirse de allí, una vez fuera todo estaría terminado, y eso significaba un dolor demasiado hondo de soportar. María era incapaz de pensar. Con fuerzas enganchó aún más su pierna a la fuerte cintura, rogando a Dios para que guiase los pasos del converso. En sus manos se encontraba su futuro.

Judá caminaba como león enjaulado. La plaza de Zocodover se encontraba a rebosar de gente que esperaba un buen espectáculo. La vida de diario no poseía mayor atractivo para la gente de pueblo. Un día de duro de trabajo en el campo para los campesinos o de conspiraciones intensas para los nobles, no representaban atractivo alguno, pero una buena quema en la hoguera, eso resultaba de lo más interesante como final de día.

El nuevo cristiano hereje pagaría con el fuego purificador, el castigo por libelo de sangre. La mayoría de ellos ignoraba el significado exacto de la palabra, sabían que tenía relación algo así como juicio condenatorio por penas de sangre, pero eso daba igual. Quema al hereje era más simple de recordad y se gritaba aún mejor.

Todo estaba preparado. Nervioso intentó encontrar en los pasos inquietos la divina inspiración para salvar a su primo. Todo lo había intentado, pero nada consiguió. Amenazó, sobornó y hasta rompió una nariz, pero nadie claudicó. Aquellos desgraciados querían una excusa para comenzar una revuelta contra los nuevos cristianos, y Beltrán era el cebo perfecto para azuzar a la jauría.

«Hijo de las mil putas», pensó al recordar al sodomita del cura. Ese hijo de la grandísima perra estaba detrás de todo aquello, pero ni una prueba lo inculpaba. Nadie aceptaría una acusación contra el reemplazo del arzobispo.

—Podemos atacarlos mientras vos lo liberáis. Los distraeremos hasta que alcancéis la puerta de la Bisagra, una vez allí deberéis refugiaros en el barrio nuevo —. Gonzalo pronunció seguro.

Judá se negó. Los guardias eran demasiados como para enfrentarlos, y suponiendo que lo consiguiese y escapase con su primo, Azraq y De Córdoba no tendrían ninguna posibilidad. Serían degollados como gallinas de corral.

—Tiene que existir alguna forma —. Azraq habló convencido. Beltrán no era santo de su devoción, pero tampoco deseaba verlo convertido en pieza de ajedrez de la nobleza.

—No la hay —dijo Judá al saber que el tiempo se les había acabado.

El populacho se concentraba tras el poste rodeado de heno y ramas secas y un grupo de al menos siete guardias esperaban que el reo llegase de un momento a otro. Demasiados guardias para la simple quema de un hereje. El mal nacido del cura no deseaba interferencias de ningún tipo.

—Por amor al cielo, padre, guía mis pensamientos o mi espada.

Desesperado reclamaba a Dios algo que no pertenecía más que a los hombres.

Con calambres en las manos acaricio su negra cabellera recogida con la cinta de cuero que aún conservaba la humedad de los labios de su amada. Los gritos se intensificaron y se acercó aún más a la entrada sur de la plaza. Atragantado se apoyó en la pared del Mesón de Calahorra en espera de quien en procesión entraría de un momento a otro. Gonzalo y Azraq se mantuvieron alertas como si esperasen una orden para atacar, pero eso no podía ser. Atacar a los guardias sería un suicidio.

En la cima de la tarima, el cura de amplias túnicas esperaba con la espalda recta y la mirada de cuervo victorioso. Su gran victoria. Con sonrisa lobuna, y por encima de la multitud, le hizo saber que estaba allí y que había ganado. Judá clavó su negra mirada en su seboso rostro jurándole en silencio que no descansaría hasta verlo muerto.

—Sólo podrá vivir uno —. Azraq mencionó al ver la actitud furiosa y en la distancia del sodomita.

—Sea —. Respondió Judá con la sangre ardiente reclamando sangre culpable.

Los llantos de María fueron los primeros en aparecer en la plaza, detrás, Beltrán, caminando hacia su destino. Parecía tranquilo, pero Judá conocía esa mirada. Su amplia cicatriz se tensaba nerviosa pero su sonrisa, aunque falsa, nunca lo abandonó. Él era así, festivo hasta en la peor de las desgracias. Con actitud lenta Judá caminó dos pasos para alcanzarlo, pero María se adelantó para aferrarse a su cuello suplicando al gentío piedad. Las manos de Beltrán, atadas a la espalda, no la acariciaron, pero sí lo hicieron sus labios que besaron sus cabellos y le suplicaron que se marchase.

Judá fue quien se acercó, y comprendiendo la súplica de su primo, pidió a Azraq que interviniese. El moro, de fuerte complexión, sujetó a la mujer que se aferraba con fuerzas a su amado, y tiró de ella por la cintura hasta elevarla por los aires y alejarla de allí.

—Gracias.

—¡Apartaros!

Un guardia intentó espantar al converso, pero el gruñido de este lo hizo separarse amedrentado.

—Es derecho de todo hombre un último deseo y el mío es hablar con mi primo.

El custodia aceptó la petición, pero más por miedo al converso que no le quitaba esa mirada oscura de encima, que por la petición del reo.

—Rápido —dijo alejándose unos cuantos pasos.

—Necesito que la protejáis —dijo al ver como María, en la distancia, se aferraba al cura del beaterio.

—Lo haré.

—Primo yo…

—Lo sé.

Ambos sin palabras se dieron todas las explicaciones que ya no podían. Lo siento por haberos engañado y lo siento por no poder salvaros, todo aquello estaba presente en esas escuetas cuatro palabras que, aunque no pronunciadas por los labios, fueron dichas por el silencioso y resquebrajado corazón.

—Judá, necesito que hagáis algo por mí.

Beltrán habló y su primo negó con la mirada. Sabía lo que pediría. Muchas veces imaginaron situaciones parecidas y la promesa siempre era la misma.

—No, no lo haré.

—Lo haréis.

Judá se revolvió por dentro, el destino no podía jugarle semejante pasada. La noche anterior casi pierde a su esposa y ahora esto. No se creía capaz de soportar tan hondo dolor. Aquel desgraciado traidor, ese ser despreciable al que quemarían no era otro que su adorado primo, su único hermano. El pequeño al que protegió desde niños. No, la justicia de Dios no podía ser tan injusta.

—Sois un maldito bastardo.

—Siempre lo fui.

—No puedo

—Lo sé, pero lo prometisteis.

—Maldito seáis. Por favor no…

La mano del converso se restregaba en la barba fruto de la impotencia y el desesperado dolor ante una promesa que a pesar de los años no quedaba en el olvido, nunca lo hacía en hombres como ellos.

—Tiene que existir una alternativa. Sólo debo pensar…

—No la hay. Si consiguiésemos escapar vuestra familia estaría muerta apenas me liberaseis. Tenéis que hacerlo… —La mano de Judá se arrastró por su cabellera recogida temblorosa y Beltrán se compadeció de él.

—Soy el causante de gran parte de vuestras desgracias.

—Basta.

—Por mi casi la matan.

—¡Callad!

—También hubiese matado a vuestro padre si hubiese podido.

—No lo habéis hecho.

—Falta de tiempo —dijo con su sonrisa pícara habitual.

—Buscáis provocarme.

—Busco vuestra promesa. No podéis permitírselo —dijo refiriéndose al cura que era aclamado como un ser victorioso junto a la hoguera.

—No puedo…

—Escuché que sois padre.

—Un niño y una niña.

—Hacedlo por ellos. Merecen un mundo mejor,

Judá respiró profundo ante la decisión más dura de su vida. Miró a lo alto esperando que el cielo se abriese y le proporcionase una salvación, pero malditos fuesen los infiernos y los paraísos que pedían más allá de lo que su alma atormentada podía hacer. Las manos le temblaban y las lágrimas se le amontonaban en la fiera mirada, sabiendo que lo inevitable era obligatorio.

—Debí protegeros…

—Siempre lo hicisteis.

—Debí hacerlo mejor. Lo siento… hermano…

—Hermano…

Fueron las últimas palabras que Judá escuchó antes de clavar el puñal hasta lo más profundo en el corazón de su primo. Este se retorció entre sus brazos, pero el converso lo sostuvo en un fuerte abrazo hasta sentir que la vida se le escapaba del cuerpo. Con la mirada cargada de lágrimas lo miró por última vez mientras Beltrán le agradecía en apenas un murmullo, antes de apoyar la cabeza muerta sobre su hombro.

Un aullido de animal cortó el aire de Toledo y la muchedumbre se silencio temerosa. Con la furia de un lobo herido depositó el cuerpo inerte junto a la pared y mirándole por última vez se marchó. El guardia, que se encontraba en la distancia, nada pudo hacer para detenerlo. El cura se puso a chillar furioso desde la tarima ante la gente que no comprendía lo que estaba pasando. El converso desapareció entre la multitud, pero no sin antes sentenciar, con el odio inyectado en la mirada, al cura que lo miraba desde lo alto y en la distancia.

—Os mataré, juro por todo lo sagrado que moriréis con dolor. Mucho dolor…

Gonzalo lo siguió dos pasos por detrás para cubrirle las espaldas hasta verlo desaparecer tras la muralla. Allí decidió que debía dejarlo sólo.

Judá caminó perdido sin rumbo hasta que, en mitad de un trigal, en completa soledad, se dejó caer de rodillas y cubriéndose el rostro, se puso a llorar como un niño. El niño que fue y los recuerdos de niño que con su primo se marchaban.

Enloquecido, se miró las manos teñidas de rojo con la sangre de Beltrán y se creyó incapaz de continuar. Las fuerzas le faltaban y los recuerdos de ambos jugando cuando niños se mezclaban con el torrente de lágrimas que le bañaban el rostro. Durante horas lloró esperando despertarse. Si no era un sueño, entonces Adonay debería llevárselo por haber cometido el mayor de los pecados, pero este, ni siquiera en esos momentos lo escuchó.

La noche era ya cerrada cuando agotado y sin lágrimas con las que llorar, se puso en pie. Con el alma destrozada se dispuso a caminar. Dios le perdonó su vida, pero él no sería tan benévolo.

En el próximo libro...

La vida de madre podía ser agotadora pero deliciosa. Sus pequeños engordaban divinamente y ella se encontraba perfectamente. Su mundo sería perfecto si no fuese por esa tristeza que a menudo nublaba la mirada perdida de su esposo. Judá negaba aquello que era innegable. La traición y muerte de Beltrán aún le inundaban el alma con profunda pena. Muchas veces, en mitad de la noche, se despertaba bañado de sudor y maldiciendo a gritos. Él nunca decía la identidad del hombre de sus pesadillas, pero ella sabía que la promesa de matar al sacerdote, era algo que Judá no olvidaría. Justicia lo llamaba él y ella prefería no opinar. Suspirando al saber que se encontraba en un mundo que no podía cambiar, por lo menos haría algo por intentar mejorarlo.

Decidida, se dirigió a la pequeña tienda de hierbas donde seguramente se encontraba Blanca la morisca. Esperaba que ella le enseñase a preparar uno de esos postres dulces que tanto gustaban a su esposo y que seguramente le alegrasen, aunque más no fuese un poco.

«Nadie mejor que los moros para los postres dulces» había dicho su suegro y allí es que iba ella, en busca de quien la ayudará a crear el mejor pastel de todos.

Con una cesta pequeña de manzanas y en busca de miel y de Blanca, se dirigió a la tienda dispuesta a convertirse en la mejor pastelera de todo el mundo o por lo menos del mundo de su marido. Acercándose a la puerta y verla medio abierta, empujó y entró. Allí no se encontraba nadie pero Blanca llevaba toda la semana atendiendo en lugar de su prima. La pobre mujer tuvo que viajar a Avila con su marido por culpa de una hermana enferma, y Blanca gentilmente la reemplazaba, por lo que decidió esperar.

Interesada, miró unos frascos de preparados y se sonrió divertida, llevaban el nombre de Amice, y es que la monja también compraba allí. Todas se ayudaban, todas eran amigas, eran hermanas, eran compañeras, eran… ¿qué era ese ruido?

Tras unas cortinas al fondo se escuchaban voces. Caminó pisando fuerte para que la escuchasen, pero nada, allí no aparecía nadie.

Curiosa como siempre, caminó por el pequeño y corto pasillo hasta llegar a las cortinas. Se mordió el labio pensando si llamar o no cuando un jadeo le hizo abrir los ojos como platos. Ella no era la más suelta de las mujeres pero llevaba demasiado tiempo casada como para conocer los sonidos previos a un orgasmo.

Sonriente se alegró por Blanca. Si ella estaba detrás era porque se encontraba nuevamente enamorada y eso era bueno para ella, para la mora y para el bienestar de su matrimonio con Judá.

«No deberías… no deberías» se dijo al levantar sólo un poquito del lateral de la cortina. Sólo deseaba ver quienes eran los amantes o más bien conocer la identidad del masculino amante. La imagen de dos cuerpos desnudos amándose apasionadamente y revolcándose entre las sábanas la dejaron sin aliento. Las manzanas rodaron por el suelo junto a una cesta que apenas retumbó en el suelo. Corriendo y tapándose los labios temblorosos con ambas manos, huyó de la tienda dejando atrás a los cuerpos ardientes que nunca la vieron ni llegar ni partir.

Por primera vez en días aceptó la orden de su anciana abuela y subió a cubierta a respirar un poco de aire fresco y la verdad es que lo agradeció. Los marineros caminaban atareados de un lado a otro, pero a ella no le importó, sólo quería apoyarse en el borde y mirar el movimiento de la mar mientras el sol la cegaba deliciosamente. Era tan bueno sentir los rayos acariciarle el rostro que no quiso dedicarle más tiempo a la fresca de Isabel y esas sonrisas desencajadas que dedicaba a su adorado capitán. Allá él, si le gustaban el tipo de tontas bien enseñada. Pues que fuesen felices juntos. Seguro tendrían bonitos hijos. A ella poco le importaban. Pronto estarían en La Española y allí le diría adiós al atractivo capitán. Su abuela y ella emprenderían una nueva vida en donde ya nadie las perseguiría.

—¡Constanza!

Los gritos de Julián la despertaron de sus ensoñaciones para ver como Isabel desaparecía por las escaleras y los hombres maldecían por todo lo alto.

—Yo... pero ¿qué sucede? —. Dijo con malos modales al ver como la sujetaba por el brazo y casi la arrastraba hacia las escaleras rumbo al camarote —. Yo no sé lo que te has creído, pero yo no soy como esa, yo...

—¡Piratas!

El pequeño grumete gritó a toda voz y ella sintió como si el corazón se le detuviese en ese instante.

—¿Piratas?

—Estaréis bien. Lo prometo, pero ahora encerraros en mi camarote y no abráis a nadie más que a mí.

La joven no contestaba, no era capaz de mirar a otro lado que no fuese esa nave acercándose.

—Constanza, necesito que os encerréis con vuestra abuela, ¿me habéis escuchado?

—Sí, sí —. Su voz temblorosa apenas sonaba.

Julián no llegó a dar cuatro pasos para marcharse cuando maldiciendo por encima de los gritos de los marineros se giró e hizo algo que ella nunca esperó.

En dos zancadas la alcanzó, la sujetó por los hombros con fuerza y sin pedir permiso, le regaló el más profundo y seguro de los besos.

Made in the USA
Coppell, TX
11 April 2021